KB156630

Lv **2** 부터 Chillin Different World Life
of the EX-Brave Candidate was Cheat
from Lv 2

치트였던 전직용사 후보의
유유자적 이세계라이프 **6**

키노조 미야 지음 카타기리 일러스트 손종근 옮김

Name
와인
∞

Name
리스
∞

Name
훌리오
∞

Name 밸런타인 ∞

"정말이지, 독슨의 마력 맛있네."

Name 독슨 ∞

"뭐, 마력 정도라면 얼마든지 줄 수 있는데 말이야……."

Name 후훈 ∞

Name 츠아 ∞

Name 금발 용사 ∞

"내, 내 감으로는……
이, 이 부근에
유이가드 님께서……."

Lv 2
Chillin Different World Life
of the EX-Brave Candidate was Cheat
from Lv 2

치트였던 전직용사후보의
유유자적 이세계라이프

키노조 미야 지음 | 카타기리 일러스트

Characters

Chillin Different World Life
of the EX-Brave Candidate was Cheat from Lv2

홀리오

홀리스 잡화점을 경영하는 전직 용사 후보.

리스

어랑족이자 홀리오의 아내.

와인(인간족의 모습)

하이스펙이지만 대식가인 식객.

엘리나자

홀리오와 리스의 딸.

가릴

홀리오와 리스의 아들.

타니아라이나

홀리오 가에 처들어온 메이드(신계의 사도).

사베어(사이코 베어 모습)

홀리오의 애완동물.

히야

빛과 어둠의 근원을 관장하는 마인.

다말리나세

정신세계에서 수련 중인 암흑 대마도사.

여왕

정의감이 강하고 고생이 많은 여왕.

벨라노

말 없고 낯을 가리며 작은 동물을 같은 교사.

블로섬

농업에 열의를 쏟는 전직 검사.

그레아니르

홀리스 잡화점에서 일하는 마인족.

고자르
사상 최강이라 칭해지는 전직 마왕.

우리미나스
고자르의 아내이자 마왕 시절의 측근.

발리로사
고자르의 아내이자 전직 기사.

금발 용사
용사인데도 마법국에서 지명수배 중.

츠야
금발 용사와 함께 도피행 중.

암왕
마법국의 예진 국왕이자 암상회의 회장.

유이가드
고우르의 동생이자 성미가 급한 현직 마왕.

후훈
유이가드의 측근인 어마어마한 M 서큐버스.

베리안나
입이 험한 악마인족.

밸런타인
사계 12신장인 요염한 마인.

칼시므
마왕군 사천왕인 고생군.

차룬
칼시므의 측근인 마인형.

빌레리
슬레이프와 동거 중인 전직 궁수.

슬레이프(인간족 모습)
전직 마왕군 사천왕 중 하나.

컬러 및 본문 일러스트　카타기리

Level 2~

Lv2부터 치트였던 전직 용사 후보의 유유자적 이세계 라이프

Contents

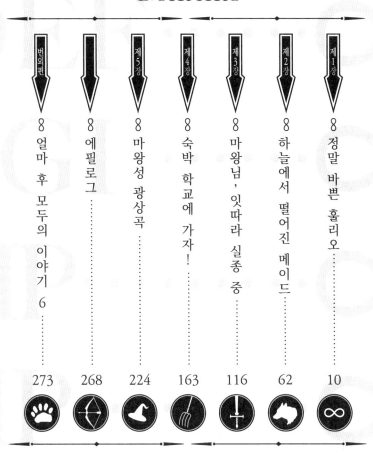

Chillin Different World Life of the EX-Brave Candidate was Cheat from Lv 2

──클라이로드 세계.

검과 마법, 수많은 몬스터나 아인들이 존재하는 이 세계에서는 인간족과 마족이 오랜 세월에 걸쳐서 계속 싸우고 있었다.

마왕 유이가드가 실종되고 노병 칼시므가 마왕 대행이 된 마왕군. 이 기회를 노려서 마왕성 함락을 노린 악마인족 잔지바르는 반란군을 조직하여 마왕군에게 반기를 들었다. 이에 마왕 대행 칼시므는 오랫동안 싸우던 클라이로드 마법국과 일시 휴전을 조건으로, 이제까지 마왕군의 클라이로드군 공격을 계속 방해한 의문의 강자 울프 저스티스와 그의 동료들에게 원군을 요청. 이것을 흔쾌히 승낙한 울프 저스티스와 그의 동료들이 가담한 마왕군은 압도적인 수적 불리를 뒤집고 반란군을 완전히 제압했다. 이리하여 잔지바르의 반란은 막을 내렸다.

반란군을 토벌한 마왕 대행 칼시므는 그 후 울프 저스티스와의 약속에 따라 클라이로드 마법국과 휴전 협정을 맺었다.

이리하여 마왕군과 인간군 사이에 역사상 처음으로 평온한 시간이 찾아온 것이었다.

이 이야기는 그런 세계정세 가운데 천천히 막을 연다······.

◇호우타우 훌리스 잡화점◇

왕도에서 상당히 떨어진 변경인 이곳 호우타우는, 왕도에서 각 지로 뻗어 있는 가도의 중계지점으로 많은 행상인이나 모험가들이 들르는 역참 마을로서 번성하고 있었다.

그런 호우타우의 상점가 변두리에, 훌리오가 경영하는 훌리스 잡화점은 자리 잡고 있었다.

가도에서 들어오는 사람들로 붐비는 성문과는 반대쪽에 있기에, 파리가 날려도 이상하지 않은 입지임에도 불구하고 훌리스 잡화점은 오늘도 개점과 동시에 많은 손님으로 만원사례였다.

그런 가게 안, 계산대 근처에는 이 가게의 점장인 훌리오가 서 있었다.

──훌리오.

용사 후보로 이 세계에 소환된 이세계의 전직 상인.

소환 당시에 받은 가호에 따라 이 세계의 모든 마법과 스킬을 습득하고 있다.

지금은 원래는 마족인 리스와 결혼하여 두 아이의 아버지로서 훌리스 잡화점의 점장을 맡고 있다.

훌리오는 두 모험가와 이야기를 나누는 참이었다.

"전에 방문했을 때 고쳐줬던, 이 검을 넣기에 적당한 칼집을 사고 싶어. 가능하다면 등에 지는 타입인 녀석이 좋겠는데……."

"나는 짐을 넣을 등짐 주머니가 필요해……. 지금 사용하는 게 좀 작아서. 가게 안의 상품을 둘러봤지만, 저것보다 큰 게 필요한데 괜찮은 것 있어?"

친구 사이인 그 두 사람은 훌리스 잡화점의 단골인지 훌리오에게 가벼운 태도로 이야기를 건넸다.

그런 두 사람에게 미소로 고개를 끄덕이는 훌리오.

"시로일 씨가 등에 지는 타입의 칼집이고 리크 씨가 큰 등짐 주머니군요. 그럼 몇 가지 견본품을 준비하죠."

뒤쪽의 카운터를 향해 오른손을 한 번 휘두르자 그 위로 등에 지는 타입의 칼집과 큰 등짐 주머니가 여러 개, 모습을 드러냈다.

이 상품은 훌리오가 허리에 차고 있는 마법 주머니 안에 가게 안의 보충용 상품으로 수납해둔 것이었다.

본래 마법 주머니 안에서 상품을 꺼내는 경우,

① 마법 주머니의 내용물 일람 윈도를 표시
↓
② 일람 윈도의 상품을 선택
↓
③ 그 상품을 마법 주머니에서 꺼낸다
↓
④ ②~③을 반복하여 하나씩 꺼낸다

이렇게 하나씩 꺼낼 수밖에 없지만, 훌리오는 본래 진행해야 하는 ①부터 ④의 작업을 모두 생략하고,

⑤ 꺼내고 싶은 상품을 여러 개 지정하여 전부 동시에 꺼낸다

이런, 본래라면 있을 수 없는 방법으로 꺼낸 것이었다.
당연히 마법 주머니 안에 보존하고 있는 상품을 완벽하게 파악하고 있는 훌리오이기에 가능한 곡예라고도 할 수 있겠지만…….

마법 주머니에서 꺼낸 상품을 손님들에게 설명하는 훌리오.
그런 훌리오를 상품 선반에 상품을 진열하던 벨라노가 쳐다보고 있었다.
벨라노는 호우타우 마법 학교의 교직원이지만, 오늘은 학교 수업이 빨리 끝나기도 하여 훌리스 잡화점을 도우러 온 것이었다.

──벨라노.
전직 클라이로드 성의 기사단 소속 마법사.
지금은 기사단을 그만두고 훌리오 가에 머무르며 호우타우 마법 학교의 교직원으로 방어 마법을 가르치면서, 학교가 쉬는 날이나 수업이 없는 날에는 훌리스 잡화점을 돕고 있다.

'……훌리오 님…… 괴, 굉장해…… 마법 주머니에서 저런 방식으로 상품을 꺼내다니…….'

마음속으로 감탄하며 존경의 눈빛으로 훌리오를 바라보는 벨라노.

아버지와 오빠를 마왕군과의 싸움으로 잃은 벨라노는, 훌리오에게서 이 세상을 떠난 아버지나 오빠의 모습을 겹쳐 보고는 항상 따르고, 존경하고, 경의를 품었다.

상품을 선반에 진열하는 손을 멈추고 훌리오를 계속 응시하는 벨라노.

그녀의 뺨은 무의식중에 붉게 물들어 있었다.

'아아…… 훌리오 님께서 내 서방님이셨다면…… 같이 마법을 연구한다든지…….'

벨라노가 마음속으로 그런 생각을 한 다음 순간…….

벨라노의 등 뒤에서 무언가 기척이 출현했다.

그 기척은 마치 사냥감을 노리는 늑대처럼 벨라노를 응시했다.

그 기척을 알아차린 벨라노는 움찔 몸을 떨고는 황급히 뒤를 돌아봤다.

하지만 그곳에는 훌리스 잡화점의 선반이 있을 뿐이었다.

"……뭐, 뭐였지……."

얼굴이 새파랗게 질리며 식은땀으로 등을 흠뻑 적시는 벨라노.

◇같은 시각 호우타우 훌리오 가◇

거실 안에서 청소를 하던 리스는 벽의 한 점을 응시하고 있었다.

——리스.

전직 마왕군, 아랑족의 여전사.

훌리오에게 패배한 뒤, 그의 아내로서 함께 걸어가는 길을 선택했다.

훌리오를 너무나도 좋아하는 아내이자 엘리나자와 가릴의 어머니.

리스의 등에서는 마족만이 드러낼 수 있는 마소의 오라가 출현하였고, 그녀의 눈은 사냥감을 사냥하는 늑대의 눈 그 자체로 변한 상태였다.

그 눈은 거실의 벽을 응시했다.

그 벽이 있는 방향에 훌리스 잡화점이 있다는 것은…… 굳이 말할 필요도 없었다.

'……서방님께 추파를 던지는 여자의 기척이 느껴졌는데…… 그래, 기분 탓이구나…….'

마음속으로 그런 생각을 하는 리스.

한동안 그러고 있다가 퍼뜩 정신을 차리더니,

"안 되지, 안 돼. 빨리 청소를 마치고 빨래를 시작하지 않으면 저녁때까지 안 마를 거야."

허둥대며 빗자루로 실내를 청소했다.

◇또다시 훌리스 집화점 안◇

벨라노가 등에 흠뻑 땀을 흘리는 옆으로, 훌리오는 카운터 위에 늘어놓은 상품을 손으로 가리키며,

"재고를 꺼내 봤는데 마음에 드시는 상품이 있으신가요?"

평소의 시원스러운 미소를 띠었다.

그런 훌리오와 카운터 위에 죽 늘어놓은 상품들을 교대로 바라보며 눈을 동그랗게 뜨는 손님들.

"우와! 버, 벌써 말입니까?! 와, 여전히 굉장하네."

"이만한 숫자의 상품을 단번에 꺼내다니……."

훌리오의 빠른 일처리에 깜짝 놀라면서도, 손님들은 훌리오가 꺼낸 상품을 저마다 손에 들었다.

그러자……

"훌리오 씨, 나는 도끼가 필요한데."

"나는 마법 지팡이를 몇 개……."

"마법약에 대해서 조금 물어보고 싶은 게 있는데요."

"저기, 방패 수리를 부탁드리려고요……."

훌리오 주위로 모험가들이 우르르 모여들어 순식간에 수십 명의 인파가 생겨버렸다.

'우, 우와, 이렇게나 단번에 밀려들면 대응하기 어려운데……. 계산대의 우리미나스한테도 도움을 받아야겠어…….'

미소와는 달리 마음속으로 초조한 심정을 느끼던 훌리오는, 시선을 계산대 안에 있는 우리미나스에게 향했다.

——우리미나스.

마왕 시절 고자르의 측근이었던 헬캣 여자.

고자르가 마왕을 그만두었을 때에 함께 마왕군을 그만두고 아인의 모습으로 변하여 훌리스 잡화점에서 일하고 있다.

고자르의 두 아내 중 하나.

그런 훌리오의 시선 앞에는 평소처럼 우리미나스의 모습이 있었지만⋯⋯

"뒤에 전시되어 있는 울프 저스티스 마스크를 주세요!"

"나도!"

"저도!"

"나도!"

"내 것도!"

"여기도!"

그런 우리미나스 앞에는 미소와 함께 소리 높이며, 카운터 뒤에 견본으로 전시되어 있는 울프 저스티스 마스크를 구입하려는 수많은 아이들의 모습이 있었다.

우리미나스는 붙임성 있는 미소를 띠며 바쁜 손을 움직이고 있었다.

"아아, 그래그래, 잠깐 기다리라냥. 다들 울프 저스티스의 푸른 마스크구냥."

그리고는 발밑의 나무상자 안에 들어 있는 울프 저스티스 마스크를 꺼냈다.

울프 저스티스 마스크⋯⋯.

원래는 훌리오가 정체를 감추기 위해서 사용한 마스크를 본떠서 만든 상품인데, 클라이로드 마법국과 마왕군 사이에 휴전을 가져온 영웅으로 울프 저스티스의 이름은 클라이로드 마법국만이 아니라 전 세계에 퍼졌고, 훌리스 잡화점이 판매하는 울프 저스티스 마스크는 아이들을 중심으로 대인기 상품이 된 것이었다.

　아이들만이 아니라 어느 이는 집의 수호신으로, 또 어느 이는 여행의 부적 대신에 구입하고자 하여 이제는 훌리스 잡화점 최고의 인기 상품 반열에 올랐다.

　또한 울프 저스티스 옆에 항상 따르는 희고 거대한 늑대──정체는 아랑으로 변한 리스지만, 그 모습을 귀엽게 만든 인형이나 와인이 사용한 붉은 늑대 마스크나 고자르가 사용한 검은 늑대 마스크 등을 본떠서 만든 마스크 등도 판매되는 것이었다.

　카운터 안의 우리미나스는 울프 저스티스 마스크를 사려고 대거 몰려든 아이들을 상대로 정신이 없는 모양인지 훌리오의 시선을 깨닫고는,

　'어~, 지금은 좀 무리다냥.'

　미안하다는 듯 고개를 좌우로 내저었다.

　그런 우리미나스를 향해 가볍게 오른손을 든 훌리오는,

　'그럼 발리로사한테 도움을 청할까…….'

　그런 훌리오의 시선 앞에서, 발리로사는 커다란 나무상자를 들고 총총히 이동하는 중이었다.

──발리로사.

전직 클라이로드 성의 기사단 소속 기사.

지금은 기사단을 그만두고 훌리오 가에 머무르며 훌리스 잡화점에서 일하고 있다.

고자르의 두 아내 중 하나.

나무상자를 상품 선반 앞에 내려놓더니 발리로사는 그 안의 상품을 진열대 안에 차례차례 진열했다.

하지만 발리로사가 막 진열한 상품을, 품절된 상품이 보충되기를 기다리던 손님들이 진열되기가 무섭게 옆에서 가져가는 상황이었다.

"있잖아, 누님. 이거 좀 더 필요한데."

"나도 그래."

"저도요."

"아, 예. 알겠어요. 바, 바로 추가 상품을 가져올 테니……."

주위에 모여 있는 손님들을 향해 몇 번이고 머리를 숙이는 발리로사.

나무상자 안의 상품 진열을 마치더니 추가 상품을 가지러 가게 안쪽으로 달려갔다.

그런 발리로사의 모습을 쓴웃음 지으며 바라보는 훌리오.

'발리로사도 손을 뗄 수는 없겠는데…… 그럼 고자르 씨…….'

훌리오는 다시 시선을 가게 안으로 향했다.

그런 훌리오의 시선 끝, 계산대 근처의 벽 쪽에 고자르의 모습이 있었다.

　——고자르.
　전직 마왕 고우르인 그는 마왕의 자리를 동생 유이가드에게 넘기고 인간족의 모습으로 훌리오 가에 머무르는 사이, 훌리오와 친구라고 할 수 있는 사이가 되었다.
　지금은 전직 마왕군의 측근이었던 우리미나스와 전직 기사 발리로사, 두 아내를 두고 있다.

　고자르는 그 자리에 우두커니 선 채로 계산대 쪽을 계속 응시했다.
　그 시선 끝에는 우리미나스에게서 울프 저스티스 마스크를 받아들고 기뻐하는 표정을 띤 아이들의 모습이 있었다.
　그런 아이들을 응시하며 무어라 입을 움직이는 고자르.
　("……어째서냐…… 울프 저스티스 마스크가 인기인 건 뭐, 그렇다고 치자……. 하지만 와인이나 히야, 다말리나세의 마스크나 리스의 인형까지 팔리고 있는데…… 어째서 나의 울프 블랙 마스크만 아무도 안 사는 거냐…….")

　그렇다……. 고자르가 중얼거리다시피, 개점하고 시간이 지났음에도 불구하고 고자르가 울프 블랙으로서 사용한 마스크 상품만 이제까지 하나도 팔리지 않은 것이었다.

　그런 고자르의 모습을 보고 쓴웃음 짓는 훌리오,

'고자르 씨는 고자르 씨대로 이래저래 바쁜 모양이네……. 어쩔 수 없이, 어떻게든 혼자서 극복해야 하나.'

훌리오가 다시 손님들을 돌아본, 그때였다.

훌리오 뒤의 벽에 마법진이 출현하고 그 안에서 두 여성이 모습을 드러냈다.

"지고하신 주인님, 외람되오나 저 히야가 도움을 드리고자 합니다."

"나도 도와줄게요."

마법진에서 모습을 드러낸 두 여성이 훌리오 곁으로 다가왔다.

──히야.

빛과 어둠의 근원을 관장하는 마인.

이 세계를 멸망시킬 수 있을 만큼의 마력을 지녔지만 훌리오에게 패배한 뒤, 훌리오를 『지고하신 주인님』으로 모시며 훌리오 가에 머무르고 있다.

──다말리나세.

암흑 대마법에 통달한 암흑 대마도사.

히야에게 패배한 이후, 히야를 사모하여 수련의 동료로서 히야의 정신세계에서 살고 있다.

"히야, 다말리나세. 고마워, 덕분에 살았어."

두 사람에게 시선을 향한 훌리오는 무심코 안도의 한숨을 내쉬었다.

"무슨 말씀이십니까, 저희는 지고하신 주인님께 도움이 되기 위한 존재라고 해도 과언이 아닙니다."

"이 정도는 당연하니까요."

훌리오의 말에 송구스러워 하면서도, 히야와 다말리나세는 손님들에게 다가갔다.

히야와 다말리나세가 마법약이나 마법 관련 상품의 대응, 훌리오가 무기류나 그 밖의 상품에 대응하며 접객을 진행했다.

그 덕분에 손님의 회전율은 빨라졌지만…… 그럼에도 훌리스 잡화점에는 잇따라 새로운 손님이 찾아와서 항상 만원인 상태가 이어지고, 어느샌가 훌리스 잡화점 가게 앞에는 입점을 기다리는 줄이 만들어진 것이었다.

◇훌리스 잡화점 뒤 짐마차 발착장◇

훌리스 잡화점 뒤에는 짐마차를 한 번에 열 대까지 세워둘 수 있는 짐마차 발착장이 있다.

그곳에는 모험가 복장을 입은 많은 여성들이 바쁘게 돌아다니며 어느 이는 짐마차에 화물을 싣고, 또 어느 이는 막 도착한 짐마차의 화물을 확인하는 등등 한창 작업을 진행하고 있었다.

그런 여성들 사이를 한층 더 바삐 돌아다니는 한 여성이 보였다.

——그레아니르.

마족의 마인(魔忍)족으로 구성된 마왕군 첩보 기관 『고요한 귀』의 전직 멤버.

고요한 귀의 멤버들과 함께 마왕군을 그만두고 아인 종족이 되어, 훌리스 잡화점 짐마차대의 리더로서 전직 고요한 귀의 멤버들과 함께 일하고 있다.

어느 짐마차 앞에서 걸음을 멈춘 그레아니르.

빈 짐마차와 수중의 서류를 교대로 바라봤다.

"이 짐마차의 화물은?"

그 말에 호응하며 창고 쪽에서 한 여자가 그레아니르 곁으로 달려왔다.

"당장 싣겠습니다."

"서둘러. 이제 곧 다음 짐마차가 돌아오니까."

"알겠습니다."

머리를 숙이더니 여자는 창고로 다시 달려갔다.

그 뒷모습을 확인한 그레아니르는 화물 적재가 끝난 짐마차의 마부석으로 올라탔다.

"그럼 나는 클라이로드 성으로 납품하러 갈게. 뒷일은 부탁해."

"예, 맡겨주십시오."

근처에 있던 여자들 몇몇이 그레아니르를 향해 머리를 숙였다.

그를 확인한 그레아니르는 짐마차를 출발시켰다.

마마(魔馬)답게 평범한 말보다 한 아름 더 큰 말이 끄는 가운데, 짐마차가 움직이기 시작했다.

고삐를 쥔 그레아니르는 앞을 바라봤다.

그 시선 앞에서 짐마차를 끄는 마마가 고개를 돌려 그레아니르에게 시선을 향했다.

『오늘은 짐마차대 리더인 그레아니르가 같이 가나. 잘 부탁하지.』

"저야말로 마마 부대 대장인 다크호스트 님께서 직접 마차를 끌어주시어 영광입니다. 잘 부탁드립니다."

다크호스트를 향해 깊이 머리를 숙이는 그레아니르.

──다크호스트.

전직 마왕군 사천왕의 일원 슬레이프 휘하의 정예부대 대장이었던 마마족.

슬레이프와 함께 마왕군을 그만두고 훌리오 가의 마구간에서 머무르고 있다.

전직 정예부대인 마마 부대를 이끄는 대장으로서 짐마차를 끄는 임무를 맡고 있다.

"……헌데 이상하군요."

다크호스트를 바라보며 고개를 갸웃거리는 그레아니르.

"오늘은 분명히 당신의 부하인 알케치노가 제 짐마차를 끌어줄 예정이었을 텐데요……."

『어, 트, 트러블이 좀 있어서 말이야. 이 일은 신경 쓰지 말아 줘. 어쨌든 제대로 일은 해낼 테니까.』

"예…… 뭐, 그렇다면 딱히 문제는 없습니다만……."

조금 당황한 말투의 다크호스트.

그런 다크호스트를 보고 다시금 고개를 갸웃거리며 대답하는 그레아니르.

『그, 그보다도 말이야…… 최근에 훌리스 잡화점은 굉장히 대성황이네. 여기저기 마을로 화물을 배달하는데 가게 안도 항상 손님이 가득하니.』

조금 당황한 말투로 화제를 바꾸는 다크호스트.

그 말에 그레아니르는 만족스레 고개를 끄덕였다.

"훌리스 잡화점은 마왕군과 클라이로드 마법국이 휴전 협정을 맺기 전부터, 클라이로드 성으로부터 의뢰받은 전선 보급 임무를 완벽하게 수행했으니까요.

게다가 물품도 모두 일급품이며 신뢰할 수 있는 가게라고 클라이로드 성이 직접 공표한 덕분에 잡화점에는 손님이 끊임없이 방문하게 되었고, 그에 더해서 이곳저곳의 도시나 마을이 가게에서 다루는 상품을 대량으로 주문해 주시는 덕입니다."

『우리 마마 부대도 일이 끊이질 않으니까, 고마운 일이야.』

"정말로…… 마왕군을 그만두고 갈 곳을 잃은 저희 고요한 귀 일동에게 이렇게 안주할 수 있는 땅을 주신 훌리오 님께는 아무리 감사해도 모자랄 지경입니다……. 이 은혜에 보답하여 계속 일해야겠지요."

고삐를 붙잡은 손을 힘껏 움켜쥐는 그레아니르.

『그래, 정말이야.』

다크호스트도 마마의 모습 그대로 고개를 끄덕였다.

『……헌데 그레아니르, 클라이로드 성에서 일이 끝나면 시간을 좀 내어줄 수 없을까?』

"시간 말입니까? 그렇군요, 조금이라면 낼 수 있을 것 같습니다만."

『그럼, 괜찮으면 같이 식사라도 어때? 어제 클라이로드 성 아랫마을에서 돌아온 부하가 맛있는 식당을 가르쳐 줬는데……』

"식사 말입니까? 아뇨, 저는 클라이로드 성 아랫마을을 시찰해야만 하니 느긋하게 혼자 드시죠."

무표정 그대로 대답하는 그레아니르.

『그, 그런가…… 아, 알았다.』

그런 그레아니르의 태도에 마음속으로 한숨을 내쉬는 다크호스트.

기분 탓인지 어깨를 풀썩 떨어뜨리며 총총히 가도를 나아갔다.

"?"

그런 다크호스트의 태도에 고개를 갸웃거리면서도, 그레아니르는 가져온 서류를 꺼내어 다음 거래의 확인 작업을 시작했다.

그런 두 사람의 짐마차는 이윽고 성문에서 수속을 마치고, 클라이로드 성을 향해 도시 밖으로 뻗어 있는 가도를 나아갔다.

◇호우타우 훌리오 가◇

저녁.

훌리오 가 앞에 리스가 있었다.

정원 가득히 널어놓은 빨래가 잘 말랐는지 확인하는 리스.

"응, 좋은 느낌으로 말랐네요. 다행이야."

리스는 만족스러운 미소를 띠며 빨래를 걷는다.

그런 모습에서는, 리스가 전직 마왕군 사천왕 후보였다는 사실을 상상조차 할 수 없었다.

"자, 빨리 걷고 식사를 준비하지 않으면 가게에서 일하는 서방님이랑 다른 여러분, 그리고 학교에 간 엘리나자와 가릴이 돌아와 버릴 테니까요."

빨래를 걷는 속도가 빨라졌다.

현재 훌리오 가에는,

훌리오와 리스 부부와 둘의 자식인 엘리나자와 가릴.

어느샌가 훌리오의 자식 같은 포지션이 된 와인.

고자르와 우리미나스 · 발리로사 부부.

슬레이프와 빌레리의 사실혼 부부.

블로섬과 벨라노의 전직 클라이로드 기사단 팀.

애완동물 사베어.

도합 열두 명과 한 마리가 공동생활을 하며, 리스는 그렇게 훌리오 가에 사는 모두의 가사 전반을 중심이 되어서 해치우고 있는 것이었다.

참고로 히야와 다말리나세는 새로이 수련 동료가 된 사계(邪界)의 마인 마호리온과 함께 히야의 정신세계에 살고 있었다. 그래서 빨래는 자기들이 하고 있지만, 식사는 다른 사람들과 함께 먹다 보니 그런 준비도 리스가 맡고 있었다.

"아, 리스 님~! 빨래 정리라면 도와드릴게요~."

훌리오 가 현관 앞에 펼쳐져 있는 광대한 방목장 안에서 작업을 하던 빌레리가, 대량의 빨래를 걷고 있는 리스의 모습을 알아차리고는 웃으며 달려왔다.

──빌레리.

전직 클라이로드 성의 기사단 소속 궁사.

지금은 기사단을 그만두고 훌리오 가에 머무르며 말을 잘 다루던 특기를 살려, 말 계통 몬스터를 돌보면서 슬레이프의 동거인으로 사이좋게 살고 있다.

살랑살랑 방목장 안을 달려가는 빌레리.

열심히 달리고는 있지만, 달리는 자세 탓인지 속도는 무척 느렸다.

그때 한 마리 마마가 다가왔다.

검은 거구에 불꽃같은 붉은 문장이 도드라진 그 마마.

『빌레리, 태워주지.』

"아, 슬레이프 님, 고마워요~."

거대한 마마──마족의 사마(死馬) 모습인 슬레이프가, 빌레리의 옷자락을 입에 물고는 그대로 들어 올려 자신의 등에 태웠다.

──슬레이프.

전직 마왕군 사천왕 중 하나.

마왕군을 그만두고 훌리오 가에 머무르며 말 계열 몬스터들을 돌보고 있다.

노령이지만 빌레리를 동거인으로 맞이하여 사이좋게 살고 있다.

"아~, 슬레이프 님~, 고마워요~."

뺨을 붉게 물들이며 슬레이프의 두꺼운 목을 끌어안는 빌레리.

『뭐, 뭐냐, 이 정도는 별일 아니다.』

그런 빌레리의 행동에 나잇값도 못하고 목소리가 높아지는 슬레이프.

이윽고 빌레리를 태운 슬레이프는 리스가 빨래를 정리하는 장소로 달려왔다……만…….

『으, 음?!』

"어, 어라~?"

눈을 동그랗게 뜨는 슬레이프와 빌레리.

그런 두 사람 앞에 이미 리스의 모습은 없었다.

그것만이 아니라 빨래까지 모두 사라지고 빈 빨랫줄만이 빌레리와 슬레이프 앞에 남아있었다.

그렇다……. 리스는 빌레리를 등에 태운 슬레이프가 달려오는 짧은 시간 사이에, 빨래 정리를 모두 마치고 집 안으로 들어간 것이다.

『여, 여전히 일이 빠르다고 할까…….』

"정말로~, 순식간이었네요……."

빨랫줄 앞에서 쓴웃음 짓는 슬레이프와 빌레리.

그때 수레 한 대가 지나갔다.

"응? 슬레이프 님에 빌레리도 참, 그런 곳에서 뭘 하는 거야?"

수레를 끄는 사이코 베어 모습의 사베어, 그 옆에서 걷고 있는 블로섬이 빨랫줄 앞에서 서로를 마주보고 있는 슬레이프와 빌레리에게 말을 건넸다.

──사베어.

원래는 야생의 사이코 베어.

훌리오와 조우하여 이길 수 없다는 사실을 깨닫고 항복, 이후로 애완동물로서 훌리오 가에 살고 있다.

평소에는 훌리오의 마법으로 혼 래빗 모습으로 변신한다.

──블로섬.

전직 클라이로드 성의 기사단 소속 중갑기사.

발리로사의 친구로, 그녀와 함께 기사단을 그만두고 훌리오 가에 머무르고 있다.

본가가 농가였기에 농사일이 특기라서, 훌리오 가 한편에 광대한 농원을 운영하고 있다.

"아, 블로섬이랑 사베어잖아요~. 혹시 저녁에 쓸 채소를 가져왔나요~?"

"응, 그래. 이제 곧 리스 님이 부엌에서 저녁 준비를 시작하실 무렵이니까. 내 농원에서 갓 수확한 채소를 가져다드리려고."

"아, 그럼 저도 같이 갈게요~. 리스 님의 요리를 도와드리고 싶으니까요~……. 영차…… 영차……."

그리 말하곤 슬레이프의 등에서 내려오는 빌레리.

빌레리가 지면에 내려섰기에, 슬레이프는 인간 형태로 변신했다.

"그럼 나는 방목장 정리를 해두지."

빌레리와 블로섬에게서 등을 돌려 마구간 쪽으로 돌아가려고 하는 슬레이프.

"아, 슬레이프 님, 잊어버린 거요~."

그런 슬레이프를 불러 세우는 빌레리.

"음? 잊어버린 거라니?"

허둥지둥 돌아보는 슬레이프.

그러자 그런 슬레이프를 향해 눈을 감고 입술을 내민 빌레리의 모습이 그곳에 있었다.

"으, 으음?! 이, 잊어버렸다는 건……."

'저, 접문 말이었나……. 하, 하지만…….'

빌레리를 바라보던 슬레이프가 블로섬 쪽으로 시선을 향했다.

그러자,

"아~, 아~. 우리는 아~무것도 안 보여요~."

"보후보후!"

그곳에는 양손으로 두 눈을 가린 블로섬과 사베어가 있었다.

"자자, 그러니까 제대로 쪽 한 발 해버리세요."

"보후보후!"

"으, 음……."

슬레이프는 잠시 미간을 찌푸리고 있었지만…… 눈앞에서 키스를 조르는 빌레리의 앳된 느낌이 남은 얼굴을 앞에 두고 거스를 수도 없어서, 천천히 얼굴을 가져다댔다.

두 사람의 입술이 겹쳐지고 그대로 잠시 정지하는 슬레이프와 빌레리.

"호~……."

그런 두 사람 바로 옆에 어느샌가 와인이 있었다.

──와인.

용족 최강의 전사라고 불리는 드래고뉴트.

객사하려던 참에 훌리오와 리스가 구해 주면서, 그 후로 훌리오 가에서 살고 있다.

엘리나자와 가릴의 언니·누나 같은 존재로서 두 사람을 귀여워하고 있다.

"누오?! 와, 와인?!"

황급히 빌레리에게서 얼굴을 떼는 슬레이프.

"아아, 정말이지 와인노 참, 방해하면 안 된다고! 기껏 한창 좋을 때였는데."

"와후와후!"

양손을 얼굴을 덮고 있던…… 척하며 손가락 틈새로 슬레이프
와 와인의 모습을 훔쳐보던 블로섬과 사베어가 와인을 향해 마구
비난을 퍼부었다.

"우오?! 너, 너희, 역시 훔쳐보고 있었나?!"

그런 블로섬과 사베어를 향해 마구 비난을 쏟아내는 슬레이프.

"있지있지있지. 지금 그거 뭐야? 뭐야? 슬레슬레랑 빌레빌레
랑 뭐한 거야? 뭐한 거야?"

그런 슬레이프에게 어리둥절한 모습으로 다가가는 와인.

"으, 으음…… 와, 와인. 너한테는 아직 이르다."

"어~! 가르쳐줘가르쳐줘~! 신경쓰여신경쓰여~!"

필사적으로 얼버무리려고 하는 슬레이프.

그런 슬레이프에게 더더욱 다가가는 와인.

"그, 그럼 저는~ 리스 님을 도우러 갈게요~."

"어, 이, 이봐 빌레리, 도망치지 마!"

"슬레이프 님~, 뒷일은 잘 부탁드려요~."

얼굴을 새빨갛게 물들이며 도망치듯 그 자리에서 떠나는 빌레리.

그런 빌레리를 향해 오른손을 뻗는 슬레이프.

그 모습을 옆에서 보던 블로섬과 사베어는,

"그럼 우리도 채소를 가져다드리러 갈게요."

"바호바호."

빌레리 뒤를 쫓듯이 그 자리에서 총총히 떠났다.

"아, 너희까지 도망치지 마라! 자, 잠깐만 기다리지 않겠느냐!"

황급히 오른손을 뻗으며 본인도 그 뒤를 따르려고 하는 슬레이프.

덥석.

하지만…… 그 팔을 와인이 단단히 붙잡았다.

슬레이프 쪽이 와인보다 상당히 큰 체구지만, 드래고뉴트라서 겉모습으로 상상할 수도 없는 수준의 악력과 완력을 가진 와인에게 붙잡힌 슬레이프는 그 자리에서 더는 한 걸음도 움직일 수 없었다.

"있지있지, 슬레슬레, 아까 그거 뭐야? 뭐야? 가르쳐 줘! 가르쳐 줘!"

"어, 아니…… 그, 그건 말이다……. 너한테는 아직 이르다고 할까, 뭐라고 할까……."

"에~?! 너무해너무해! 알고싶어알고싶어!"

"으, 으음…… 그, 그러니까 그게 말이다……."

와인의 『가르쳐줘!』 공격을 당하고 쩔쩔매는 슬레이프.

"저, 정말이지…… 드래고뉴트 최강 전사 주제에…… 이런 일에 흥미를 갖지 말라고!"

"에~?! 하지만 알고 싶은걸!"

와인 앞에서 쩔쩔매는 슬레이프.

그 모습에서, 그가 마왕군에서 가장 오랫동안 사천왕 지위에 있었다는 사실 따윈 상상도 할 수 없었다.

◇ ◇ ◇

얼마 후.

훌리오 가 일 층의 거실.

그 중앙에 놓여 있는, 훌리오 가 전원이 한 번에 앉을 수 있는 커다란 테이블 위에는 리스와 빌레리가 조리한 요리를 한창 늘어놓는 중이었다.

"와아~! 밥이다밥이다! 마망이 한 밥!"

거실로 이동하고도 와인은 한동안 슬레이프에게 『가르쳐 줘』 공격을 계속했지만, 저녁식사가 테이블 위에 펼쳐지면서 흥미의 대상이 그쪽으로 이동했다.

그런 와인의 모습을 바라보며 슬레이프는 살짝 지친 표정을 띠었다.

그런 와인 앞으로 앞치마 차림의 엘리나자는 음식이 수북하게 담긴 접시를 늘어놓았다.

와인은 엘리나자가 막 내려놓은 접시에 얼굴을 바짝 붙이고는 크게 심호흡하며 요리의 냄새를 즐겼다.

"응~! 맛있겠다맛있겠다! 있지, 먹어도 돼? 있지, 먹어도 돼?"

눈을 반짝이며 엘리나자를 바라보는 와인.

엉덩이 쪽에서는 평소에는 숨기고 있는 드래곤 꼬리가 출현하여 좌우로 크게 흔들리고 있었다.

그런 와인의 모습에 무심코 쓴웃음 짓는 엘리나자.

──엘리나자.

훌리오와 리스의 아이인 쌍둥이 중 누나.

마족인 어머니 리스의 피를 이어받았기에 급속히 성장하고 있다.

와인을 친언니처럼 잘 따른다.

"와인 언니. 조금만 더 기다려, 홀리스 잡화점에서 일하는 다른 사람들이 조금 있으면 돌아올 테니까."

"아으~…… 파파랑 다들, 아직인가아직인가…… 빨리 밥 먹고 싶어먹고싶어……."

요리에 얼굴을 바싹 댄 채로 입가에 침을 흘리는 와인.

"정말이지, 와인은 진짜 먹보구나."

그런 와인의 모습을 맞은편 자리에 앉아서 보던 블로섬이 쓴웃음을 지으며 말을 건넸다.

하지만 막상 와인은…….

"아직인가아직인가~ 다들, 아직인가아직인가~……."

시선을 요리에 고정한 채로 거친 숨을 연신 몰아쉬느라 블로섬의 말이 전혀 귀에 들어오지 않는 듯 했다.

그리고 그런 거실 안으로 가릴이 달려왔다.

──가릴.

훌리오와 리스의 아이인 쌍둥이 중 남동생.

마족인 어머니 리스의 피를 이어받았기에 급속히 성장하고 있다.

와인을 친누나처럼 잘 따른다.

"우와! 오늘 밥도 엄청 맛있겠다! 있지, 누나, 이제 먹어도 돼?"

와인과 얼굴을 맞대고 요리 냄새를 있는 힘껏 들이마신 가릴은 환호성을 터뜨렸다.

그런 가릴 앞에서 가볍게 입술을 삐죽이며 허리에 양손을 대고, 오른손 검지로 가릴의 콧등을 쿡 한 번 찌르는 엘리나자.

"정말이지! 가릴도 참, 밖에 나갔다가 오면 가장 먼저 손을 씻으라고 파파랑 마마가 항상 이야기하잖아!"

"아, 이런, 깜박했다?!"

허둥지둥 일어선 가릴은 세면대 쪽으로 달려갔다.

그러자 와인도 자리에서 일어나더니,

"와하?! 깜박했다! 깜박했다! 손 씻자! 손 씻자!"

당황해서는 소리까지 높이며 가릴의 뒤를 쫓았다.

"와인 언니까지…… 정말이지……."

둘의 뒷모습을 바라보며 엘리나자는 쓴웃음 지었다.

"핫핫핫, 드래고뉴트 최강의 전사였던 와인도 엘리나자 앞에서는 엉망이구나."

엘리나자와 와인, 가릴의 대화를 지켜보던 슬레이프가 즐거운 듯 웃음을 터뜨렸다.

그런 슬레이프에게 엘리나자는 시선을 향했다.

"슬레이프 아저씨, 와인 언니는 저랑 가릴의 소중한 언니예요. 드래고뉴트라든지 그런 건 관계없어요."

미소를 띤 엘리나자를 앞에 두고 슬레이프는 잠시 생각에 잠기

더니,

"흠…… 확실히 그렇구나."

미소를 띠며 크게 고개를 끄덕였다.

'정말이지…… 마족인 와인을 이렇게까지 신뢰하다니……. 이 것 참, 정말로 참하게 자란 아이야.'

"저희도~, 저런 참한 아이가 있으면 좋겠네요~."

"흠, 참으로 그렇구나. 아니…… 이봐, 빌레리?! 어, 어느새?!"

음음, 고개를 끄덕인 슬레이프는 빌레리가 어느샌가 자기 옆자리에 앉아 있다는 사실에 눈을 동그랗게 떴다.

"예~, 조금 전에 왔는데요~? 무슨 일 있으세요~?"

어리둥절한 표정으로 슬레이프를 바라보는 빌레리.

"아, 아니…… 딱히 아무것도 아니야. 아무것도, 음."

보란 듯이 헛기침을 하며 상황을 얼버무리는 슬레이프.

'기척을 느끼지 못했던 내가 약해진 것인지, 내 눈치를 피한 빌레리가 굉장한 것인지…….'

그런 생각을 하며 빌레리를 바라보던 슬레이프.

슬레이프의 시선에 뺨을 물들이면서도 빌레리는 싱긋 미소를 띠었다.

'뭐…… 이 미소를 보고 있으면 그런 일 따윈 아무래도 상관없다는 생각이 드니까, 신기하구나.'

슬레이프 역시도 빌레리에게 미소로 답했다.

이윽고 리스가 마지막 접시를 가져왔다.

동시에 거실 벽에 마법진이 전개되기 시작했다.

황금색으로 빛나는 마법진 중앙에 문이 출현하는가 싶더니, 그 문이 열리고 안에서 훌리오 일행이 모습을 드러냈다.

문 너머에는 훌리스 잡화점 가게 안의 광경이 펼쳐져 있었는데, 이미 폐점 작업을 마쳤는지 가게 안은 어두웠다.

"서방님, 다녀오셨어요!"

"파파, 다녀오셨어요!"

훌리오의 모습을 확인한 리스와 엘리나자는 미소를 띠며 달려왔다.

그런 거실로, 손을 씻은 와인과 가릴이 돌아왔다.

"아, 파파! 어서 와! 어서 와!"

"아빠다! 다녀오셨어요!"

와인과 가릴 역시도 미소를 띠며 훌리오 곁으로 달려갔다.

훌리오 앞으로 순식간에 리스, 엘리나자, 와인, 가릴이 집합해서는 주위를 둘러쌌다.

그래서 전이 문 앞에서 움직일 수가 없게 되어버린 훌리오.

"다들 다녀왔어⋯⋯. 맞이해주는 건 기쁘지만, 내가 여기에 있으면 가게의 다른 사람들이 집으로 못 돌아오니까⋯⋯."

"그렇다냥! 우리도 있다냥."

훌리오의 말을 듣고 그의 바로 뒤에 서 있는 우리미나스가 항의의 목소리를 높였다.

우리미나스에게 흘끗 시선을 향하는 리스.

그 뒤로는 고자르와 발리로사의 모습도 뒤따르고 있었다.

"어머, 미안해요. 그럼 서방님은 이쪽으로."

훌리오의 품에 안겨들더니 훌리오를 항상 앉는 자리로 데려가려고 하는 리스.

반대쪽 품에 엘리나자가 안기고 등 뒤에서 와인이 끌어안았다.

가릴은 그런 훌리오의 앞에 자리 잡고, 앞장을 서기 시작했다.

"잠깐만 기다려. 먼저 손을 씻고 와야지."

세면대로 향하는 훌리오.

그러자,

"그럼 저도 서방님이랑 같이 손을 씻을게요."

"나도 파파랑 손 씻을래!"

"와인도 같이! 같이!"

"그럼 나도 한 번 더 손을 씻을까!"

훌리오 주위를 둘러싼 가족들은 저마다 그리 말하며, 훌리오와 함께 세면대로 이동했다.

"……여전히 사이가 좋다냥."

그들의 뒷모습을 바라보던 우리미나스가 미소를 띠었다.

"음, 정말이야……. 저런 가족의 광경이야말로, 목표로 삼을 만하다 싶네."

우리미나스의 말에 크게 고개를 끄덕이는 발리로사.

서로 얼굴을 마주한 두 사람은 시선을 천천히 고자르에게 향했다.

두 사람의 그런 시선 앞에 있는 고자르는…… 이미 항상 앉는 자리에 앉아서 팔짱을 낀 채로 식사 개시를 기다리고 있었다.

고자르를 싸늘한 눈빛으로 바라보는 우리미나스와 발리로사.

"고자르…… 손은 씻었냥?"

"음? 그런 거, 마법을 쓰면 금방 끝나지 않나."

작게 영창하는 고자르.

그러자 고자르의 양손이 빛으로 뒤덮이고 금세 깨끗해졌다.

그 모습을 보던 우리미나스와 발리로사는 크게 한숨을 내쉬었다.

"고자르…… 아이들의 교육을 위해서라도, 손 씻는 건 마법으로 넘어가지 않기로 약속했을 텐데……."

"으, 음?! 그, 그러고 보니 그랬군!"

허둥지둥 일어나더니 고자르는 재빨리 세면대로 향했다.

그런 고자르의 뒷모습을 바라보며 또다시 크게 한숨을 내쉬는 우리미나스와 발리로사.

"……이런 상태로…… 나나 발리로사한테 아이가 생기더라도 괜찮을까……."

"음…… 저랑 우리미나스 경이 제대로 해야겠네요."

"……피차, 남편이 저래서 고생이다냥……."

"……뭐, 그런 이야기는 하지 않는 걸로……."

서로 얼굴을 마주보며 쓴웃음을 띠는 고자르의 두 아내였다.

◇훌리오 가 뒤뜰에 있는 오두막◇

오늘도 다 같이 식사를 마친 훌리오는 집 뒤뜰로 향했다.

훌리오 가 뒤뜰에는 최근에 그가 마법을 구사하여 세운 이 층 오두막이 있었다.

훌리오가 오두막 안으로 들어가자 입구와 바로 붙어 있는 큰방 안에 작업을 하고 있는 한 사람의 모습이 보였다.

　자세히 보니 그 인물은 훌리스 잡화점에서 판매하는 상품을 만들고 있는데, 그런 작업 속도가 이상할 만큼 빨라서 검이나 방패 등의 장비류를 몇 분만에 하나씩 계속 완성하고 있었다.

　훌륭한 완성도의 무기와 여러 상품들이 그 인물의 손에서 차례차례 완성되었다.

　이렇게까지 상품을 완성하려면, 통상적으로는 실력 좋은 대장장이가 몇 명이 달라붙어서 작업하더라도 하나에 일주일 이상은 걸릴 터였다.

　하지만 그 인물은 그런 무기를 하나 당 몇 분 만에 완성하는 것만이 아니라, 완성한 물건 하나하나에 회복이나 불 속성 같은 부가 마법까지 부여하는 것이었다.

　그 인물 뒤에는 완성된 물품들이 가득 담긴 나무상자가 잔뜩 쌓여 있었다.

　그런 인물 곁으로 다가가는 훌리오.

　"미니리오, 오늘도 늦게까지 고마워."

　훌리오가 그렇게 말을 건네자 그 인물──미니리오는 작업을 멈추고 훌리오를 돌아봤다.

　──미니리오.

　훌리오가 만든 마인형.

　훌리오를 어리게 만든 것 같은 외모라서 미니리오라고 이름을 붙였다.

이따금 마법으로 훌리오와 같은 크기가 되어 훌리스 잡화점에서 접객을 하는 경우도 있다.

훌리오를 향해 크게 인사하는 미니리오.

"미니리오, 오늘 작업은 이만 됐어. 수고했어."

그러더니 미니리오의 머리에 오른손을 얹는 훌리오.

그 손이 빛나고, 그 빛이 미니리오의 머리를 뒤덮었다.

이렇게 자신의 마력을 미니리오에게 쏟아 넣어, 마인형인 미니리오의 에너지원인 마력을 충전한다.

이 마력이 있기에 미니리오는 초인적인 능력을 구사하여 고품질의 무기나 상품을 대량으로 양산할 수 있는 것이었다.

미니리오는 마력이 들어오는 것이 기분 좋은지 미소를 띠었다.

그런 오두막 안으로 리스가 들어왔다.

"어머, 미니리오도 참. 오늘 하루만에 이렇게나 상품을 만들었군요."

실내에 쌓여 있는 나무상자를 바라보며 눈을 동그랗게 뜨는 리스.

"미니리오가 이렇게 상품 제작을 담당해주게 되어서 정말로 큰 도움이 되고 있어. 일은 빠르고 완성도도 문제없으니까."

리스의 말에 미소로 고개를 끄덕이는 훌리오.

"그만한 능력을 가지고 있다면 마인형을 두셋 정도 더 생성하는 건 어떨까요? 그러면 서방님의 수고가 더욱 생략되지 않나요? 서방님의 마법 능력과 마력이 있다면 가능하다고 생각하는데…….”

“확실히…… 마인형을 몇 개체 더 생성할 수는 있겠지만…… 마인형 생성은 미니리오를 마지막으로 하자고 생각했거든.”

“그런가요?”

의아해하는 표정으로 고개를 갸웃거리는 리스.

그런 리스에게 시선을 향하는 홀리오.

“실제로 미니리오를 만들어보고 알았어……. 마인형은 평범한 인간 종족을 만들어내는 것과 똑같다는 걸……. 그런 존재를, 가게를 도와달라는 개인적인 이유로 마구 늘려서는 안 될 것 같다고…… 그렇게 생각했어…….”

그러더니 미니리오를 향해 웃는 홀리오.

미니리오 역시도 홀리오에게 미소로 답했다.

“어머…….”

그런 두 사람을 바라보는 리스.

‘고자르한테 들었지만…… 마인형은 본래 마석의 마력이 사라져서 움직일 수 없게 될 때까지 부려 먹는 도구로 만들어진 존재라던데……. 서방님에게 마인형은 우리와 똑같이 살아있는 존재 그 자체인 거군요…….’

마력이 충전된 미니리오가 다시금 일하려는 것은 쓴웃음 지으며 말리는 홀리오.

‘정말로 다정하신 서방님…….’

리스는 뺨을 붉게 물들이며 홀리오와 미니리오를 바라봤다.

◇그날 밤 훌리오와 리스의 침실◇

오두막 안의 물품을 확인하고 마법을 사용해서 훌리스 잡화점의 창고로 옮긴 뒤에 아이들과 함께 목욕을 마친 훌리오는 리스와 함께 침실로 이동했다.

화장대 앞에 앉아서 머리카락을 빗는 리스는 거울에 비친 훌리오에게 시선을 향했다.

"최근에 훌리스 잡화점이 대성황인 모양이네요. 우리미나스가 기쁨의 비명을 지르고 있었어요."

"그러네. 클라이로드 성이 지정 상점으로 지명해주기도 해서 다른 도시에서 들어오는 대량 주문이 늘어났고, 방문하는 손님도 굉장히 늘어난 것 같아."

침대에 앉아 있는 훌리오는 평소의 시원스러운 미소를 띠며 리스에게 대답했다.

조금 걱정스러운 표정을 띠며 그런 훌리오를 돌아보는 리스.

"괜찮아요? 뭣하면 저도 가게를 도우러 갈까요?"

"아니, 괜찮아. 리스도 집안일로 바쁠 테고……."

"그 정도는 착착 해치울 수 있어요! 서방님을 위해서라면 별일 아니에요!"

보란 듯이 미소로 오른팔에 알통을 만드는 리스.

'리스는 그렇게 말해준다지만…… 집안 청소나 모두의 빨래, 모두의 식사에 더해서 훌리스 잡화점에서 일하는 전직 고요한 귀

사람들의 도시락까지 만들고 있으니까…….'

리스를 바라보며 그런 생각을 하는 훌리오.

그런 훌리오 곁으로 리스는 다가왔다.

"서방님? 저는 서방님을 위해 일할 수 있다는 게 더없는 기쁨이라고요? 그러니까 사양하지 마시고 뭐든 말씀해 주세요."

침대에 앉아 있는 훌리오 옆에 앉는 리스.

그녀는 훌리오를 바라보며 싱긋 미소를 띠었다.

그 미소에 훌리오도 미소로 답했다.

"……그러네. 같이 열심히 하자, 리스."

다정하게 리스를 끌어안는 훌리오.

"예, 서방님."

훌리오의 품에 안겨 리스는 미소 지었다.

"그러고 보니 우리미나스랑 발리로사가 이야기하는 걸 얼핏 들었는데……, 훌리스 잡화점의 지점을 내지 않겠느냐는 이야기가 들어오고 있나요?"

"응, 이곳저곳의 도시에서 이야기가 들어오고는 있는데, 이래저래 어려워서……. 어느 도시든 조건이 좋은 땅은 대부분 꽉 차 있고, 새로운 점원을 채용하려고 해도 장사에 적합해 보이는 사람은 대부분 다른 가게에서 일하고 있으니까……."

"그러면 급료를 다른 가게보다 높게 줘서 우수한 인재를 빼내는 건 어때요?"

"그런 건 상점가 조합이 여러모로 규제하고 있거든……. 좀 어려워."

"그렇군요⋯⋯. 마족의 상점이었다면 우수한 인재를 높은 보수로 빼내는 건 당연하게 벌어지는 일이다 보니⋯⋯."

검지를 입가에 대며 리스는 고개를 갸웃거렸다.

"하지만 괜찮아. 지금 가게에서 일하는 사람들이 무척 열심히 일을 해주니까, 지점에 대해서는 무리하지 않는 선에서 생각하기로 할게."

"그러네요, 서방님이라면 분명히 잘하실 거라고 믿어요."

싱긋 미소 짓더니 훌리오의 가슴에 달라붙는 리스.

"⋯⋯서방님⋯⋯ 가게 이야기를 하는 것도 즐겁지만요⋯⋯."

훌리오의 가슴에 뺨을 대고 살며시 눈을 감는 리스.

그런 리스의 의도를 헤아린 훌리오는 천천히 입술을 겹쳤다.

서로를 끌어안고 입술을 겹치며 침대 위로 쓰러지는 두 사람.

방 한구석에 켜놓은 마법등의 불빛이 훌리오가 오른손 검지를 가볍게 한 번 휘두르는 것과 동시에 꺼지고, 커튼이 닫혀 있는 방 안은 칠흑의 어둠으로 뒤덮였다.

◇ ◇ ◇

다음 날 아침⋯⋯.

침대 안에서 눈을 뜬 훌리오.

어젯밤, 침대 안에서 사랑을 나눈 뒤, 훌리오의 오른팔을 베개 삼아 잠든 리스의 모습은 이미 없었다.

"리스 님, 좋은 아침이에요!"

그런 방 안으로, 창밖에서 블로섬의 활기찬 목소리가 들렸다.

알몸 그대로 잠들어 있던 훌리오는 침대 한구석에 리스가 깔끔하게 개어놓은 잠옷을 입으며 창문 쪽으로 이동했다.

커튼을 열자 창밖에서는 농장으로 가는 블로섬과 사이코 베어 모습으로 수레를 끄는 사베어가 숲에서 막 돌아온 모양인 리스를 향해 인사를 하는 참이었다.

리스는 아랑의 모습으로 변한 채, 등에는 숲에서 사냥했을 몬스터를 잔뜩 짊어지고 있었다.

"블로섬이랑 사베어, 이른 아침부터 농장 일 하느라 수고 많네. 오늘 아침에는 잔뜩 사냥했으니까 아침 식사는 기대해."

"우와! 듣기만 해도 기쁘네요! 역시 고기는 최강이니까요!"

"바호바호!"

아랑 모습인 리스의 말에 환호성을 터뜨리며 하이파이브를 나누는 블로섬과 사베어.

그런 한 사람과 한 마리의 모습을 바라보며 리스도 기쁜 듯 꼬리를 좌우로 흔들었다.

그런 그들의 모습을 이 층의 창문에서 바라보는 훌리오.

"……리스는 정말로 의지가 되지만, 역시 무리하고 있는지도 모르겠네. 훌리스 잡화점도 바빠지기는 했지만, 지금 이상으로 바빠지지는 않을 테니까 나도 집안일을 좀 더 도와야겠어……."

훌리오는 마법을 사용하여 평상복으로 갈아입고 일 층으로 이동했다.

"아, 서방님! 안녕히 주무셨어요."

부엌 옆에 있는 쪽문 앞으로 이동한 리스는 그곳에 나타난 훌리오를 발견하고는 아랑 모습 그대로 크게 머리를 숙였다.

훌리오의 얼굴을 볼 수 있어서 기쁜지 꼬리를 격렬하게 좌우로 계속 흔들었다.

"잘 잤어, 리스. 그 몬스터들을 지금부터 처리하는 거지?"

"예, 그래요."

"그럼 나도 도울게."

"서방님께서?! 세상에, 과분해요! 서방님은 오늘도 아침부터 훌리스 잡화점에서 일을 하셔야만 하는 중요한 몸이세요. 이 정도는 저 리스가 순식간에 끝낼 테니까요."

그러는 것과 동시에 인간 형태로 변신하는 리스.

몬스터 해체용 도구를 가지러 부엌으로 달려가려고 했는데……
그 모습을 바라보며 무심코 얼굴을 붉히는 훌리오.

"리, 리스…… 그, 그 모습은……."

"예? ……아, 꺄악?!"

훌리오의 말에 자신이 알몸이라는 사실을 깨달은 리스는 귀까지 새빨갛게 물들이며 허둥지둥 가슴과 사타구니를 양손으로 가렸다.

몬스터로 변신할 때의 아인 종족이나 마족들은 기본적으로 옷을 입지 않는다.

그래서 몬스터의 모습에서 인간 형태로 변신하면 알몸이 되어 버리는 것이었다.

리스도 그것을 잘 알기에 쪽문 근처의 나무 뒤에 옷을 준비해 뒀지만, 훌리오와 만나서 기쁜 나머지 그 사실을 까맣게 잊어버린 것이다.

"죄, 죄송해요. 서방님?! 이런 칠칠치 못한 모습을 보여드리고 말아서."

황급히 나무 뒤로 달려가서 준비해 둔 옷을 입는 리스.

"아, 아니…… 그게…… 나야말로…… 어쩐지, 미안해."

딴 곳을 바라보며 사죄의 말을 입에 담는 훌리오.

아침부터 서로 얼굴을 새빨갛게 물들이는 두 사람이었다.

◇마왕성 마왕 대행 칼시므의 개인실◇

마왕성 이 층의 한 방.

본래 사천왕의 개인실로 사용되는 방에, 현직 마왕 대행 칼시므의 개인실이 있었다.

본디 마왕은 알현실과 같은 층에 있는 마왕 전용 개인실에서 사는 것이 보통이었다.

하지만 원래 마왕인 유이가드가 실종 상태인 지금, 대행으로서 마왕 자리에 앉아 있는 칼시므는 사천왕 시절부터 사용하고 있는 이 방을 여전히 개인실로 사용하고 있었다.

"흠……."

그런 개인실 안, 책상과 마주한 칼시므는 서류를 훑어보며 몇 번이고 고개를 갸웃거렸다.

"칼시므 님, 왜 그러십까?"

칼시므의 측근을 맡고 있는 마인형 차룬이 다가갔다.

"오, 차룬……. 아니, 뭐냐…… 원래 반란군이었던 자들 일로 좀 생각을 하느라 말이다…….'

"반란군이었던 자들이라면, 잔지바르가 항복하면서 다들 다시 마왕군에 충성을 맹세하지 않았습까……. 그런데 또 무슨 문제가 발생한 검까?"

"흠…… 그게 말인데……."

그러더니 칼시므는 서류 한 장을 차룬에게 건넸다.

서류를 받아들고 빠르게 훑어보는 차룬.

"……『마왕성 지출 보고서』라니…… 이건 마왕성의 재무부가 작성한 서류 같습다만……. 뭐, 뭡니까, 이 참상은…….'

그 서류를 살펴보며 말을 잃은 차룬.

차룬이 말을 잃은 것도 무리는 아니었다.

그 지출 보고서에 따르면, 마왕성의 지출로 인건비가 확대되고 있음에도 수입이 거의 늘어나지 않은 것이었다.

"그게 말이다……. 반란군이었던 이들을 마왕성에서 재고용했으니까 그들의 인건비가 단숨에 불어났다만……, 한편으로 마왕군에 소속되어 있는 마족들은 아직 상황을 지켜보는 상태라서……. 마왕성에 공물을 바쳐야 할지, 다들 미처 결정을 내리지 못한 모양이야……."

"뭐, 뭐라고요……. 마왕성이 위기에 처했을 때에 가세하지 않고 상황을 지켜보던 것만으로도 중죄일 텐데…… 반란군을 진압한 뒤에도 그런 기회주의적인 태도를 취하는 겁까……."

부들부들 어깨를 떠는 차룬.

본래 마왕은 자신에게 복종하는 마족들로부터 공물을 받는 대신에 그들을 비호하고 마왕령 안에서 영지 소유를 인정했다.

그 공물로 마왕성을 운영한 것이었다.

"칼시므 님! 이건 마왕이신 칼시므 님을 가벼이 여긴다는 증거임다! 지금 당장 저 차룬이 카 공과 함께 마족들을 찾아가서 공물을 노획하여 올 터이니."

거칠게 이야기하는 차룬.

그런 차룬에게 호응하듯, 방 안의 횃대에 앉아 있던 큰 까마귀 카 공이,

『깍―! 까아―!』

분노가 실린 울음소리를 내지르며 날개를 파닥거렸다.

"어―…… 차룬도 큰 까마귀도 진정하고……. 뭐, 어쩔 수 없다면 어쩔 수 없지……. 내가 마왕 유이가드 님께서 부재중이신데 제멋대로 인간과의 휴전을 결정한 사실을 달갑게 여기지 않는 종족도 많으니까 말이다……."

"그렇게 말씀은 하셔도 말이죠? 그건 마왕군에게 충성을 맹세

한 자들이 달려왔다면 아무 일 없이 넘어갔을 이야기가 아닙까!
자신들의 안위만 생각하는 게 아닙까! 역시 반란군을 토벌할 때
에 달려오지 않은 걸 이유로 벌금을 징수해야 했던 게 아닙까?
……아니, 지금부터라도 늦지 않았으니, 칼시므 님이 가라고만
하신다면 저 차룬, 카 공과 함께 각 종족을 방문해서…….”

단숨에 말을 쏟아대는 차룬.

칼시므는 그런 차룬의 눈앞으로 다가가더니 어깨에 손을 얹었다.

“차룬, 날 위해서 여러모로 생각해줘서 정말로 고맙다.”

“카, 칼시므 님?”

“하지만…… 마족들을 재촉해서 돈을 받아내더라도…… 유이
가드 님께서 언제 돌아오실지 모르는데다가 사천왕이신 뱀 공주
요르미니트 님, 쌍두 괴조 후기 무기 님도 없는 지금, 마족들의
노여움을 사서 또 반란이라도 일어났다가는……. 아무리 그래도
또 울프 저스티스 님의 조력을 청할 수도 없어.”

“아…….”

칼시므의 말을 듣고 그만 말을 잃은 차룬.

‘확실히…… 칼시므 님의 말씀대로임다……. 혹시 또 마족들이
반란을 일으킨다면, 마왕 대행으로서 칼시므 님의 책임 문제가
되어버림다……. 울프 저스티스 님에게 조력을 청하더라도, 지난
번에는 울프 저스티스 님이 바라던 마왕군과 클라이로드군 사이
에 휴전 협정을 맺는다는 대등한 조건이 있었지만…… 그 카드를
써버린 지금으로서는, 울프 저스티스 님이 마왕군에 조력해 줄
만큼의 조건은…….’

저도 모르게 침을 삼키는 차룬.

"카, 칼시므 님…… 어, 어쩌면 좋을까요……."

"흠…… 그렇게 말이다……."

칼시므는 턱에 손을 대며 잠시 생각하더니,

"초록은 동색이라고도 하니…… 어디, 그분께 상담해볼까."

지팡이를 짚으며 방을 뒤로했다.

◇마왕성 지하◇

마왕성 지하에 있는 지하 감옥.

그곳에는 지하 감옥의 경비를 담당하는 판다족 레인과 스파이더족 유키가 서 있었다.

그리고 그 뒤쪽…… 지하 감옥 안에는 한 마족.

"……그래서?"

그 마족은 자신이 갇혀 있는 지하 감옥 앞으로 찾아온 칼시므를 앞에 두고 어이없다는 표정을 짓고 있었다.

"마왕성이 지금 부족으로 곤란하다는 건 이해했다. 다른 마족들이 돈을 내지 않는 것도, 뭐 쉽게 이해할 수 있어……. 하지만 왜 그걸 나한테 이야기하지? 나는 네놈과 울프 저스티스한테 패배한 반란군의 주모자라고?"

그 마족──악마인족 잔지바르는 입가에 쓴웃음을 지었다.

그런 잔지바르를 앞에 두고 칼시므는,

"이것 참, 면목이 없군……. 애석하게도 나는 돈을 버는 방법 따윈 전혀 몰라서 말이야……. 그렇다면 돈을 버는 능력이 뛰어난

귀공에게 무언가 참고가 되는 의견을 얻을 수는 없을까 싶어서.”

그러면서 두개골을 벅벅 긁적였다.

그 동작을 보며 더욱 쓴웃음을 띠는 잔지바르.

“……정말로 이상한 녀석이군, 귀공은……. 역대 마왕이라면 반란 주모자 따윈 붙잡는 것과 동시에 목을 쳤을 텐데……. 이렇게 지하 감옥에 유폐하기는 했지만 자금으로 곤란한 상황에서도 세 끼를 꼬박꼬박 가져다주고, 그런 상대에게 상담까지 청하다니…….”

“음, 확실히 잔지바르 경의 말이 옳겠지만……. 하지만 당신은 탁월한 장사 재능으로 잔지바르 가문을 악마인족 가운데서도 유수의 부호로 만든 사람이 아닌가. 그 지혜를 조금이라도 되니까 빌려줄 수는 없을까.”

“……흠.”

칼시므의 말을 들은 잔지바르는 크게 한숨을 내쉬었다.

‘……도움이 된다고 생각하면 설령 반란 주모자일지라도 상담을 청한다……. 생각해보면 내가 반란군 모두를 이끌고 마왕성을 공격했을 때도 주저 없이 클라이로드군과의 휴전을 조건으로, 클라이로드군과 한편이었던 울프 저스티스 같은 강자에게 도움을 청하기도 했고. 마족으로서의 도량과 상황 판단에서는 마왕 유이가드를 완전히 능가하는가…….’

“……괜찮겠지.”

그러더니 잔지바르는 머리카락 안으로 손가락을 찔러 넣었다.

이윽고 그 안에서 작은 두루마리를 꺼내더니,

“그걸 가지고 가도록 해라.”

"이건 뭐지?"

잔지바르한테서 건네받은 작은 두루마리를 천천히 펼치는 칼시므.

칼시므가 그 두루마리를 펼치자 그것은 갑자기 커다래졌다.

그 안에는 마왕성 주위의 지도가 그려져 있고 여기저기에 빨간 × 표시가 되어 있었다.

"그 지도에 표시된 장소에 내 별장이 있다. 그곳에 재산을 숨겨 두었으니, 그것을 회수해서 당장의 자금으로 삼도록 해라. 그 돈으로 당분간 견디면서, 앞으로 마왕성을 어떻게 할지 생각하면 되겠지."

"뭐, 뭐라고?! 괘, 괜찮은 건가, 잔지바르 경?!"

"그래…… 어차피 그대로 두면 언젠가 누군가에게 발견되어서 털리고 말 테니까. 그렇다면 나를 물리친 남자에게 도움이 되었으면 좋겠다고 생각했을 뿐이다."

씨익 미소를 띠는 잔지바르.

"음음, 내가 물리친 것은 아니지만…… 어쨌든 그 돈, 마왕성에 있는 모두를 위해서 감사히 사용하겠네."

그러더니 오른손을 건네는 칼시므.

그 손을, 잔지바르는 철창 너머로 단단히 붙잡았다.

◇클라이로드 성 회의실◇

마왕성에서 마왕 대행 칼시므와 잔지바르가 악수를 나누고 있을 무렵……

클라이로드 성의 회의실에서는 성의 주된 멤버들이 모여 한창 회의를 진행하는 중이었다.

회의실 상석 위치에 서 있는 여왕은 손에 든 서류를 이따금 훑어보며, 회의실에 모여 있는 모두를 향해 한창 발언을 하는 중이었다.

"……그런 연유로, 마왕군과 휴전 협정을 맺은 지금이야말로 평소에 돌아볼 수 없을 법한 변경 지역으로도 직접 나가서 실제 상태를 돌아보고 싶다는 생각이 있습니다. 물론 공무도 있으니까 그렇게 빈번하게 나갈 수야 없겠지만……."

시원스러운 목소리로 엄숙하게 설명을 계속하는 여왕.

"호위로는 기사단장인 마크타로와 여왕 직속 호위대를 지휘하는 볼라리스를 중심으로 한 호위 부대를 편성하겠으나, 최대한 눈에 띄지 않도록 소수 정예로 편성하도록 모쪼록 잘 부탁드립니다."

""예!""

여왕의 말을 듣고, 회의실 말석에 서 있던 마크타로와 볼라리스가 동시에 자세를 바로 하고 머리를 숙였다.

두 사람의 모습을 확인한 뒤, 여왕은 만족스럽게 고개를 끄덕였다.

"이상으로 제 전달 사항은 끝입니다. 무언가 질문은 있을까요?"

"여왕님, 외람되오나……."

여왕의 말을 듣고 대신 몇 명이 손을 들었다.

여왕은 대신들을 하나씩 지명하고 그들의 질문에 논리정연하게 대답했다.

……다만 마왕군과 휴전 협정을 맺기도 해서 그런지, 그 질문 대부분이 크게 중요하지는 않은 것들뿐이었다.

◇ ◇ ◇

이윽고 회의는 끝이 났다.

회의실을 뒤로한 여왕은 동생인 제3왕녀와 함께 복도를 걷고 있었다.

"최근에는 이런 회의뿐이네요, 여왕 언니. 어떤 질문이 날아들어도 괜찮도록 이것저것 조사해 두었는데, 완전히 맥이 빠져요."

불만스럽게 입술을 삐죽이는 제3왕녀.

그 말이 사실임을 나타내듯 양손으로 대량의 서류를 품고 있었다.

여왕과 나이 차이가 많이 나는 동생인 제3왕녀 스완은 귀족이나 대신의 아이들이 많이 다니는 클라이로드 마법국 으뜸의 명문 학교를 수석으로 졸업한 인재로, 졸업과 동시에 여왕의 측근으로서 주로 내정에 관련된 업무 보좌를 계속 맡았다.

굉장히 유능해서, 보좌 역할을 맡은 뒤로 아직 얼마 안 되었음에도 회의에서 제3왕녀의 지식에 맞설 수 있는 자는 이제 거의 없을 정도였다.

"후후…… 제3왕녀가 확실하게 해주는 덕분에 저도 도움을 받고 있어요."

"세, 세상에?! 여, 여왕 언니께서는 제1왕녀 시절에 몇 배는 더 많은 일을 완벽하게 수행하지 않으셨나요! 그, 그것과 비교하면 저 같은 건 아직 멀었어요."

그러면서도 좋아하는 여왕에게 칭찬을 받은 것이 어지간히도 기쁜지 얼굴 가득 황홀하게 미소를 띠는 제3왕녀.

그런 제3왕녀의 모습을 여왕도 미소로 바라봤다.

"……그런데 여왕 언니, 하나 질문을 드려도 괜찮을까요?"

"예, 무슨 질문이죠?"

"저기…… 조금 신경이 쓰였는데…… 여왕 언니가 시찰을 가시는『평소에 돌아볼 수 없을 법한 변경 지역』은 구체적으로 어디쯤인가요? 자료에도 구체적인 행선지가 명기되어 있지 않았으니까 신경이 쓰였거든요."

움찔.

제3왕녀의 말에 그만 얼굴이 굳어진 여왕.

"저, 저기 그, 그건 말이죠……. 아, 아직 조정 중이라 정하지 못했어요. 그래서 제3왕녀에게도 전할 수 없었다고 할까……."

"아아, 그랬군요."

여왕의 말에 안도한 표정을 띠는 제3왕녀.

"그럼 정식으로 결정되면 다시 알려 주시길 부탁드려요."

"예, 예에…… 무, 물론이에요."

제3왕녀에게 허둥지둥 대답하는 여왕.

'어, 어쩌죠…… 호, 호우타우 방면 시찰이 대부분을 차지하고 있는데……. 그걸 이야기하면 스완도 수상쩍게 생각하려나…….

하, 하지만 말이죠. 막 개교한 호우타우 마법 학교 시찰이나 신세를 진 홀리스 잡화점에 직접 인사를 드리러 가는 중요한 용무가 우연히 호우타우에 집중되어 있기 때문이에요……. 겨, 결코 가릴 군이 신경이 쓰여서 그런다든지, 가릴 군의 얼굴을 보고 싶어서라든지, 가릴 군이랑 이야기를 나누고 싶어서라든지…… 그, 그런 게 아니에요……. 결코 그런 게…….'

"왜 그러시나요, 여왕 언니?"

"후에?!"

"얼굴이 새빨개요……. 열이라도 있으신 게 아닌가요?"

"어…… 아, 아뇨, 이건 그러니까…….''

제3왕녀의 말에 황급히 양손으로 자신의 얼굴을 가리는 여왕.

'아아아…… 가, 가릴 군을 생각하는 것만으로도 얼굴이 새빨개지다니…….'

곤혹스러워 하면서도 여전히 새빨간 얼굴을 어떻게 할 수가 없는 여왕은, 그저 양손으로 얼굴을 가릴 수밖에 없었다.

◇호우타우 훌리스 잡화점 안◇

——클라이로드 세계는 중간 세계 공간이라 불리는 광대한 공간 안에 존재하고 있다.

중간 세계 공간 안에는 클라이로드 세계 이외에도 수많은 세계가 구상(球狀)의 세계로서 존재하며, 각각의 구상 세계는 광대한 중간 세계 공간 안을 때로는 가까워지고 때로는 멀어지며 존재하고 있다.

그런 중간 세계 공간의 중심에 한층 더 높은 수준의 에너지를 가진 구상 세계가 존재했다.

그 구상 세계는 신계라고 불리며 중간 세계 공간에 존재하는 수많은 구상 세계를 관리하는 역할을 맡고 있다.

그 신계를 어느 구상 세계에서는 그대로 신계라 부르고 또 어느 세계에서는 천국이라 부르며, 구상 세계의 주민들은 모두 크든 작든 그 존재를 의식하고 있다——.

손에 들고 있던 서적의 첫 페이지를 모두 읽은 히야는 훌리오에게 시선을 향했다.

"지고하신 주인님, 이 세계의 성립에 대해서는 알고 계십니까?"

"그러네. 이전에 그 책을 히야한테 빌려서 공부했으니까."

"이에 대하여 외람되오나 한 가지, 지고하신 주인님께 말씀드릴 일이 있습니다."

"응? 뭔데, 히야."

훌리스 잡화점 개점 준비를 하던 훌리오는 일단 작업을 멈추고 다시금 히야를 돌아봤다.

"예, 이 신계 말입니다만……. 구상 세계의 거주자 가운데 위험 인자가 발생했다고 판단되면 그자를 감시하거나 제외하려고 든다는 이야기를 들은 적이 있습니다."

"위험인자? 내가 말이야?"

히야의 말에 쓴웃음 짓는 훌리오.

"확실히 이 세계로 전이한 나는 마법을 좀 쓸 수 있게 되었지만, 히야나 고자르 씨한테는 아득히 미치지 못하잖아. 둘 다 나를 배려해 준다지만, 나에 대해서는 스스로가 가장 잘 아니까."

"아, 아뇨……. 지고하신 주인님께서 저나 고자르 경과는 차원이 다른 존재라는 이야기는 결코 배려를 하는 것이……. 어, 어쨌든 말이죠, 신계에서 위험인자라고 인정될 법한 행위는 앞으로도 자중해주셨으면……."

"위험인자라고 인정된 법한 행위라고 그래도…… 내가 사용할 수 있는 마법 가운데, 그런 굉장한 마법이 있나?"

"있습니다!"

훌리오에게 얼굴을 가져다 대는 히야.

항상 온화한 히야가 웬일인지 강한 말투로 말했다.

"으, 응……. 히야가 그렇게까지 말한다면, 정말인가 보네……."

그 기백에 눌려서 한 걸음 물러나며 수긍하는 훌리오.

"예…… 지고하신 주인님은 저와 처음으로 대치했던 그때를 기억하시겠죠?"

"처음……. 아, 그 마을 안에서 만나서 대치했던……."

"그렇습니다. 그때 저는 절단 마법으로 지고하신 주인님을 갈가리 찢으려 하였고, 그것을 감싸려던 지고하신 주인님의 사모님을 베어버리는 만 번 죽어 마땅한 만행을 저지르고 말아……. 아아, 떠올리는 것만으로도 오싹합니다……. 저는 어째서 그런 만행에 다다르고 말았을까요……. 저 히야, 역시 죽음으로 죄를 갚을 수밖에……."

훌리오와 처음 만났을 때를 이야기하던 히야는 어느샌가 참회를 담아서 이야기하는가 싶더니 양손으로 머리를 부여잡으며 고개를 숙이고, 끝내는 오른손을 빛의 검으로 바꾸어 자신의 목덜미에 찌르려고 했다.

"자, 잠깐만, 히야! 그때는 나도 너무 과했다고 사과했잖아."

황급히 오른손을 히야에게 향하는 훌리오.

그 앞에서 발생한 마법진이 히야의 손에 휘감겼다.

그 마법진 탓에 히야의 오른손은 꿈쩍도 할 수 없었다.

"……허?! 저, 저는 대체 무엇을?!"

훌리오에게 오른손이 고정되어 정신을 차린 히야.

그 태도에 훌리오는 안도의 한숨을 흘렸다.

"정말이지…… 또 시간 조작 마법을 써서 히야를 되살려야 할 참이었다고."

쓴웃음 지으며 오른손을 내리는 훌리오.

"그것입니다."

"어?"

"그 시간 조작 마법이야말로, 신계가 가장 사용을 두려워하는 마법입니다. 훌리오 님은 부디 시간 조작 마법만큼은 두 번 다시 사용하지 않으시길 부탁드리고자…….'"

깊이 머리를 숙이는 히야.

"으, 응. 알았어. 앞으로는 시간 조작 마법은 안 쓰도록 할게."

심상치 않은 히야를 앞에 두고 훌리오도 진지한 표정으로 받아들였다.

◇신계 중앙 관리탑◇

신계의 중심부에 존재하는, 한층 높이 우뚝 솟은 탑.

그것이 중앙 관리탑이다.

그 안에는 신계의 주민 가운데서도 엘리트로 여겨지는 능력의 소유자인 여신들이 다수 근무하며 중간 세계 공간에 존재하는 수많은 구상 세계의 감시·관리·보호 등을 진행하여 중간 세계 공간의 질서와 균형을 유지하는 역할을 맡고 있다.

관리 여신들이 구상 세계를 분담하여 감시하는 구역 안에 있는 그 탑의 어느 방 안에서, 두 여신이 이따금 얼굴을 마주하며 눈앞에 놓여 있는 감시 수정을 바라보고 있었다.

그 감시 수정 안에는 훌리스 잡화점 안에서 히야를 향해 고개를 끄덕이는 훌리오의 모습이 비치고 있었다.

 "이 감시 수정에 비치는 남자가, 네가 말했던 구상 세계 클라이로드에 출현한 위험인자인 건가, 셀브아?"

 "그래요, 조피나 님. 이걸 보세요."

 둘 다 그리스 신화에 나오는 여신을 연상시키는 천 재질 옷을 입고 있었다.

 셀브아라고 불린 여신이 눈앞에 떠 있는 수정으로 오른손을 뻗자, 감시 수정 안에 비치던 훌리스 잡화점 안에 있는 훌리오의 모습이 일단 사라지고 새로이 가도의 광경이 비쳤다.

 그것은 예전에 훌리오가 히야와 처음으로 대치했을 때의 광경이었다.

 훌리오를 향해 절단 마법을 날리는 히야.

 그 사이로 리스가 끼어들어 훌리오를 대신해서 히야의 절단 마법에 직격당하고 몸이 둘로 나뉘었다.

 그러나 그 순간,

 『시간을 되돌립니다.』

 주위에 마법 음성이 울려 퍼지더니 히야가 공격을 펼치기 전으로 시간이 되돌아가고 리스의 몸도 원래대로 돌아온 것이었다.

 "이건…… 시간 조작 마법……."

 "예, 이 마법 때문에 구상 세계 클라이로드의 시간 축에 이상이 발생, 하마터면 다른 세계와 충돌하고 말 참이었어요."

"흠…… 그렇게 되었다면 구상 세계 클라이로드만이 아니라, 구상 세계 클라이로드와 접촉한 구상 세계 양쪽에 막대한 영향이 발생해 버리고…… 이곳 신계에도 심각한 영향이 발생했을 가능성이 높네……."

팔짱을 끼고 생각에 잠기는 조피나.

"그것만이 아니에요, 이번에는 이걸……."

셀브아가 다시 수정으로 손을 뻗었다.

그러자 수정에 비치던 광경이 또다시 바뀌어 다른 장소가 비쳤다.

그것은 훌리오가 사계의 마인 스피리온과 대치하던 때의 영상이었다.

사계의 마인 스피리온의 공격 마법을 맞은 훌리오.

그러자 다음 순간, 훌리오는 사계의 마법을 사용하여 스피리온을 압도한 것이었다.

"여기 훌리오라는 남자…… 사계의 마인의 마법을 당한 것만으로, 클라이로드 세계에는 존재하지 않는 사계의 마법까지도 습득해 버려서……."

"……설마 이 사람은 완전 습득 마법을 사용할 수 있나? 그렇다는 이야기는, 이 남자는 신계의 가호의 여신으로부터 초월자의 가호를 받았다는 건가?!"

"아무래도 그런 모양이라……. 그 결과로 이 남자는 구상 세계 클라이로드와 구상 세계 사계, 두 세계의 모든 마법과 모든 스킬을 습득하였고…… 게다가 우연히도 이 세계에 머무르던 암흑 대마도사와 접촉했을 때에 암흑 대마법까지도……."

셀브아의 말에 숨을 삼키는 조피나.

"대…… 대체 어째서 이런 일이 벌어졌지? 다른 구상 세계로 전이되어 버린 자에게는, 전이한 세계에서 살아남을 수 있도록 배려 차원에서 가호의 여신들이 가호를 주게 되어 있다고는 해도……, 신계에도 습득한 자가 몇 명밖에 없는 초월자의 가호를 받다니, 그런 사례는 들은 적이 없다고……."

"저도 그렇게 생각해서 이것저것 조사해봤는데…… 아무래도 이 남자는 여신의 가호 두 사람 몫을 받은 모양이라……."

"두 사람 몫?! 어, 어째서 그런 일이 벌어지고 말았지?!"

"그게…… 훌리오가 원래 살던 구상 세계 파르마에서 구상 세계 클라이로드로 전이되었을 때, 이 전이에 말려들어 구상 세계 파르마로 전이된 자가 있었나 봐요. ……그리고 여기서부터는 제 가설인데……, 본래라면 두 사람에게 각각 주어져야 했을 가호가 무언가의 착오로 훌리오 한 사람에게 주어져 버려서, 그 결과로 두 사람 몫의 가호를 받은 훌리오 안에서 가호의 융합이 발생, 초월 가호로 상위 변환되어 버린 게 아닐지……."

"……확실히 그렇다면 설명은 되지만…… 가호가 융합되어도 어느 하나밖에 안 남든지, 하위 변환되어버릴 확률이 압도적으로 높을 텐데…… 이 남자는 대체 얼마나 운이 좋은 거야……. 결국 그런 강한 운의 결과로, 신계인 가운데도 거의 없는 능력을 가진 자가 태어나고 말았다는 건가……."

미간에 주름을 지으며 한숨을 내쉬는 조피나.

"……그런데 가호가 주어지지 않은 다른 하나는 어떻게 되었지? 가호가 없는 상태에서 다른 구상 세계로 전이되었다면 이래저래 고생한 게 아닌가? 설마 벌써 죽었다든지……."

"추적 조사를 해봤더니, 이 남자는 자신이 원래 세계에서 경영하던 가게까지 통째로 구상 세계 파르마로 전이되어버렸는데, 그 구상 세계의 마법사와 결혼해서 사이좋게 가게를 경영하고 있는 모양이라……."

"……뭐라고 할까, 그 남자도 꽤나 씩씩하네……."

셀브아의 보고에 무심코 쓴웃음 짓는 조피나.

"뭐, 잘 살고 있다면 그쪽은 계속 감시만 하는 걸로 넘어가고……. 문제는 여기 홀리오라는 남자네."

"예, 이대로 방치해 두면 또 시간 조작 마법을 사용해서 클라이로드 세계만이 아니라 중간 세계 공간의 시간 축에 문제를 일으킬 수도 있어요."

"그러네……. 우리 쪽에서 사도를 파견해서 감시를 시킬까……."

"찬성이에요. 그럼 제 사도를 하나, 당장 파견할게요."

"음, 잘 부탁해."

셀브아를 향해 고개를 끄덕이고 조피나는 방을 뒤로했다.

'……정말이지, 가호의 여신도 일을 너무 대충 한다니까……. 그 뒤처리는 전부 우리 관리의 여신이 하는 처지가 되니까 수지가 맞지를 않는다고…….'

복도를 걸어가며 크게 한숨을 내쉬는 조피나.

"……그러고 보니 구상 세계 파르마에는 달콤하고 맛있는 걸 먹을 수 있는 가게가 있었는데……. 어디, 오랜만에 몰래 들러서 기분 전환이라도 하고 올까……."

조피나의 모습은 복도 모퉁이를 지나간 참에 보이지 않게 되었다.

◇호우타우 상공◇

쾌청한 호우타우.

구름 위에 한 여자의 모습이 있었다.

앞치마가 달린 메이드 옷을 입은 그 여자의 등에는 커다란 날개가 나 있어서, 평범한 인간족이 아니라는 사실은 누가 보아도 명백했다.

"셀브아 님도 대체 무슨 생각이실까요……. 셀브아 님의 가장 유능하고 최고의 사도인 저, 타니아라이나에게 하필이면 구상 세계 따위의 인간족 감시 임무 같은, 막 사도가 된 햇병아리라도 할 수 있을 사소한 임무를 명령하시다니……. 섬기는 셀브아 님의 명령만 아니었다면 즉각 거절하고 끝끝내 연을 끊어버렸을 텐데……. 정말로 이런 곳에 오고 싶지 않았습니다."

그 여자——타니아라이나는 크게 한숨을 내쉬더니, 그 자리에 계속 떠서 지상으로 시선을 집중했다.

시야 아래, 아득히 아래쪽에는 호우타우가 작게 보였다.

타니아라이나의 시야 안에서 호우타우가 점점 확대되고, 이윽고 집 한 채가 눈앞에 있는 것처럼 비쳤다.

"흐응…… 여기가 이곳 클라이로드 세계의 이단아 훌리오라는 남자가 사는 집이라는 거로군요……. 그럼 이 집에 있는 자들에게 세뇌 마법을 사용해서 가족의 일원이라는 것으로 잠입하도록 할까요……. 아니…… 어?"

눈을 동그랗게 뜨는 타니아라이나.

그 시야 안에 훌리오로 보이는 남자의 모습이 비치고 있었는데……, 훌리오가 바로 위를, 다시 말해 타니아라이나가 떠 있는 상공을 올려다본 것이었다.

시선이 딱 마주치는 모양새가 된 타니아라이나와 훌리오.

"그, 그럴 리가, 없어요……. 저는 지금 구름 위, 그것도 아득한 상공에 머무르고 있다고요? 게다가 기척 차단 마법도 사용했는데…… 지상에 있는 저 남자와 시선이 마주쳤을 리가……."

시선을 돌리고 눈을 끔뻑이던 타니아라이나는, 침을 꿀꺽 삼키고는 다시 지상으로 시선을 향했다.

조금 전에 훌리오가 보였던 쪽으로 다시 시선을 향하는 타니아라이나.

하지만 어찌된 영문인지 타니아라이나의 시야는 새빨갰다.

"이…… 이건…… 어떻게 된 거죠……."

곤혹스러워하며 확대된 시야를 원래대로 되돌리는 타니아라이나.

"휘이이이이이이이이이이이이이이이이이이이이이이이이잉."

"……어?"

그러자 이번에는 여자의 목소리가 들렸다.

"와인 언니, 너무 빨라."

"아하하, 에리에리 힘내힘내! 좀더좀더! 빨리빨리! 상승상승!"

그런 목소리와 동시에, 지상에서 엄청난 속도로 상승한 여자가 타니아라이나의 턱을 밀어붙이듯 격돌했다.

"흐그어어?!"

"아꺄아?!"

동시에 비명을 지르는 타니아라이나와 지상에서 고속으로 상승한 여자──와인.

"와, 와인 언니?!"

그 뒤쪽에서, 이 역시도 상당한 속도로 상승한 또 한 명의 여자──엘리나자가 허둥대며 소리를 높였다.

지상에서 상승한 와인과 엘리나자.

두 사람은 엘리나자의 부유 마법 연습을 겸하여 상공으로 날아올랐는데, 도중에 앞을 나아가던 와인이 타니아라이나와 격돌한 것이었다.

기척에 민감한 와인은 본래라면 주위 수십 킬로미터의 상공을 비행하는 몬스터의 기척을 파악할 수 있지만, 타니아라이나가 기척 차단 마법을 사용했기에 그녀의 기척을 알아차리지 못한 것이었다.

너무나도 격렬한 충돌이었기에 의식을 잃고 만 와인과 타니아라이나는, 둘 다 동시에 지상으로 추락했다.

"크, 큰일이야?! 와, 와인 언니랑, 모르는 언니를 도와야 돼!"

추락하는 둘을 황급히 쫓아가는 엘리나자.

하지만 아직 비행 마법이 익숙하지 않은 엘리나자로서는, 추락하는 둘의 속도를 따라가지 못했다.

◇조금 전 훌리오 가 앞◇

"파파, 봐! 여기!"

엘리나자는 기쁜 듯 훌리오에게 말을 건넸다.

그녀의 몸은 공중에 떠 있었다.

"벌써 비행 마법을 사용할 수 있게 되었구나."

"그래! 파파가 가르쳐 준 마법을 열심히 연습했어."

훌리오를 향해 만면의 미소를 띠는 엘리나자.

"굉장하네. 누나. 나는 아직 멀었는데."

훌리오 옆에서 가릴이 부럽다는 표정을 띠며 엘리나자를 올려다봤다.

"후후, 가릴도 열심히 연습하면 틀림없이 할 수 있게 될 거야."

그럴 가릴에게 다정히 미소를 띠는 엘리나자.

가릴은 엘리나자를 올려다보며 씩 미소를 띠었다.

"그런가. 그럼 나, 고자르 씨한테 부탁해서 마법 연습도 잔뜩 할게!"

기합이 가득한 태도로 주먹을 움켜쥐는 가릴.

그런 가릴 옆에서 훌리오는 쓴웃음을 띠었다.

"저기…… 가릴, 마법이라면 아빠가 가르쳐 줄 수도……."

"아빠 마법도 배우고 싶지만, 우선은 고자르 씨 마법을 제대로 배우고 싶거든, 나는. 고자르 씨의 마법은 쾌광하고 화악해서, 정말로 굉장하다고!"

손짓 발짓을 섞어가며, 이전에 고자르가 보여준 마법에 대해 뜨겁게 이야기하는 가릴.

눈빛은 반짝반짝 빛나고 있었다.

최근에 가릴은 고자르에게 특훈을 받고 있었다.

처음에는 격투기 특훈이었지만 지금은 검술이나 창술, 게다가 공격 마법의 특훈까지 진행되는 것이었다.

'아, 그런가……. 가릴의 경우, 겉모습이 화려한 마법에 흥미를 가져 버렸나……. 뭐, 고자르 씨한테 맡겨두면 괜찮을 테지만……. 하지만 고자르 씨의 마법이라면 나도 쓸 수 있는데…….'

내심 복잡한 심경을 품으면서도 여전히 미소를 띠고 있는 훌리오.

그런 훌리오 옆으로, 엘리나자가 둥실 허공을 날아서 다가왔다.

"나는 파파한테만 배우고 싶어! 앞으로도 부탁할게, 파파."

훌리오의 눈앞에서 싱긋 미소 짓는 엘리나자.

"그래, 파파라도 괜찮다면 얼마든지 가르쳐 줄 테니까."

엘리나자의 미소에 훌리오는 무심코 안도의 한숨을 흘렸다.

가릴과 달리 엘리나자는 훌리오에게 마법을 배우고 있었다.

훌리오가 바빠서 없을 때는 히야랑 다말리나세같이 훌리오 가에서도 마법을 특기로 하는 사람들에게 배우고 있지만, 훌리오가 집에 있을 때에는 항상 그의 곁에서 배우는 것이었다.

안도의 한숨과 함께 평소의 시원스러운 미소를 띠는 훌리오.

그런 훌리오의 미소를 보며 엘리나자도 만면의 미소를 계속 띠었다.

'후후, 파파가 기뻐하고 있어. 파파가 기뻐해 준다면 나도 엄청 기뻐. 파파, 정말 좋아!'

참고로 중증의 파더 콤플렉스였다.

서로를 미소로 바라보는 엘리나자와 훌리오.

그때, 훌리오 가의 현관에서 튀어나온 와인이 두 사람을 향해 달려왔다.

"아! 에리에리 날고 있어! 날고 있어! 그럼 있지, 같이 경주하자! 하자! 누가 먼저 구름 위까지 날아갈 수 있을지!"

즐거운 듯 소리 높이며 달려온 와인은, 양손을 한 번 가슴 앞으로 교차하고는 좌우로 펼쳤다.

그러자 손의 움직임에 맞추어 등에 용의 날개가 출현했다.

와인이 입고 있는 원피스 느낌의 옷은 리스가 손수 만들었는데, 와인이 날개를 꺼내도 등 부분이 찢어지지 않도록 날개가 나오는 견갑골 밑쪽까지 등 부분이 크게 트여 있는 디자인이었다.

등이 상당히 크게 트여 있지만 와인의 머리카락이 복슬복슬하게 긴 만큼 뒤에서 봐도 전혀 눈에 띄지 않았다.

날개를 퍼덕이며 공중을 날아오르더니 엘리나자의 머리를 가

볍게 쓰다듬고는,

"준비~ 땅!"

그 말과 함께, 바로 위를 향해 고속으로 날아올랐다.

"좋~아! 와인 언니, 안 질 거니까!"

그런 와인을, 비행 마법을 구사하여 엘리나자가 뒤쫓았다.

엘리나자는 비행 마법을 마스터하고 아직 얼마 되지 않았으면서도 상당히 고속으로 와인을 뒤쫓았다.

"우와…… 와인 누나도 엘리나자 누나도 굉장하네……. 나, 비행 계열 마법은 아무래도 서툴러서……."

"가릴도 소질은 있으니까 열심히 하면 틀림없이 둘이랑 같이 날 수 있게 될 거야."

"그럴까? 응, 할 수 있도록 열심히 할게!"

훌리오의 말에 미소로 고개를 끄덕이는 가릴.

그런 가릴의 머리를 다정하게 쓰다듬은 훌리오는 시선을 다시 상공의 둘에게 향했다.

"그건 그렇고, 와인이 적당히 봐준다고는 해도 막 배운 비행 마법으로 저만큼 날 수 있다니, 엘리나자도 굉장하네……."

순식간에 콩알처럼 작아진 둘의 모습을 올려다보는 훌리오.

시각 강화 마법을 사용하고 있기에 두 사람이 마치 훌리오의 눈앞을 날고 있는 것처럼 보였다.

"……응?"

그런 둘을 올려다보던 훌리오는 갑자기 미간을 찌푸렸다.

'……와인…… 또 속옷을 안 입었어…….'

리스가 만든 낙낙한 원피스를 입고 있는 와인.

그래서 밑에서 보면 안이 훤히 보였기에, 와인이 속옷을 입지 않았다는 사실을 일목요연하게 알 수 있던 것이었다.

"가슴 쪽은 날개를 꺼내려면 방해가 되니까 어쩔 수 없다 치고…… 아래쪽은 반드시 입으라고 항상 이야기하는데…… 틈만 나면 원피스까지 벗으려고 하니까 말이지, 와인은……. 여자아이니까 그런 부분을 조금 더 챙기도록 제대로 타일러야겠네."

와인의 치마 안쪽이 시야에 들어오지 않도록 조심하며 상공을 계속 올려다보는 훌리오는 혼자서 중얼거렸다.

전직 마왕군 최강 부대라고 일컬어지던 용군 최강의 전사였던 와인.

아직 나이가 적어 사고가 어린 부분도 있지만, 전투 능력은 마왕군 사천왕에 필적한다고들 이야기한다. 그 덕에 마왕군 안에서도 와인을 포함한 용군들은 어느 정도 특별 취급을 받았다.

하지만 그런 와인을 보호한 훌리오는 그녀를 그저 가족으로 대했다.

그래서 그런지 와인 역시도 훌리오를 『파파』, 그의 아내 리스를 『마망』이라고 부르며 친부모처럼 계속 따랐고, 훌리오 부부 사이에 엘리나자와 가릴이 태어나자 두 사람을 친동생처럼 귀여워 했다.

와인이 진심을 발휘하면 엘리나자를 간단히 뿌리칠 수 있음은 분명했다.

하지만 와인이 속도를 잘 조절해서 엘리나자와 함께 상승할 수 있도록 배려한 덕분에, 두 사람은 사이좋게 계속 상승했다.

그 모습을 미소로 올려다보는 훌리오.

……그때였다.

"……응?"

상공을 올려다보던 훌리오는 어떤 사실을 깨달았다.

"……두 사람이 상승하는 곳 앞쪽으로…… 누군가 있어……?"

모습은 보이지 않았다.

하지만 와인과 엘리나자가 상승하는 곳 앞쪽에서 무언가의 기척을 탐지한 훌리오는 오른손을 위로 향했다.

은폐 간파 마법

식별 마법

스킬 진실의 눈

스킬 천리안

복수의 마법과 스킬을 발동하며 훌리오는 시선을 집중했다.

그러자 이윽고 훌리오의 시선 앞, 와인과 엘리나자가 상승하는 곳 앞쪽에 한 여성의 모습이 떠올랐다.

"메이드 옷차림…… 여성……? 등에 날개가 나 있는데……. 어째서 저런 상공에 떠 있는 거야!"

그 여성을 올려다보며 눈을 동그랗게 뜨는 훌리오.

자세히 보니 그 여성 역시도 훌리오를 내려다보며 눈을 동그랗게 뜨고 있음을 알 수 있었다.

아득히 상공과 지상에서 시선이 마주치는 모양새가 된 훌리오와 메이드 옷 여성.

다음 순간, 훌리오가 올려다보던 그 여성에게 초고속으로 상승한 와인이 격돌했다.

그 여성이 모습이나 기척을 마법으로 은폐하고 있었기에 와인은 그녀의 존재를 파악할 수가 없었는지 감속하지 않고 부딪쳤다.

메이드 옷차림인 여성의 턱을 머리로 있는 힘껏 들이받는 모양새가 된 와인.

드래고뉴트인 만큼 와인의 머리는 상당한 강도를 자랑했다.

그 머리에 직격을 당한 메이드 옷차림 여성은,

"흐그어어?!"

크게 몸을 젖히며 의식을 잃고 지면을 향해 추락하기 시작했다.

와인 역시도 예상하지 않았던 충격을 머리에 받았기에,

"아꺄아?!"

비명과 함께 의식을 잃고, 메이드 옷차림 여성과 함께 지상을 향해 추락했다.

◇그리고 지금◇

추락하는 메이드 옷차림 여성──타니아라이나와 와인.

그런 두 사람을 열심히 쫓아가는 엘리나자.

하지만 아직 비행 마법을 완벽하게 습득하지는 못한 엘리나자로서는 두 사람을 쫓아갈 수가 없었다.

"엘리나자가 열심히 쫓고는 있지만…… 아마 따라잡기는 힘들 것 같네."

훌리오는 하늘을 향해 오른손을 뻗었다.

작게 영창하자 그의 손 앞으로 마법진이 나타났다.

마법진은 훌리오의 손 앞에서 잠시 회전하더니,

"……흠!"

훌리오가 기합을 넣는 것과 동시에 눈부신 빛을 발했다.

……그러자 타니아라이나와 와인의 추락이 뚝 멈추고, 추락 도중인 자세 그대로 공중에 정지했다.

중력 계열 마법이 특기인 훌리오.

평소라면 몬스터 등을 땅바닥에 못 박아서 움직이지 못하게 만들거나 경우에 따라서는 그대로 짓뭉개는 데에 사용하지만, 지금은 그것을 응용한 반중력 마법을 사용하여 타니아라이나와 와인의 추락을 멈춘 것이었다.

"후우…… 아무래도 잘 풀린 모양이네."

두 사람의 몸이 공중에서 정지한 것을 확인한 훌리오는 안도의 한숨을 내쉬었다.

그대로 반중력 마법의 위력을 조설하여 두 사람의 몸을 천천히 떨어뜨렸다.

"아빠, 굉장해……."

가릴은 몹시 감탄한 목소리를 흘리며, 내려오는 둘의 모습을
계속 바라봤다.

"가릴은 와인을 받아주겠니? 아빠는 메이드 옷을 입은 여자를
받을 테니까."

"응, 알았어!"

훌리오의 말을 듣고, 내려오는 와인 바로 밑으로 이동하는 가릴.

훌리오 또한 와인과 동시에 내려오는 타니아라이나 바로 밑으
로 이동했다.

이윽고 누운 자세로 떨어진 두 사람을, 각자 그대로 안아드는
훌리오와 가릴.

그러자…….

"으~응…… 고기…….."

여전히 의식을 잃은 와인이 무의식중에 가릴의 목덜미를 끌어
안고 뺨을 덥석 물었다.

"으, 으아?! 와인 누나, 그건 내 뺨이라고?! 머, 먹을 게 아니라
고?!"

"우물우물…… 부드러워서 좋은 느낌, 좋은 느낌…… 우물우
물……."

"아—?! 그, 그러니까 먹으려고 하지 말라니까?!"

비명을 지르는 가릴.

그의 뺨을 물고서 떨어지려고 하지 않는 와인.

"……와인 언니도 참……."

훌리오 옆으로 내려선 엘리나자는 그 광경을 바라보며 쓴웃음

지었다.

"정말로, 곤란하다니까."

엘리나자와 마찬가지로 쓴웃음을 띠는 훌리오.

훌리오는 만담 같은 가릴과 와인의 모습을 한동안 바라보다가, 자신이 받아든 타니아라이나에게 시선을 향했다.

"……그건 그렇고, 이 여성은 누구지……. 그만한 마법을 구사해서 저런 상공에 있다니. 새 계통 아인 종족은 아닌 것 같고……."

그런 말을 중얼거리는 훌리오의 품속에서, 타니아라이나는 의식을 잃은 채로 꿈쩍도 하지 않았다.

◇ ◇ ◇

얼마 후…….

기절한 타니아라이나를 손님용으로 준비해둔 방의 침대로 옮긴 훌리오.

그 방 안으로, 이야기를 들은 고자르 · 우리미나스 · 히야가 달려왔다.

"……그렇게 되어서 지금에 이르렀는데……."

조금 전까지의 일을 한바탕 설명한 훌리오는 시선을 타니아라이나에게 향했다.

그 시선 끝에는, 침대에 누운 채로 아직도 의식을 잃은 상태인 타니아라이나가 있었다.

고자르는 타니아라이나에게 시선을 향한 채로 팔짱을 끼고,

"음…… 나도 기척을 전혀 느끼지 못했어……. 이렇게까지 기척을 차단할 수 있는 자가 있다니……. 우리미나스, 너는 어땠지?"

연신 고개를 갸웃거리며 옆에 있는 우리미나스에게 시선을 돌렸다.

그 시선 앞에서 우리미나스 역시도 팔짱을 낀 채 계속 고개를 갸웃거렸다.

"냐앙……. 상당한 수준의 기척 차단 마법이라도 간파할 자신이 있지만…… 나도 전혀 감지 못 했다냥……."

그런 고자르와 우리미나스의 모습을 곁눈으로 바라보던 히야.

"……흠…… 이 세계 최고이자 최강의 마왕이셨던 고자르 경과, 그의 측근으로서 마왕군 첩보 기관을 이끄신 우리미나스 경도 감지할 수 없었다……. 그런 은폐 마법을 구사한 이 사람의 은폐 마법을 간파하신 지고하신 주인님……. 역시 제가 평생 충성을 맹세하기에 걸맞으신 분이시군요."

홀리오에게 몸을 돌리더니 그의 앞에서 한쪽 무릎을 꿇으며 머리를 숙였다.

그런 히야를 앞에 두고 당황해서는 그녀의 두 어깨에 손을 얹는 홀리오.

"아, 아니…… 그건 우연이라고 할까, 고자르 씨도 우리미나스 씨도 출근 준비로 실내에 있었으니까 깨닫지 못했을 뿐이야. 나랑 마찬가지로 야외에 있었다면 틀림없이 알아차렸을 테고……. 그러니까 히야도 그렇게 과장스럽게 굴지 말았으면 좋겠네."

쓴웃음 지으며 히야를 일으켜 세우는 훌리오.

그런 대화를 나누는 사이, 방문이 달칵 열리고 리스가 안으로 들어왔다.

"서방님, 와인은 깨어났어요. 지금은 엘리나자랑 가릴이랑 같이 있어요."

"그런가, 다행이야. 머리에 생긴 혹을 마법으로 치료해도 곧바로 의식이 돌아오지 않았으니까 걱정했거든."

리스의 말에 크게 안도의 한숨을 흘리는 훌리오.

"안심하세요. 그 커다란 혹도 깔끔하게 나았어요. 게다가 와인도 참, 눈을 뜨자마자 『고기는 어디에 있어?』 같은 소리를……. 후후후, 가릴의 뺨을 씹는 감촉이 어지간히도 좋았나 봐요."

"하하하, 가릴한테는 재난이었지만…… 어쨌든 무사해서 정말 다행이야."

미소로 대화를 나누는 리스와 훌리오.

"흠…… 그렇다면 이 여자도 조만간 눈을 뜨겠군."

"그렇다냥, 턱의 상처는 훌리오 경이 마법으로 치료했고, 그 밖의 큰 부상은 없는 모양이니까."

그 자리에서 고개를 끄덕이는 고자르와 우리미나스.

그 말을 들은 훌리오는 다시금 침대 위의 타니아라이나에게 시선을 향했다.

"……응?"

그때 훌리오는 어떤 사실을 깨달았다.

타니아라이나의 턱 부분이 어렴풋이 녹색으로 빛나는 것이었다.

'저긴…… 턱뼈가 부서진 곳…… 치유 마법으로 원래대로 돌려 놨을 텐데…….'

그 빛을 향해 살며시 손을 뻗는 훌리오.

그 손이 빛에 닿은 그때였다.

훌리오의 눈앞에 갑자기 윈도가 열렸다.

"어?"

갑작스러운 일에 곤혹스러워하는 훌리오.

그 윈도 안에는,

『신계의 모든 마법 및 모든 스킬을 습득했습니다.』

그렇게 적혀 있었다.

'시, 신계?! 시, 신계라니…… 히야의 책으로 읽은, 그 신계?!'

윈도의 글자를 다시 읽으며 눈을 동그랗게 뜨는 훌리오.

'저기…… 잠깐만…… 분명히 나는 이 세계에 존재하지 않는 마 법과 접촉하면 그 마법만이 아니라 그 마법이 속한 세계의 마법 을 모두 습득할 수 있는 가호를 가졌다고, 고자르 씨랑 히야가 그 랬는데…… 저 녹색 빛이 신계의 마법이었다고? 어째서 그런 마 법이 저 여자한테 발동되어 있었지?'

생각하면 생각할수록 곤혹스러워하는 훌리오.

조금 전의 녹색 빛…….

그것은 훌리오가 추측했다시피 신계 마법 중 하나 『자동 치유 마법』이었다.

타니아라이나의 상처는 훌리오의 치유 마법으로 거의 나았지만 완전하지는 않았다.

신계의 여신이나 사도는 몸에 대미지를 입은 경우에 자동으로 수복되는 신계 마법을 항시 발동하는 상태로, 타니아라이나의 턱에서 나오던 빛은 그 마법이 발동하여 상처가 완전히 치유되려는 증거였던 것이다.

그 빛, 신계의 자동 치유 마법과 접촉한 훌리오는 신계의 마법에 접촉했기에, 초월자의 가호를 지닌 자만이 습득할 수 있는 완전 습득 마법이 발동하여 신계의 마법을 모두 습득한 것이었다.

그런 일이 벌어졌다고는 꿈에도 생각하지 않는 훌리오는, 윈도를 바라보며 그저 곤혹스러울 따름이었다.

그런 훌리오 뒤에서 갑자기 우리미나스가 입을 열었다.

"그런데 그거다냥……. 슬슬 가게로 가야 된다냥……."

우리미나스의 말에 퍼뜩 정신을 차린 훌리오는 윈도를 닫으며 그녀를 돌아봤다.

"벌써 그런 시간이었나……."

"음, 먼저 간 발리로사가 다른 사람들이랑 같이 개점 준비를 해주고 있을 테지만, 슬슬 우리도 가야겠지."

"그렇네……. 하지만……."

살짝 곤혹스러워하는 표정을 띠는 훌리오.

"경위는 어찌 되었든 우리 와인 때문에 다친 여성을 그대로 둘

수는 없다고 할까······."

침대 위에서 아직도 계속 잠들어 있는 타니아라이나를 바라보며 곤혹스러운 표정을 띠는 훌리오.

그런 훌리오 옆으로 리스가 다가왔다.

"안심하세요, 서방님. 여긴 저 리스가 맡을게요."

"그, 그래도······ 리스도 집안일이라든지, 해야 할 일이 잔뜩 있잖아······."

"안심하세요. 이 여성을 돌보면서 집안일도 할 테니까 문제없어요."

미소로 훌리오에게 이야기를 건네는 리스.

그런 리스 옆으로 히야가 다가왔다.

"외람되오나, 저 히야도 도와드릴 터이니 지고하신 주인님께서는 염려 마시고 훌리스 잡화점의 업무를 진행하시길······. 가게 일 쪽은 제 수련 동료인 다말리나세에게 말해둘 터이오니."

"그, 그래? 히야도 같이 해준다면······."

"예예, 그러기로 했다면 얼른 일하러 가세요."

미소로 훌리오의 등을 미는 리스.

"아, 알았다고, 리스. 그럼 뒷일은 잘 부탁할게. 히야도, 잘 부탁해."

"맡겨주시길, 지고하신 주인님. 저 히야, 지고하신 주인님의 사모님께 힘이 되어드리고자 분골쇄신하겠사오니."

히야 역시도 리스 뒤에서 훌리오를 향해 깊이 머리를 숙였다.

리스의 재촉을 받으며 전이 마법을 발동한 훌리오.

마법진에서 출현한 전이 문을 지나서 홀리오·고자르·우리미나스는 전이 문 너머에 펼쳐져 있는 홀리스 잡화점으로 이동했다.

그런 그들을 미소로 배웅하는 리스.

이윽고 전이 문이 모습을 감추자,

"자, 그럼 이 여성의 상태를 보면서 집안일을 할까요……."

침대에 누워 있는 타니아라이나에게 시선을 향한 리스.

"……어?"

침대로 시선을 향한 리스는 눈을 동그랗게 떴다.

그 시선 앞, 침대 위의 타니아라이나가 상반신을 일으킨 상태였던 것이다.

멍한 얼굴로 정면의 벽을 바라보는 타니아라이나.

"저, 저기…… 정신이 들었군요?"

타니아라이나에게 미소로 이야기를 건네는 리스.

그 목소리에 반응한 타니아라이나는 천천히 시선을 리스에게 향했다.

"……실례입니다만, 당신은 누구시죠?"

"아, 예. 저는 홀리오 님의 아내인 리스라고 해요."

"……홀리오 님…… 홀리오 님……."

리스의 말을 듣고 홀리오의 이름을 중얼중얼 되풀이하기 시작한 타니아라이나.

"저, 저기…… 왜 그러시나요?"

곤혹스러운 표정을 띠며 타니아라이나의 얼굴을 들여다보는 리스.

"지고하신 주인님의 사모님, 어쩌면 말입니다만…… 와인 님과 부딪쳤을 때의 충격으로, 일시적으로 기억이 혼란스러운 것일지도 모릅니다."

"어머…… 그건 큰일이네……. 저기, 이럴 때는 어쩌면 좋을까요? 일단 뒤통수를 때려서……."

그러더니 리스는 천천히 왼팔을 들었다.

"기, 기다려 주십시오, 지고하신 주인님의 사모님! 그, 그래서는 이 여성이 또 의식을 잃어버린다고 할까, 더욱 악화될 위험성이 있습니다!"

들어 올린 리스의 팔을 마법으로 정지시키는 히야.

"아, 그, 그래, 그러네……. 확실히 그런 위험이 있네……. 그럼 등에 발차기라도……."

그러더니 이번에는 내려차기의 요령으로 리스는 왼다리를 들어 올렸다.

"지, 지고하신 주인님의 사모님, 그것도 큰 차이 없습니다! 저 히야, 진심으로 부탁드립니다, 모쪼록 진정해 주시길."

왼팔에 이어서 들어 올린 왼 다리를 마법으로 정지시키는 히야.

리스가 당황해서 힘 조절 없이 전력으로 들어올린 왼팔과 왼 다리를 정지시켰기에, 제아무리 히야라도 이마에 비지땀을 흘리며 마법을 유지해야 했다.

……그러자 침대 위에서 상반신을 일으킨 채, 계속 중얼중얼하던 타니아라이나는,

"……떠올랐어요."

그러더니 천천히 바닥으로 내려섰다.

"어머, 기억이 또렷해졌군요?"

"예, 덕분에."

리스를 돌아보는 타니아라이나.

"저는……."

◇호우타우 훌리스 잡화점 안◇

타니아와 와인이 공중에서 격돌한 뒤로 한 달이 지났다.

"훌리오 씨, 이 상품 말인데……."

가게 안의 손님 중 하나가 훌리오를 향해 말을 건넸다.

"어, 자, 잠깐만 기다려주세요."

훌리오는 한창 다른 손님을 상대하는 중이었다.

오늘도 훌리스 잡화점 안은 많은 손님으로 북적였다.

그래서 훌리오도 평소처럼 손님들에게 둘러싸여 있었다.

"손님, 그 상품이라면 제게 이야기 해주세요."

그곳으로 달려온 것은 리스였다.

"아, 사모님이신가요. 감사합니다."

훌리오에게 이야기를 건네던 손님은 손에 든 상품을 리스에게
내보였다.

"사실 이것보다 칼끝이 짧고 조금 더 무거운 검이 필요해서."

"그렇다면 좋은 물건이 있어요. 바로 가져올게요."

앞치마 차림의 리스는 웃는 얼굴로 대답하고는 계산대 뒤에 있는 창고를 향해 달려갔다.

여전히 훌리스 잡화점은 많은 손님으로 북적였지만, 리스가 접객에 가담하며, 이전과 비교해 손님 대응이 신속해져서 방문을 기다리는 손님의 행렬이 가게 밖으로 이어지지는 않게 되었다.

'이것도 전부 타니아 덕분이네……'

리스의 뒷모습을 바라보던 훌리오는 마음속으로 그런 생각을 했다.

◇같은 시각 훌리오 가◇

"자, 갈까요."

거실. 오른손에 빗자루, 왼손에 대걸레를 든 타니아라이나는 한 번 크게 숨을 내쉬더니 거실 안을 향해 달려갔다.

거실 안을 눈에 보이지도 않는 속도로 이동하며 청소하는 타니아라이나.

천장의 먼지를 털고,

테이블을 닦고,

마법등 유리를 깨끗이 하고,

바닥을 반짝반짝하게 만들었다.

리스가 청소하는 속도도 빨랐다.

하지만 타니아라이나가 청소하는 속도는 그것을 웃돌았다.

순식간에 거실 안의 청소를 마치고, 마지막으로 거실 한구석에 놓여 있는 사베어의 오두막 깔짚을 교환한 타니아라이나는,

"자, 다음으로 가죠."

이번에는 계단을 뛰어 올라갔다.

도중에 계단의 천장부터 벽까지 모두 깨끗하게 닦는 타니아라이나.

이 층에 도착해서 우선은 복도를 천장 · 벽 · 바닥의 순서로 닦은 뒤, 모두의 방으로 들어가서 실내 청소를 진행했다.

같은 요령으로 삼 층의 청소도 마친 타니아라이나는,

"자, 다음은 이불을 말리죠."

그러더니 손에 들고 있던 빗자루와 대걸레를 삼 층에 있는 자기 방에 던져 넣고, 우선 자기 방의 이불을 안아들고서,

"웃차."

창문을 열고 그대로 밖으로 뛰어나왔다.

삼 층의 창문에서 뛰어내렸음에도 불구하고 아무렇지도 않게 착지한 타니아라이나는 자신의 이불 시트를 벗기더니 한 번 닦아 낸 빨랫줄에 이불을 널었다.

이불을 모두 널고,

"하앗."

그 자리에서 점프하는 타니아라이나.

가볍게 뛰어오른 것처럼 보이던 타니아라이나의 몸은 훌리오

가의 삼 층까지 가볍게 도착하여, 조금 전에 뛰어나온 자신의 침실 창문으로 뛰어들었다.

동시에 창문이 닫히는가 싶더니, 다음 순간에는 옆방 침실의 창문이 열리고,

"으차."

그 방의 이불을 품에 안은 타니아라이나가 다시 뛰어나왔다.

침실에서 이불을 들고 창문으로 뛰어내리려서는 그 이불을 넌 다음, 점프하여 창문이 열린 방으로 돌아와서 창문을 닫고 옆방 침실로 이동하는 타니아라이나.

순식간에 삼 층의 끝에서 끝까지 모두 이동한 뒤, 이번에는 이 층으로 가서 마찬가지로 이불을 품고 뛰어나왔다.

그 광경은 훌리오 가 앞에 펼쳐져 있는 방목장에서도 볼 수 있었다.

"하~…… 오늘도 굉장하네요, 타니아 씨도 참~."

방목장에서 건초를 나르던 빌레리는, 굉장한 속도로 이동하며 이불을 너는 타니아라이나의 모습을 진심으로 감탄한 듯 바라봤다.

"저도~…… 이 층 정도라면 뛰어내릴 수 있으려나~……."

그런 소리를 중얼거리는 빌레리.

그러자 뒤에서 저마다 방목장 안에서 지내고 있던 마마들이 일제히 빌레리 뒤로 모여들었다.

이전에는 슬레이프의 부하이자 인간 형태로도 변신할 수 있는

마마들은 빌레리 뒤쪽에 정렬하더니,

『빌레리 누님, 그건 절대로 안 됩니다!』

『저건 타니아니까 할 수 있는 일이니까요!』

『무모한 일을 생각해서 슬레이프 님을 걱정시키지 마시기를!』

입을 모아 빌레리를 말리고자 설득을 시작했다.

"어~…… 하지만, 어쩌면 할 수 있을지도 모르잖아요."

『아뇨, 절대로 안 됩니다!』

『부탁이니까 포기하시길!』

『슬레이프 님께서 깜짝 놀라서 심장이 멈출 수도 있습니다!』

"하지만 그래도……."

『하지만 그래도가 아닙니다!』

『절대로 안 됩니다!』

『슬레이프 님을 위해서 단념하시길!』

빌레리와 마마들이 말다툼을 벌이는 사이, 이불을 모두 넌 타니아라이나는 벗겨 놓은 시트를 안아 들고서,

"자, 이번에는 빨래군요."

빨래터로 이용하는 목욕탕을 향해 달려갔다.

한 달 전의 그날…….

의식을 되찾은 타니아라이나는 마주한 리스와 히야를 향해,

"제 이름은 타니아라이나. 말하기 힘드시면 타니아라고 불러주세요. 저는 훌리오 님을 메이드로서 모시기 위해 파견되었습니다."

그렇게 말한 것이었다.

타니아의 본래 임무는『훌리오 가에 잠입해서, 훌리오가 위험한 마법을 사용하지 않도록 감시한다.』

그런 내용이었지만, 와인과 격돌했을 때의 충격으로 기억이 뒤섞여 버려서,『훌리오를 메이드로서 모신다』같은 내용으로 착각해 버린 것이었다.

처음에는,

『이 여자……, 설마 지고하신 주인님을 감시하기 위해서 파견된 신계 여신의 사도가…….』

그녀의 정체를 완벽하게 통찰해냈던 히야조차 일주일이 지났을 무렵에는,

"타니아는 지고하신 주인님을 위해서 정말 열심히 일하는군요. 저도 지지 않도록 정진해야겠지요."

그런 말을 입에 담을 정도가 된 것이었다.

◇같은 시각 신계 중앙 관리탑◇

신계의 중심부에 존재하는, 한층 높이 우뚝 솟은 중앙 관리탑.

그 탑의 어느 방 안에서, 두 여신이 이따금 얼굴을 마주하며 눈앞에 놓여 있는 감시 수정을 바라보고 있었다.

"음…… 타니아라이나는 훌리오 가 잠입에 성공한 모양이네."

"예, 조피나 님. 일하는 저 모습……. 어딜 어떻게 봐도 그냥 메이드로밖에 안 보여요. 그 덕분에 처음에는 의문을 품고 있던, 빛

과 어둠의 근원을 관장하는 마인의 눈을 속이는 데에도 성공한 모양이에요."

"음…… 이 상태로 메이드로서의 모습을 계속 연기하면 훌리오의 감시 임무도 문제없겠네."

감시 수정 안을 들여다보며 만족스럽게 고개를 끄덕이는 조피나와 셀브아.

그때였다.

""……응?""

동시에 소리를 높이는 둘.

그 시선 앞에 있는 감시 수정 안에서는, 타니아가 머리 위를 올려다보고 있었다.

감시 수정 안에 비치는 타니아는 갓 빨래를 마친 빨랫감이 잔뜩 쌓여 있는 바구니를 옆구리에 든 채로 감시 수정 방향을 계속 올려다보다가, 천천히 오른손을 위로 들고…….

뚝.

다음 순간, 감시 수정 안이 캄캄해지고 더는 아무것도 비치지 않게 되어버렸다.

"뭐야?! 이, 이건 어떻게 된 거야, 셀브아?!"

"모, 모르겠어요……. 이, 이런 일은 처음이라…….."

곤혹스러워하며 감시 수정을 향해 마력을 쏟아 넣는 조피나와 셀브아.

하지만 아무리 마력을 쏟아 넣어도 감시 수정은 재기동되지 않았다.

◇같은 시각 호우타우 훌리오 가 앞◇

빨랫감이 잔뜩 쌓여 있는 바구니를 옆구리에 든 채, 하늘을 향해 오른손을 뻗고 있는 타니아.

"……누군지 모르겠지만…… 훌리오 님의 자택을 훔쳐보려고 하는 자는, 저 타니아가 용서치 않습니다."

그러더니 오른손을 천천히 내리고,

"……이런, 안 되죠. 시간을 낭비해 버렸어요. 자, 서둘러서 빨래를 널어야죠. 그걸 마치면 다음은 사냥이에요."

빨랫줄을 향해 총총히 달려갔다.

◇저녁 호우타우 훌리스 잡화점 안◇

"그럼 저는 슬슬 집으로 돌아가서 식사 준비를 할게요. 식재료는 타니아가 준비해 주었을 테니까."

훌리스 잡화점 안에서 접객을 하던 리스는 앞치마를 벗으며 훌리오에게 말을 건넸다.

"고마워, 리스. 오늘도 덕분에 살았어."

"서방님께 도움이 되었다면 이보다 더한 기쁨은 없어요."

싱긋 미소 짓는 리스.

"그럼 바로 전이 문을……"

"어, 아뇨, 그러실 필요는 없어요. 여기서 집까지라면 뛰어서 금방이니까요.”

그러더니 미소 그대로 뛰어나가는 리스.

가게 안의 손님 사이를 누비듯이 가게를 빠져나가더니 톱 스피드로 가도를 달려가는 리스.

너무나도 속도가 빨랐기에 손님들은 리스가 귀가했다는 사실을 누구 하나 깨닫지 못했다.

그런 리스의 뒷모습을 바라보며 훌리오는 쓴웃음을 지었다.

‘저런 속도로 달려갔다는 건…….’

훌리오 가는 호우타우 성벽 밖에 있다.

그래서 성문 앞에 있는 훌리스 잡화점에서 자택으로 돌아가는 경우, 본래라면 성문에서 통과 허가를 받을 필요가 있었다.

그렇지만 이미 얼굴을 알고 있는 훌리오 가 멤버들은 성문의 위병에게,

“항상 수고하십니다.”

“아, 훌리오 씨야말로 수고하시네요.”

그런 대화를 나누는 것만으로 통행이 허락되었다.

성문에는 오늘도 열 명가량의 위병이 있었다.

“……응?”

그중 하나가 갑자기 고개를 갸웃거렸다.

“왜 그래? 무슨 일 있어?”

“아니…… 지금, 무슨 목소리가 들린 것 같은데…….”

"목소리?"

"그래……. 뭔가, 『항상 수고하세요』하는, 여자 목소리가……."

"이것 참, 여자는 어디에도 없다고."

주위를 둘러보며 웃음을 터뜨리는 위병들.

그 위병을 말대로 성문 주위에는 여자는커녕 어린아이의 모습 조차 없었다.

그 목소리의 주인은 당연히 리스였다.

얼굴만으로 통과가 인정되지만, 성문을 통과할 때에는 인사를 빼먹지 않는 리스.

'엘리나자랑 가릴한테도 인사를 중요하다고 가르쳤으니까, 저도 제대로 인사를 해야겠죠.'

그런 생각을 하며 집을 향해 계속 이동하는 리스는 한순간만 멈춰 서서 위병들을 향해,

『항상 수고하세요.』

그런 인사를 하고 떠났지만, 멈춰 선 시간이 너무나 짧기도 했고 이동 속도 역시 너무나 빨랐기에 위병들은 거의 알아차리지 못했다.

'……또 성문의 위병 분들 사이에서 『이상한 목소리가 들렸어』 같은 소문이 돌지 않으면 좋겠는데.'

리스를 생각하며 무심코 쓴웃음 짓는 훌리오.

"훌리오 경, 오늘 마지막 화물을 그레아니르에게 넘겼다고."

그런 훌리오 곁으로 고자르가 걸어왔다.

"아, 고자르 씨, 감사합니다."

"아니아니, 감사할 건 오히려 내 쪽이지. 마왕군을 그만두고 거리를 헤매던 고요한 귀 부대원들을 전원 고용해준 건 훌리오 경이니까."

미소를 띠며 훌리오의 어깨를 가볍게 두드리는 고자르.

"아뇨아뇨, 그분들 덕분에 각지와 거래를 할 수 있게 되었으니까 감사를 드리고 싶은 건 제 쪽이에요."

그런 고자르에게 평소의 시원스러운 미소를 띠는 훌리오.

"그럼 피차일반이라는 걸로 해둘까."

"예, 그걸로 부탁드릴게요."

함께 미소를 띠는 훌리오와 고자르.

"……그런데, 말이야……. 최근에 집에 머무르며 일하기 시작한, 그 타니아라는 여자 말인데……. 그자가 누구의 의뢰로 왔는지, 알아냈나?"

타니아는,

『저는 훌리오 님을 메이드로서 모시기 위해 파견되었습니다.』

스스로 그렇게 말했지만,

『누구한테 의뢰를 받아서 파견되었는데?』

그런 훌리오의 질문에는,

『그런 건 큰 문제가 아닙니다.』

그렇게만 말할 뿐, 제대로 대답하려 들지 않았던 것이다.

일을 잘 하니까 다들 마음을 허락하기는 했지만, 그녀의 정체가 분명치 않다는 사실이 고자르는 신경 쓰였던 것이다.

고자르의 말을 듣고 쓴웃음을 띠는 훌리오.

"그러네요⋯⋯. 넌지시 짐작을 해보기는 하는데⋯⋯, 클라이로드 성도 마왕군도 아닌 것 같아서⋯⋯."

"흐음⋯⋯ 마족에 대해서 잘 아는 나나 우리미나스도 짚이는 바가 없고⋯⋯, 저만한 능력을 가진 이의 정체가 전혀 파악되지 않는다는 것도 이상한 이야기로군⋯⋯."

고자르는 팔짱을 끼고, 가게 안의 손님들에게 들리지 않도록 작은 목소리로 훌리오에게 이야기를 건넸다.

"그렇군요⋯⋯. 하지만 뭐, 나름대로 조사해 봤으니까 이제 정체를 뒤질 필요는 없지 않으려나 생각해요. 타니아는 최근 한 달간 우리 집의 소중한 일원이 되었으니까요."

그러더니 평소의 시원스러운 미소를 띠는 훌리오.

"뭐, 그건 나도 부정하지 않지만⋯⋯. 뭐, 그렇군, 훌리오 경이 그렇게 말한다면 나도 그런 걸로 해둘까."

고자르는 훌리오의 어깨를 가볍게 두드리고는 남은 업무를 처리하기 위해 창고로 걸어갔다.

'그렇군⋯⋯. 훌리오 경은 저런 사람이었지. 한 번 믿기로 결심한 상대는 마지막까지 믿는다고⋯⋯. 전직 마왕인 나도 친구로서 믿어주니까 말이야.'

고자르의 얼굴에는 무의식중에 미소가 지어졌다.

그런 고자르의 뒷모습을 바라보던 홀리오는 다시 가게 안으로 시선을 향했다.

"자, 오늘 영업도 조금만 더 있으면 끝이야. 열심히 해야지."

◇호우타우 근처의 가도◇

고자르로부터 화물을 받은 그레아니르는 홀리스 잡화점을 이미 출발했다.

성문을 지나서 가도를 나아가는 그레아니르의 짐마차.

그 마부석 위에서 그레아니르는 고개를 갸웃거렸다.

"……오늘, 제 짐마차를 끄는 건 분터커였던 게 아닙니까? 어째서 다크호스트 님께서……."

『어, 아니, 뭐냐…… 분터커가 몸이 좀 안 좋다나 그래서, 내가 바꿔줬어.』

마마의 모습으로 그레아니르의 짐마차를 끌며 대답하는 다크호스트.

그런 다크호스트의 말에 또다시 고개를 갸웃거리는 그레아니르.

"……이상하네요…… 분터커가 몸이 안 좋다는 이야기는 못 들었습니다만……."

"어, 가, 갑자기 아프다고 그러던데, 응. 갑자기 그랬다고, 정말로. 그, 그보다도 말이지, 오늘 밤에는 내가 소우지야까지 제대로 짐마차를 끌 테니까, 그레아니르는 자도 되니까."

"아뇨, 다크호스트 님께서 짐마차를 끄시는데 저만 잘 수는 없습니다. 게다가 저희 마인족은 일주일 정도 안 자도 괜찮으니까요."

"어~…… 화, 확실히 그럴지도 모르지만……."

어째선지 머뭇머뭇하는 다크호스트.

"?"

그런 다크호스트의 모습을 바라보며 또다시 고개를 갸웃거리는 그레아니르.

'이상하네요. 항상 논리정연하고 애매한 말투 따윈 사용하지 않는 다크호스트 님께서 이렇게 중언부언 이야기를 하시다니…….'

마음속으로 그런 생각을 하는 그레아니르.

'어쩌면…… 제가 지루하지 않도록 배려해주시는 걸까요……. 그러지 않으시더라도, 저희 마인족은 한 달 정도 말을 안 해도 괜찮은데…….'

그 후로도 무언가 그레아니르에게 이야기를 건네는 다크호스트.

그 말에 매번 필요 최소한의 말로 대답하는 그레아니르.

그런 대화가 오고 가면서 짐마차는 가도를 나아갔다.

◇호우타우 훌리오 가◇

밤.

훌리스 잡화점 영업을 마치고 귀가한 이들은 평소처럼 가족과 동거하는 모두가 함께 저녁을 먹었다.

엘리나자와 가릴이 학교에서 있었던 일을 먼저 이야기하는 것이 최근의 패턴이었다.

그 이야기를 다같이 들은 다음에는 저마다의 대화를 즐겼다.

이 시간은 그들에게 둘도 없는 휴식의 시간이었다.

그리고 식사를 마친 뒤, 순서대로 목욕을 하는 훌리오 가 멤버들.

이전의 훌리오 가 욕실은 남자 욕실과 여자 욕실로 나뉘어 있었지만, 훌리오와 리스에게 엘리나자와 가릴의 쌍둥이 아이가 생기고, 고자르가 우리미나스와 발리로사 두 사람을 아내로 들이고, 슬레이프와 빌레리가 동거 관계가 되기도 하여, 남자 욕실과 여자 욕실의 칸막이를 걷고 커다란 욕실 하나로 개축했다.

그 욕실에서 훌리오 일가 · 고자르 일가 · 슬레이프와 빌레이의 동거 부부 · 블로섬과 벨라노, 타니아의 독신팀이 각각 순서대로 들어갔다.

참고로 이 욕실, 훌리오가 생성한 물 속성 마석의 힘으로 24시간 적절한 온도의 물이 계속 흐르는 것만이 아니라 물 안에 설치한,

육체 피로 회복 마법이 부여된 마석.

정신 피로 회복 마법이 부여된 마석.

마력 회복 마법이 부여된 마석.

등등 도합 스무 개가 넘는 마석의 효능을 만끽할 수 있는 구조로 되어 있었다.

그래서 일단 순서대로 욕실에 들어가기는 하지만 밤일을 마친 고자르 · 우리미나스 · 발리로사 세 사람이 심야에 다시 들어가거

나 히야와 다말리나세가 마음이 내킬 때에 이용하기도 했다.

"그럼 오늘은 우리가 먼저 욕실을 쓸게요."

그러더니 욕실로 이동하는 훌리오.

"와─! 목욕목욕! 다 같이 목욕목욕!"

그런 훌리오에게 안겨 들며 미소가 만개하는 와인.

"나도 다 같이 목욕하는 거 정말 좋아!"

훌리오와 손을 잡고 기쁜 듯 미소 짓는 엘리나자.

"응! 나도 다 같이 들어가는 거 정말 좋아!"

가릴도 기쁜 듯 미소를 띠며 훌리오를 뒤따랐다.

그런 모두의 모습을 미소로 둘러보는 리스.

"이렇게 다 같이 욕실에 들어가는 것도 좋네요."

그러더니 훌리오의 귓가로 입을 가져다 댔다.

("하지만 서방님…… 예의 그건 아직인가요?")

("어, 어어, 그건가……. 연구하고는 있지만 꽤 어려워서…….")

리스의 말에 무심코 쓴웃음 짓는 훌리오.

그 대답에 무심코 팔짱을 끼는 리스.

'그러신가요……. 훌리오 님이 지닌 마법의 힘으로도, 자식의 탕의 성분을 마법으로 마석에 부여하는 건 어렵나요……. 어쩌면 그 땅 나름대로의 무언가가 있을지도 모르겠네요.'

스스로에게 들려주듯 그리 중얼거리며 몇 번이고 고개를 끄덕이는 리스.

'일단 자식의 탕의 성분과 비슷하기는 하지만…… 이것만큼은 내가 좀 더 노력해야만 할지도 모르겠어⋯⋯. 아니, 지금부터 아이들이랑 같이 목욕을 할 텐데 무슨 생각을 하는 거야, 나는⋯⋯.'

리스 옆에서 저도 모르게 뺨을 붉히는 홀리오.

그 후, 탈의실에서 옷을 벗은 홀리오·리스·와인·가릴·엘리나자는 한 번에 욕실로 들어갔다.

애당초 남자 욕실과 여자 욕실의 두 욕실이었던 만큼, 홀리오가의 욕실은 씻는 곳도 넓고 욕조도 다섯 명이 함께 들어가도 상당한 여유가 있었다.

"와하~! 목욕목욕! 먼저! 먼저!"

가장 먼저 욕실로 뛰어든 와인이 욕조를 향해 달려갔다.

"와인 누나, 나도 안 질 거야!"

그 뒤를 가릴이 쫓아갔다.

그런 두 사람을 허둥지둥 쫓아가는 엘리나자.

"와인 언니도, 가릴도 기다려! 우선은 몸부터 씻어야지!"

"아, 그랬구나, 그랬구나."

"미안해, 누나. 깜박했어."

엘리나자의 말을 듣고, 욕조를 향해 뛰어가던 와인과 가릴은 우향우, 먼저 몸을 씻기 시작했다.

하지만⋯⋯.

"좋~아, 가리가리! 누가 먼저 씻는지 대결! 대결!"

"와인 누나, 안 질 거니까!"

그러더니 굉장한 속도로 자신들의 몸을 씻기 시작하는 와인과 가릴.

"정말이지. 와인 언니는 금세 대결을 하고 싶어 한다니까…….
가릴도 금세 그걸 받아들여 버리고……."

그런 두 사람의 모습을 어이없다는 표정으로 바라보는 엘리나자.

그렇지만 일단 제대로 몸을 씻고 있었기에 그 이상 무어라 말
하지는 않았다.

그런 아이들의 모습을 평소의 시원스러운 미소로 바라보는 훌
리오.

"자, 그럼 우리도 몸부터 씻고 욕조로 들어갈까."

"예, 서방님."

의자에 나란히 앉는 훌리오와 리스.

"그럼 훌리오 님, 등을 씻겨드릴게요."

"어, 괜찮아 리스. 그 정도는 내가 할 수 있으니까."

"서방님…… 지금 그건 제가 아니에요."

"어? ……그럼 누가……."

얼굴을 마주 본 훌리오와 리스는 동시에 천천히 고개를 돌렸다.

그러자 그곳에는 몸에 배스타월을 감은 타니아가 있었다.

타니아는 오른손에 거품을 낸 수건을 들고서 당장에라도 훌리
오의 등을 씻기려는 자세를 취하고 있었다.

"타, 타니아?! 저, 저기…… 어, 어째서 여기에?!"

깜짝 놀라면서도 훌리오는 양손으로 사타구니를 가렸다.

"예, 이전에 입수한 『메이드의 소양』이라는 서적에 따르면, 좋

은 메이드는 모시는 주인님의 몸을 씻겨드리는 것도 게을리하지 않는다고 하여 바로 실천으로 옮겼습니다만……. 무슨 문제라도 있습니까?"

"무, 문제가 있다고 할까 뭐라고 할까……. 타, 타니아는 우리 가족 같은 사람이니까, 메이드 일은 안 해도 되니까."

"어, 어쨌든 말이죠, 지금은 사양하겠어요, 타니아."

허둥대며 타니아를 탈의실로 밀어내는 리스.

그런 타니아를 미소로 바라보는 와인.

"어~, 모처럼 들어왔으니까 타니타니도 같이 목욕하자! 하자!"

"와인 아가씨는 저렇게 말씀하십니다만?"

"저기 말이죠, 저거랑 이건 이야기가 다르다고 할까요……."

"나도 타니아 씨가 같이 있어도 딱히 상관없는데?"

"가릴 도련님도 이렇게 말씀하십니다만?"

"그, 그러니까 너희도 이야기를 꼬이게 만들지 말고! 여기는 서방님이 계시니까!"

타니아의 난입으로 대혼란에 빠진 욕실 안.

그런 가운데, 훌리오는 사타구니를 수건으로 가리며 일어서더니,

"그럼 이렇게 하자. 나는 먼저 나갈 테니까, 오늘은 타니아도 포함해서 다 같이 목욕을 만끽하는 걸로……."

훌리오는 다급한 목소리로 짧게 영창했다.

그러자 욕실 안에서 훌리오의 모습이 사라졌다.

"아…… 훌리오 님께서……."

멍하니 손에 든 수건을 바라보는 타니아.

그런 타니아의 손을 와인이 붙잡았다.

"자, 목욕! 목욕! 타니타니도 같이 목욕! 목욕!"

"어, 아뇨······. 저는 훌리오 님의 등을······ 아니······, 어?"

타니아의 팔을 붙잡은 와인은 그대로 그녀를 잡아당기며 욕조를 향해 다이빙했다.

그래서 타니아도 와인과 함께 욕조 안으로 돌입한 것이었다.

'서 설마 와인 아가씨께서 이런 대담한 행동을 하실 줄이야······. 아뇨, 항상 예상 밖의 행동을 하시는 분입니다만······.'

자신이 설마 욕조에 뛰어들게 되리라고는 예상하지 않았던 타니아는 눈을 동그랗게 뜨며 물속으로 가라앉았다.

그런 타니아의 눈앞으로 와인이 다가왔다.

와인의 얼굴에는 즐거워 보이는 미소가 드리워 있었다.

'하지만, 그렇군요. 이런 예상 밖의 일도, 즐거운 법이네요······.'

와인의 미소를 바라보며 타니아 역시도 미소를 띠었다.

일찍이 신계에서 아무도 웃는 모습을 본 적이 없었기에『철가면』이라는 별명이 붙었던 타니아라이나의 모습은, 그곳에는 없었다.

◇블로섬 농장 안에 있는 고블린 오두막◇

블로섬이 관리하는 광대한 블로섬 농장.

그곳에서 일하는 고블린들이 살기 위한 오두막이, 농장 한구석에 세워져 있었다.

처자식이 있는 마운티와 독신인 호쿠호쿠튼, 두 세대가 살고 있기에 오두막 안은 분리되어 있었다.

그중 호쿠호쿠튼의 방 안…….

"음…… 훌리오 님이 아니십니까……. 그보다 어째서 그런 모습으로, 이런 시간에 제 방에 계신 것이오이까?"

어리둥절해서는 방 안을 바라보는 호쿠호쿠튼.

그 시선 앞에는 사타구니를 수건으로 가렸을 뿐인, 칠칠치 못한 훌리오의 모습이 있었다.

설명하겠다…….

조금 전, 욕실에 타니아가 난입했기에 그 자리를 수습하고자 전이 마법으로 욕실 안에서 침실로 전이한 훌리오.

하지만 당황한 탓에 잘못하여 호쿠호쿠튼의 방으로 전이해버린 것이었다.

"아, 미, 미안해 호쿠호쿠튼, 당장 돌아갈 테니까…… 아하, 아하하."

수줍은 웃음을 띠며 다시 영창하는 훌리오.

그러자 훌리오의 모습은 한순간에 사라졌다.

"으, 음…… 정말로 대체 무슨 일이었소이까, 지금 그건……. 서, 설마 훌리오 님께서 내게 욕정하여 처소에……. 아, 아니, 그렇다고 해도 말이오, 나도 남자보다는 여자 쪽이 좋으니……."

팔짱을 끼고 중얼중얼 혼잣말을 하는 호쿠호쿠튼.

그런 오두막 바깥을 달빛이 비추고 있었다.

◇어느 거리의 뒷골목◇

클라이로드 성에서 떨어진 땅에 있는, 어느 거리의 뒷골목.

그곳에 우뚝 솟은 석조 건물.

그 건물의 어느 방, 어스름한 방 안에 풍채 좋고 연배가 있는 남자의 모습이 있었다.

"……잔지바르 반란군은 패배했나."

"그래, 캥."

그 남자 앞으로 한 여자가 방의 어둠 속에서 모습을 드러냈다.

허리까지 트임이 있는 금색 차이나드레스 복장의 그 여자는, 호화로운 의자에 깊숙이 몸을 파묻은 남자의 오른쪽 옆으로 이동했다.

"마왕 유이가드가 없는 만큼 의외로 가~뿐히 이길지도 모른다고 생각했는데, 울프 저스티스가 마왕군에 가세해서 상황이 돌변한 모양이다캥."

금색 차이나드레스 복장의 여자가, 남자가 앉아 있는 호화로운 의자 오른편에 서자 마찬가지로 어둠 속에서 다른 한 여자가 모습을 드러냈다.

그 여자, 이쪽도 허리까지 트여 있는 은색 차이나드레스 복장의 여자는 남자의 왼쪽 옆으로 이동했다.

이늘 셋, 클라이로드 마법국의 전임 국왕이었던 암왕과 예전에는 마왕의 부하였던 금각 여우와 은각 여우였다.

클라이로드 마법국의 왕이었던 무렵부터 불법적인 상회를 도

맡아서 운영하던 암왕.

역대 마왕을 섬기며 뒤로는 약탈이나 악덕한 거래를 되풀이하던 마호 자매——금각 여우와 은각 여우.

악행이 들켜서 클라이로드 마법국에서 추방된 암왕.

마왕 교대의 틈을 타서 마왕의 자리를 빼앗으려다가 실패한 마호 자매.

불법적인 장사로 얼굴을 알던 셋은 서로 협력하며 암상회를 경영하였고, 이 건물은 암상회의 비밀 거점 중 하나였다.

암왕 옆으로 이동한 은각 여우는 즐거워하는 미소를 띠었다.

"조금 파고들어 봤는데, 아무래도 마왕 대행인 칼시므가 클라이로드군과 휴전 협정을 맺는 걸 조건으로 구원을 청한 모양이다 캐캥."

은색 차이나드레스 복장의 여자가 꺼낸 말에 남자는 히죽 미소를 띠었다.

"뭐, 됐다……. 잔지바르를 상대로는 잔뜩 벌었으니까 말이야. 이쯤에서 물러나야겠지."

"그러네캥. 마왕군이 뜯어가기 전에 잔지바르가 별장에 숨겨두었던 재산도 받아낼 수 있었지캥."

금각 여우의 말대로…….

암왕과 마호 자매는 거금을 받아내며 잔지바르 반란군을 마왕 유이가드군으로부터 감싸던 시기가 있었다.

잔지바르는 비용을 지불하기 위해 재산을 감춘 별장으로 부하를 파견했는데, 그것을 알아차린 암왕 일당은 부하들의 뒤를 미행하여 그 별장의 위치를 알아내고는, 그곳에 비축되어 있던 재산을 모조리 탈취한 것만이 아니라 잔지바르의 부하가 현지에 깜박 두고 간 지도를 이용하여 그의 모든 별장에서 숨겨진 재산을 훔친 것이었다.

"이만큼 있다면 몇 년은 놀고먹을 수 있다캐캥."

"그렇군……. 가끔은 호화롭게 기운을 비축하는 것도 괜찮을지 모르겠군."

금각 여우와 은각 여우의 말에 히죽 미소를 띠는 암왕.

"찬성이다캥!"

"호화롭게 기운을 비축하는 거다캥!"

암왕의 말에 환호성을 터뜨리는 마호 자매.

그 모습을 곁눈으로 바라보며 암왕 역시도 만족스럽게 고개를 끄덕이는 것이었다.

◇마왕성 알현실◇

마왕성 안의 중심부에 있는 알현실.

그곳의 중앙 부분에 놓여 있는 호화롭고 거대한 의자는 역대 마왕들이 앉았던 유서 깊은 명품이었다.

현재 마왕 대행으로서 이 마왕성의 주인을 맡고 있는 스켈레톤 칼시므는 옥좌 앞의 돌바닥 위에 깔개를 깔고서 정좌하고 있었다.

그 옆에는 측근 차룬이 직립부동 태세로 따르고 있었다.

"……칼시므 님, 차라도 드릴까요?"

"아, 차룬, 마음 써주어서 기쁘다만 이제 곧 불러 둔 분이 오실 테니 말이다……."

차룬을 향해 가볍게 오른손을 드는 칼시므.

"알겠슴다. 그럼 그 다음에……."

그러더니 치맛자락을 양손으로 붙잡고 우아하게 인사하는 차룬.

그때 알현실 문이 열렸다.

"칼시므 님, 데려왔습니다냥."

문을 열고 알현실로 들어온 것은 지하 감옥의 경비를 담당하는 판다족 레인이었다.

그 뒤에 지하 감옥에 있던 악마인족 잔지바르가 있고, 다시 그 뒤에는 레인과 함께 지하 감옥 경비를 담당하고 있는 스파이더족 유키가 따르고 있었다.

레인과 유키는 칼시므 앞에 도착하자 잔지바르를 그 앞으로 이동하도록 손짓으로 신호했다.

두 사람은 창을 손에 들고서 끝부분을 잔지바르의 등에 들이밀었다.

혹시 여기서 무언가 저지르려고 할 경우, 즉각 찌르려는 태세임이 명백했다.

상대가 반란군의 주모자였던 잔지바르인 만큼 당연한 행동이라 할 수 있으리라.

하지만 그런 둘의 태도를 본 칼시므는,

"아, 레인하고 유키, 수고했구나. 잔지바르 경을 데리고 와주어서 고맙다. 창은 내려놓도록 해라."

그러더니 레인과 유키에게 창을 물리도록 손으로 신호했다.

"으냐? 하, 하지만 칼시므 님, 이 녀석은 마왕군을 상대로 반기를 든 반란군의 주모자인데요."

"그렇습니다. 이 남자, 무슨 짓을 저지를지 알 수 없습니다."

긴장한 태도 그대로 창을 물리려고 하지 않는 레인과 유키.

그런 둘을 보고 싱글싱글 웃는 칼시므.

"자자, 괜찮으니까. 그런 뒤숭숭한 걸 들이민 상태로는 잔지바르 경도 이야기를 나누니 어려울 테니까 말이다."

"아, 예에…… 그건 그렇지만요……."

"카, 칼시므 님께서 그렇게까지 말씀하신다면……."

칼시므의 말에 따라 떨떠름하게나마 창을 물리는 두 사람.

그대로 두 사람이 조금 물러난 장소에서 대기하는 것을 확인하고 칼시므는 만족스럽게 고개를 끄덕였다.

"음음, 이걸로 잔지바르 경도 쓸데없이 신경 쓸 것 없이 대화를 나눌 수 있겠지."

"흠……, 그 태도를 보아하니 내 재산을 회수할 수 있었기에 보고를 하려는 것인가?"

이전, 지하 감옥에서 잔지바르를 찾은 칼시므는, 잔지바르를 상대로 마왕성의 적자 문제에 대해서 상담을 청했다.

얼마 전까지 적대하던 상대에게 마왕성의 위기를 숨김없이 전했을 뿐만 아니라 그 해결책까지 논의한 칼시므.

과거의 적일지라도 항복하고 재능이 있는 자를 활용하려는 칼시므의 모습에 감명을 받은 잔지바르는, 자신이 별장에 숨겨두었던 재산을 마왕성의 시급한 운영 자금으로 사용하도록 제안하고 지도를 칼시므에게 건네었던 것이다.

"흠…… 그게 말이다만……. 사실은 조금 안타까운 소식을 전해야만 하겠어……."

잔지바르 앞에서 어깨를 풀썩 떨어뜨리는 칼시므.

"안타까워? ……그건 무슨 이야기지?"

"실은 말이야…… 그 후로 곧바로 큰 까마귀를 타고 차룬과 함께 잔지바르 경의 별장을 모두 돌고 왔어. ……저택은 확실히 있었지만, 그 안에 있는 비밀 금고의 내용물은…… 뭐라고 할까, 모두 텅 비어 있더군……."

"뭐라고?!"

칼시므의 이야기를 들은 잔지바르는 눈을 동그랗게 뜨고 부들부들 어깨를 떨었다.

"뭐…… 뭐라고…… 내 별장의 재산이…… 무엇 하나 남지 않았다고……."

"음…… 혹시 몰라서 세 번씩 모든 별장을 돌았다만…… 그 지도에 표시되어 있던 장소에 있는 저택 안은……."

"잔지바르 님께서 가르쳐 주신 비밀 방은 어디든 모두 텅 비어 있었기에."

칼시므 옆에 서 있는 차룬 역시도 크게 한숨을 내쉬었다.

"음…… 아무래도 잔지바르 경이 걱정하였다시피, 누군가가 잔지바르 경의 저택에서 재산을 가져간 모양이야……."

"아니…… 아니아니아니…… 화, 확실히 그 가능성도 없다고 할 수는 없지만……. 그렇다고 쳐도 너무 빨라……. 이렇게나 빨리, 이렇게 많은 별장에서 숨겨둔 재산을 가져갈 수 있을 리가 없어……. 으음……."

머리를 부여잡고 고뇌하는 잔지바르.

그 자세 그대로 알현실의 천장을 올려다봤다.

'……어째서냐…… 그 별장에 숨겨둔 재산은 여차할 때를 대비해서 아무한테도 이야기하지 않고 내가 직접 숨겨 두었는데……. 한두 곳이라면 확실히 발견될지도 모르지만, 전부 찾아내다니 그럴 리가…….'

이때 잔지바르는 퍼뜩 놀라 눈을 부릅떴다.

"아니…… 잠깐……. 그 숨겨둔 재산의 일부를 몇 번인가 사용한 적이 있었군……. 그건 마왕 유이가드에게 사막 깊은 곳까지 쫓기고 있었을 때…… 우리 반란군이 안전하게 숨을 수 있는 장소로 안내한 녀석들에게 그 대금을 지불하려고……."

기억이 선명해지며 잔지바르는 두 어깨를 부들부들 떨었다.

그런 잔지바르 앞에서 칼시므는 한숨을 내쉬었다.

"으~~음…… 좀처럼 잘 풀리진 않는구나……. 마왕 유이가드 님께서 돌아오실 때까지 어떻게든 마왕성을 정상적으로 운영 가능한 체제를 갖추어야만 한다고 생각했다만……."

그런 칼시므 옆으로 차룬이 살며시 다가갔다.

"칼시므 님, 저 차룬도 미력하나마 도와드리겠슴다. 함께 이 역경을 헤쳐 나가는 검다."

"음, 고맙구나 차룬……. 그렇지, 일단 나와 잔지바르 경에게 차를 타주겠느냐?"

"예! 맡겨 주시길!"

특기인 차를 타달라고 명령하자 차룬은 만면의 미소로 달려갔다.

그런 차룬의 뒷모습을 바라보는 칼시므.

"……그렇구나……. 차룬을 위해서라도 열심히 해야지……. 하지만…… 마왕 유이가드 님은 아직 찾지 못했고…… 후훈 님한테서 연락도 없고……."

크게 한숨을 내쉬며 어깨를 떨어뜨리는 칼시므.

◇그 무렵…… 나니와◇

마왕 유이가드의 측근인 서큐버스 후훈은 실종된 마왕 유이가드를 마왕성으로 다시 데려오고자 전 세계를 돌아다니는 중이었다.

그리고 이날, 후훈은 나니와에 있었다.

클라이로드 마법국의 영역인 나니와인 만큼 아인 종족의 모습으로 변신한 후훈은, 한 남자의 목을 조르며 그의 몸을 들어 올리고 있었다.

가냘픈 여성인 후훈이 자신의 세 배 가까운 거구인 남자의 목을 조르며 가뿐하게 들어올리는 그 모습에, 주위에 있는 이들도 압도당했다.

그런 일동이 지켜보는 가운데, 후훈은 분노한 표정을 띠며 남자의 목을 계속 졸랐다.

"이 마을에서 개최된 『나니와 마을 항례 대식가 쓰러트리기 축제』의 이벤트에 유이가드 님 같은 덩치 큰 남자가 참가했다는 정보를 입수해서 서둘러 와봤더니…… 그분께 하필이면 니른진이 들어 있는 음식을 제공했다고오오오오오오오오오오오오오오오오오오오오오오오오오오오?!"

"기기기기다려 봐, 나나나난 그저 축제 담당자 중 하나일 뿐이고, 제공한 음식에는 관여하지 않았어……. 게게게, 게다가 대식가 대회에 제공된 메뉴에 대해서는 클라이로드 식재료 고지령에 따라서 사용하는 식재료는 전부 공표했으니까, 먹을 수 없는 게 섞여 있었다고 해도 그런…… 그흐어어어어……."

후훈이 목을 조르는 가운데도 필사적으로 남자는 변명했지만,

그의 얼굴은 점점 새파래지고 그저 입만을 뻐끔거리게 되었다.

그럼에도 분노에 사로잡혀 남자의 목을 계속 조르는 후훈.

"유이가드 님은 말이죠, 니른진을 정말 싫어하신다고요! 그런 거구에 거만하고 위풍당당하신 유이가드 님께서, 그 니른진을 앞에 두면 말이죠, 마치 남의 집에 데려다놓은 고양이처럼 시무룩해져 버리는…… 그 모습을 네놈들 우민들이 목격하다니, 용서받을 수 있을 거라 생각하느냐! 아니, 만 번 죽어 마땅합니다!"

왼손 하나로 남자의 목을 조이며 오른손 검지로 패션 안경을 꾹 밀어 올리는 후훈.

그 주위를 남자들이 둘러싸고 있었지만 후훈의 살기를 앞에 두고 그 자리에서 한 걸음도 움직이지 못했다.

"여기냐! 날뛰는 녀석이 있다는 곳이?!"

그곳으로 여자의 목소리가 울렸다.

동시에 다수의 남녀가 목소리의 주인인 여자의 등 뒤에서 뛰어나왔다.

"나니와 마을의 포목상 실크플리스의 여주인으로서 나니와의 상점가 조합장을 맡은 나, 페타베치 님이 계신 곳에서 행패를 부리다니, 배짱도 참 좋지 않으냐. 자, 다들! 살짝만 혼을 내줘라! 이야기는 그 다음이다."

동방의 기모노를 교묘하게 흐트러뜨려서 입고 양쪽 어깨를 드러낸 요염한 여성 페타베치는, 손에 든 담뱃대를 후훈에게 향했다.

"""옛써~!"""

페타베치의 말을 신호로 그 뒤에서 뛰어나온 다수의 남녀들이 일제히 대답했다.

다양한 동방의 의상을 걸친 그자들은 모두 페타베치가 경영하는 포목상 실크플리스의 종업원들이었다.

"흐~응 헤~이 호~ ♪ 흐~응 헤~이 호~ ♪"

즐거운 듯 노래하며 기모노 소맷자락 밑에서 수많은 마법총을 꺼내는 실크플리스의 지배인 리루리루.

"이 자식, 페타베치 님께 폐를 끼쳤구나. 용서하지 않을 테니까! 흥흥!"

입술을 삐죽 내밀며 마법총을 난사하는 리루리루.

"우와?! 잠깐?! 기기기기다려요, 아가씨?! 나는 아직 인간족 남자를 들고 있다고요?! 이 남자에게까지 위해가 미칠 텐데?!"

후훈은 한 손으로 들고 있던 남자를 방패로 삼아 리루리루의 총탄을 막아냈다.

방패가 된 남자의 몸에 리루리루가 발사한 마법탄이 차례차례 박혔다.

"으그어어어어어어……."

신음 소리와 함께 정신을 잃는 남자.

그 모습을 본 리루리루는 연기가 피어오르는 오른팔의 마법총 총신을 후훈에게 향했다.

"아~ 골릭 아저씨한테 지독한 짓을 했어─! 용서하지 않겠어!"

"잠깐만 아가씨?! 지독한 짓을 한 건 내가 아니라 당신이잖아?! ……아니."

황급히 훌쩍 뒤로 뛰어 오르는 후훈.

동시에 조금 전까지 후훈이 서 있던 장소에 다수의 투사 무기가 박혔다.

"창에, 화살에…… 저건 소문으로 들은 적이 있는 동방의 시노비라는 종족이 사용하는 쿠나이와 수리검입니까……. 칫, 유감스럽지만 중과부적……. 이 이상 오래 머무르는 건 자중하는 편이 나을 것 같군요."

이마에 비지땀을 흘리며 오른손 검지로 공갈 안경을 꾹 밀어 올리는 후훈.

"흥!"

그 눈에 마력을 싣더니 자신을 향해 들이닥치는, 리루리루를 비롯한 실크플리스 종업원들을 노려봤다.

그러자 다음 순간, 종업원들의 움직임이 뚝 정지했다.

그것을 확인한 후훈은 후우, 크게 한숨을 내쉬더니,

"……그럼 저는 이만 실례하겠습니다."

새 계열 아인의 깃털로 위장한 날개를 등에서 꺼내더니, 그대로 상공 높은 곳으로 날아올랐다.

"잠깐?! 너희들, 어떻게 된 거야?! 공격만 하면 되는 참에 불한당을 놓쳐 버리다니……."

눈을 동그랗게 뜨며 종업원 곁으로 달려가는 페타베치.

그러자 리루리루가 천천히 돌아보더니…….

"에헤…… 페타베치 님…… 진짜 좋아."

그렇게 말하기가 무섭게 페타베치에게 안겨 드는 리루리루.

그것을 신호로 다른 종업원들까지,

"페타베치 님~!"

"사모하고 있소이다~!"

"아~앙! 안아줘~!"

새된 목소리를 높이며 페타베치 곁으로 밀려들었다.

자세히 보니 리루리루를 비롯한 종업원들의 눈동자가 모두 하트 모양으로 변한 상태였다.

설명하겠다…….

조금 전에 후훈은 마족 서큐버스로서의 스킬『마안 러브 임팩트』를 발동한 것이었다.

이 스킬을 당한 자는 일정한 시간 동안 자신의 욕망에 저항할 수 없게 되어버리는 것이었다.

후훈의 마안 러브 임팩트에 고스란히 당해 버린 종업원들은, 평소부터 사모하는 페타베치을 향한 과도한 감정이 폭주한 것이다.

그중에는 종업원들끼리 끌어안은 자들도 있었지만, 대부분의 종업원들은 페타베치를 향해 밀려들었다.

"자, 잠깐만 너희들……. 그, 그 마음은 기쁘지만, 해, 해가 중천에 뜬 이런 시간부터, 아, 이 녀석 리루리루, 어디에 손을…… 아, 이 녀석, 가슴을 주무르는 건 누구냐……. 아니, 아……. 아앗…… 아아…….."

페타베치는 필사적으로 저항했지만 중과부적……. 그녀의 모습은 밀려드는 종업원들의 파도에 삼켜졌다…….

　　◇ ◇ ◇

"후우…… 아무래도 제대로 도망친 모양이네요."

구름 위를 날아가며 안도의 한숨을 흘리는 후훈.

"……하지만, 나니와 마을의 페타베치라는 여자의 부하들…….
군인도 아닌 그저 인간족이랑 아인 종족이면서 마족인 저를 압도
하다니…… 저런 자들을 그저 하등 종족으로 내려다보던 시선은
조금 수정하는 편이 좋을 것 같네요……."

후훈의 뇌리에 어느 광경이 되살아났다.

마왕 고우르로부터 마왕의 자리를 강탈한 유이가드가 그 기세
그대로 클라이로드 성으로 쳐들어간 전투.

『내 힘이 있다면 인간족을 압도하는 것 따윈 갓난애 손목을 비
트는 것보다도 간단하다!』

평소부터 그리 호언장담하며, 클라이로드 성 공격에 신중한 자
세를 고집하던 형인 마왕 고우르를 상대로 불만을 숨기려 들지
않았던 유이가드인 만큼 그 행동은 당연한 행위로 여겨졌다.

그 전투에 참가한 마족들도 유이가드와 마찬가지로 클라이로
드 성 따윈 힘으로 밀어붙여서 궤멸시킬 수 있다고 생각하는 자
가 대부분이었다.

후훈 역시도 그리 생각하던 마족 중 하나였다.

……하지만…… 결과는 참패.

책략도 없이 그저 전진만 하던 마왕군은 클라이로드군의 함정이나 복병 앞에 차례차례 쓰러지고, 끝내는 클라이로드 성의 성벽에도 다다르지 못하고 어쩔 수 없이 철수한 것이었다.

'……생각해보면 그때에 마왕 유이가드 님을 막을 수 있었다면 마왕군이 이렇게까지 약체화되고 잔지바르 따위가 반란을 일으키는 일도 없었을 터…….'

입술을 깨물며 오른손 검지로 공갈 안경을 꾹 밀어 올리는 후훈.

"……마왕 유이가드 님…… 저 후훈이 반드시 찾아내어 마왕성으로 데려가겠습니다. 그리고 함께 마왕군을 다시 부흥시키죠!"

작게 고개를 끄덕이더니 후훈은 날개를 퍼덕이며 창공을 고속으로 이동하기 시작했다.

"내 감에 따르면…… 마왕 유이가드 님께서는 틀림없이 북쪽으로 향하셨을 터……. 이번에야말로 틀림없습니다……. 설마 현지처 따위를 두시지는 않았을 테지만…… 아니, 하지만 마초에 늠름해서 여자일지라도 가차 없이 때려주시는 유이가드 님이시니까……. 아아, 그 주먹의 아픔을 떠올리는 것만으로도 속옷이……."

후훈을 뺨을 붉게 물들이며 다리를 꼼지락꼼지락 비벼댔다.

참고로 후훈은 마왕 유이가드에게 얻어맞는 것을 지고의 기쁨으로 느끼는 마조히스트였다.

"……아니, 이, 이런 일을 할 때가 아니군요. 유이가드 님께 나쁜 벌레가 붙기 전에, 한시라도 빨리 찾아내야……."

작게 헛기침을 하고 오른손 검지로 공갈 안경을 꾹 밀어 올린 후훈은, 다시 날개를 크게 움직이며 북쪽 하늘의 저편을 향해 고속으로 이동했다.

◇그 무렵 히르난세 마을◇

나니와 마을의 **남쪽**에 있는 히르난세 마을.

금발 용사 일행은 번화가 밖에 있는 한 여관에 머무르고 있었다.

한 방에서는 독슨으로 이름을 바꾸고 아인 종족으로서 금발 용사의 일행에 가담한 마왕 유이가드와 금발 용사의 종자 중 하나인 밸런타인이 한창 입맞춤을 나누는 중이었다.

"응……."

양반다리로 앉아 있는 독슨.

그 앞쪽에서 목을 끌어안으며 독슨의 입술에 스스로 입을 맞추는 밸런타인.

입술 끝에서는 침이 실을 만들고…… 동시에 입술이 맞닿은 부분에서는 마력의 빛이 보일락 말락 했다.

그대로 입술을 겹치기를 몇 분…….

쪼옥…….

입술을 뗀 밸런타인은,

"잘 먹었어! 정말이지, 독슨의 마력은 맛있네."

뺨이 상기되어서는 기쁜 듯 소리 높였다.

한편 독슨은 오른손으로 입을 훔치며,

"어, 어어, 뭐, 마력 정도는 얼마든지 줄 수 있는데 말이야……."

수줍은 심정을 감추려는 것인지 딴청을 부리며 밸런타인에게 대답했다.

"후후후, 매일 아침마다 미안하네, 독슨. 덕분에 내 몸을 유지하기에 필요한 마력을 오늘도 충분히 보충할 수 있었어."

그러더니 독슨의 뺨에 장난스럽게 키스를 하는 밸런타인.

원래 사계라는, 클라이로드 세계와는 다른 세계의 주민이었던 밸런타인.

그녀는 사계와의 인연을 끊고 금발 용사의 종자로서 이 세계에서 살아갈 것을 결심했지만, 사계보다도 마력의 농도가 상당히 희박한 클라이로드 세계에서 대량의 마력으로 몸을 유지하고 있는 밸런타인이 자신의 몸을 유지하기 위해서는 상시 대량의 마력을 계속 보충할 필요가 있었다.

밸런타인이 이 세계에서 마력을 보충하려면,

· 마력을 지닌 자로부터 마력을 양도받든지 그자를 먹는다.
· 마력을 지닌 음식을 먹는다.
· 마력을 지닌 매직 아이템을 먹는다.

이런 방법밖에 없었다.

이제까지 밸런타인은 잔뜩 먹어서 음식에 포함된 마력을 흡수했지만, 음식에 포함된 마력은 미량이라 매일 대량의 식량을 마구 먹어댔다.

그 결과, 금발 용사 일행의 재산 관리 담당인 츠야가,

『아무리 일을 해도오, 일을 해도오…… 제 지갑, 항상 텅 비니까요오…….』

눈물을 흘리며 계속 호소했기에 고육지책으로, 금발 용사 일행 가운데 가장 많은 마력을 지닌 독슨으로부터 마력을 양도받은 것이었다.

"하, 하지만 말이지, 밸런타인……. 네 마력을 보충하려면 딱히 접문을 하지 않아도 괜찮은 게 아닌가? 왜 그게, 이렇게 손으로도 마력을 양도할 수 있으니까."

키스를 받은 뺨을 부끄러운 듯 만지며 오른손을 앞으로 뻗는 독슨.

그 손끝이 창백하게 빛났기에 마력이 그곳에 충만하다는 사실을 알 수 있었다.

그런 독슨을 향해 쿡쿡 웃음을 띠는 밸런타인.

"그런 거, 그야 당연히 보답이잖아? 기껏 마력을 받는 거니까, 손으로 접하는 것보다도 입으로 옮기는 편이 감사의 마음이 전해진다고 생각하는데? 후후, 아니면 이런 걸 하는 게 들키면 안 되는 사람이라도 있으려나?"

요염한 미소를 띠며 자신의 입술을 검지로 문지르는 밸런타인.

그런 밸런타인을 앞에 두고 저도 모르게 얼굴이 새빨개지는 독슨.

"바, 바보냐! 쓸데없는 배려잖아……. 정말이지, 그런 녀석 따위 없다고…….""

퉁명스럽게 말하는 독슨.

하지만 그의 뇌리에는 측근 후훈의 얼굴이 떠올랐다.

'으, 으음? ……어, 어째서 이런 때에 그 녀석의 얼굴이 떠오르냐고, 어이……. 아, 아니, 확실히 그 녀석은 날 위해서 열심히 일해 주었지만, 그, 그런 상대가 아니라고 할까…….'

고개를 홱 돌린 채로 중얼중얼하던 독슨은 부끄러워졌는지 오른손으로 얼굴을 덮었다.

"자자, 그렇게 화내지 마. 독슨."

독슨의 어깨를 금발 용사가 웃으며 두드렸다.

"이것도 밸런타인 나름대로 감사를 표하는 게 아닌가. 이런 호의는 감사히 받아두는 것이 남자라고."

"하, 하지만 말이야, 금발……."

미간에 주름을 지으며 오른손으로 얼굴을 북북 쓸어내리는 독슨.

"어쨌든 말이야, 네 덕분에 밸런타인이 매일 대량으로 음식을 먹을 필요가 사라졌어. 나도 감사를 해야겠지."

독슨을 향해 미소 짓는 금발 용사.

"그, 그런가? 금발 형씨가 그렇게 말해 준다면, 나도 기쁘지."

그 말을 듣고 독슨은 무심코 미소를 띠었다.

그러자 금발 용사 뒤에서 츠야가 살—며시 다가왔다.

("저, 저기~ 금발 용사니임…… 독슨 씨를 너무 치켜세우지는 마세요오…….")

"음? 어째서지, 츠야? 이건 그냥 생각하는 걸 그대로 이야기하는 것뿐이잖나. 아무런 문제도 없잖아?"

고개를 갸웃거리는 금발 용사.

("아뇨~…… 그게 엄청 문제가 있다고 할까요오~.")

그의 팔을, 울 것 같은 표정을 띠며 계속 잡아당기는 츠야.

소곤소곤 대화를 나누는 두 사람 옆에서 만면의 미소를 띠고 있던 독슨.

"앗핫핫. 금발 형씨가 칭찬을 해주니까 이상하게 배가 고파졌다고. 자, 아침을 먹으러 가자고!"

즐거운 듯 웃음을 터뜨리며 금발 용사의 어깨에 팔을 두르더니 그대로 식당으로 향했다.

◇ ◇ ◇

수십 분 뒤, 여관 일 층에 있는 식당에는 인파가 모여 있었다.

그 인파의 중심부에서는 독슨이 호쾌하게 덮밥을 쓸어 넣고 있었다.

"형씨…… 체격도 굉장하지만 먹는 모습도 굉장하네."

"이것 참…… 아침부터 이만큼 먹을 수 있는 사람도 좀처럼 없다고."

"어쩐지 보는 것만으로 배가 부르는 것 같아."

독슨을 둘러싼 식당의 손님들은 저마다의 말을 던지며 모두 감탄한 표정을 띠고 있었다.

그런 손님들에게 둘러싸인 독슨은…….

"음, 맛있어! 아침부터 맛있는 밥을 먹을 수 있어서 만족이야! 이봐, 추가를 부탁하지!"

크게 만족한 표정으로 텅 빈 그릇을 들었다.

"형씨, 정말로 기분 좋게 먹는구먼."

식당의 점원은 미소로 그릇을 회수하더니 새로이 밥을 잔뜩 퍼 줬다.

그 광경을 조금 떨어진 자리에서 바라보는 금발 용사와 츠야.

"그러니까 이야기했잖아요오……. 밸런타인 씨한테 마력을 준 뒤의 독슨 씨으은, 안 그래도 잔뜩 먹으니까요오……. 그런 독슨 씨가 더욱 먹고 싶어질 법한 이야기를 하지 마시라고요오……."

"으, 음…… 설마 이런 일까지 벌어질 줄이야……."

이마에 땀을 흘리며 나란히 독슨을 바라보는 금발 용사와 츠야.

그런 두 사람의 시선 앞에는, 막 전달된 덮밥을 호쾌하게 쓸어 넣는 독슨의 모습이 있었다.

"……일단 아침을 마저 먹으면 몬스터를 사냥하러 갈까……."

"그, 그렇게 해주시면 고맙겠어요오."

금발 용사의 말에 몇 번이고 고개를 끄덕이는 츠야.

그런 두 사람 앞에는 작은 밥공기와, 스프가 든 작은 접시만이 놓여 있었다.

◇히르난세 마을 근처의 숲속◇

아침식사를 마친 금발 용사 일행은 여관 뒤에 있는 숲속으로 들어갔다.

"아! 금발 용사니임! 저기 함정에도 뭔가 걸린 모양이에요오!"

만면의 미소를 띠며 선두에서 나아가던 츠야가 숲 한편을 가리켰다.

츠야가 가리킨 곳의 지면에는 동그란 구멍이 뚫려 있었다.

"음, 이 함정에도 몬스터가 걸린 모양이로군."

만족스럽게 고개를 끄덕이며 츠야를 뒤따르는 금발 용사.

츠야와 금발 용사가 구멍 안을 들여다보자 그 안에는 커다란 몬스터가 떨어져 있었다.

이 구멍…… 어젯밤에 금발 용사가 파둔 함정이었다.

함정에 떨어진 몬스터는 목뼈가 부러졌는지 꿈쩍도 하지 않았다.

"음, 이만큼 커다란 몬스터라면, 모험가 조합으로 가져가면 괜찮은 값에 팔 수 있겠는데. 밸런타인, 부탁하지."

"예, 맡겨줘요!"

금발 용사의 말을 듣고 밸런타인은 양손을 앞으로 뻗었다.

그러자 그 손 앞에서 무수한 실이 뻗어 나오더니 구멍 안으로 들어갔다.

잠시 후, 그 실로 빙빙 감긴 몬스터가 구멍에서 끌려나왔다.

"자, 독슨. 뒷일은 부탁할게."

손에서 뻗은 실을 조작하여 몬스터를 독슨 앞에 내려놓는 밸런타인.

"좋아, 맡겨라!"

그것을 독슨은 기세 좋게 들어올렸다.

이미 몬스터 다섯 마리를 어깨에 짊어진 독슨은, 여섯 마리째인 몬스터를 그 위에 얹었다.

상당한 중량이었기에 독슨의 다리가 땅바닥에 박혔다.

그만한 중량의 몬스터를 들고 있음에도 불구하고 막상 독슨 본인은,

"음음, 오늘은 상당한 성과가 아닌가. 그렇지, 금발 형씨."

금발 용사를 향해 호쾌한 웃음을 터뜨렸다.

"음, 그렇군. 함정만으로 이만한 성과를 올릴 수 있다면, 오늘은 사냥을 나갈 필요까지는 없겠는데."

삽을 어깨에 짊어진 금발 용사는 독슨을 향헤 웃었다.

◇그 무렵 어느 가도◇

여왕을 태운 짐마차가 가도를 나아가고 있었다.

클라이로드 마법국 국내 시찰을 위하여 이동 중인 여왕.

마차 주위는 기사단장 마크타로를 비롯한 위병들이 호위하며, 마차 안에는 호위대장 볼라리스가 함께 있었다.

"그러고 보니 볼라리스……, 전국에 지명수배한 금발 용사의 행방은 파악되었을까요?"

"예…… 지명수배서를 전국의 도시랑 마을, 촌락에까지 배포하고 동시에 위병들을 각지로 파견하여 행방을 찾고 있습니다만, 아직까지 유력한 정보는……."

"그런가요……. 적어도 그자가 클라이로드 성의 보물고에서 가

져간 드릴 불도저 삽만이라도 회수해야……. 그 물건은 자연 재해가 발생했을 때의 복구 작업을 원활하게 진행하기 위해서 막대한 마력을 지니고 있는 전설급 아이템이니까요……."

"잘 알고 있습니다. 그 아이템은 나라의 유사시에 사용해야 하는 클라이로드 마법국의 보물. 어떻게든 그 가짜 용사인 금발 용사의 손에서 되찾아내겠습니다."

여왕을 향해 앉은 채로 깊이 머리를 숙이는 볼라리스.

그런 볼라리스를 향해 여왕은 크게 고개를 끄덕였다.

'금발 용사는 드릴 불도저 삽을 무엇에 이용하고 있을까요……. 팔아치웠다면 금세 꼬리가 잡혔을 테지만 아직 그런 보고는 없으니까……. 설마 몬스터를 붙잡기 위한 함정을 파는 데 사용한다든지 그러진 않을 것 같은데…….'

가슴이 두근거리는 것을 느끼며 창밖으로 시선을 향하는 여왕.

◇그 무렵 히르난세 마을 근처의 숲속◇

"……좋아, 이 정도일까."

금발 용사는 드릴 불도저 삽을 어깨에 다시 짊어지더니 크게 숨을 내쉬었다.

그 주위에는 새로이 판 함정이 다수 완성되어 있었다.

그 광경을, 눈을 동그랗게 뜨며 바라보는 츠야.

"정말로 굉장하네요오, 드릴 불도저 삽으은……. 이만한 숫자의 함정을 순식간에 파버리니까요오."

"그러네……. 이만한 능력을 가진 매직 아이템은 사계에도 좀처럼 없었어요."

츠야 옆에서 밸런타인도 감탄한 표정을 띠고 있었다.

"이것 참, 드릴 불도저 삽이 굉장하다는 건 잘 아는 일이 아닌 가, 나의 둘도 없는 파트너니까."

드릴 불도저 삽을 손에 들고 자랑스럽게 미소 짓는 금발 용사.

"그 아이템이 파트너인가, 금발 형씨."

"그렇다고, 독슨. 너도 손에 익은 무기, 익지 않은 무기라는 게 있지 않나?"

"그, 그야 확실히 있지만…… 결국에 마지막은 힘이 결정하는 게 아닌가?"

"음, 확실히 무기를 사용하려면 힘도 중요하겠지……. 하지만 말이야, 손에 익은 무기라는 건 사용자에게 생각지 않은 힘을 주 는 경우도 있어. 게다가 소중하게 사용해주면 그에 응해주는 경 우도 말이야."

그리고는 미소를 짓는 금발 용사.

"호오…… 그런 것이로군……."

금발 용사를 바라보며 신기해하는 표정을 띤 독슨.

마왕 유이가드 시절의 독슨은 무기를 선택한 적은 없었다.

『스스로의 힘이야말로 최강의 무기.』

그것을 모토로 하여 언월도든 바스타드 소드든 그저 휘두르고, 두들기고, 돌진하고, 부서지면 즉각 교환하는 것이 습관이었다.

'나로서는 잘 이해하지 못하겠지만…… 금발 형씨가 말한다면 그런 거겠지…….'

현재로서는 스스로를 그리 타이르는 독슨이었다.

그 후, 금발 용사 일행은 구멍을 나뭇잎이나 풀로 가리고 밸런타인의 마법으로 함정의 기척을 은폐한 뒤에 히르난세 마을로 돌아갔다.

◇히르난세 마을 모험가 조합◇

"와하~♪"

만면의 미소를 띤 츠야.

"금발 용사니임! 이것 보세요오, 함정에 걸린 몬스터들, 이런 거금이 되었어요오!"

잔뜩 신을 내며 금발 용사 곁으로 달려오는 츠야.

그러자 금발 용사는 크게 허둥대며 츠야의 말을 가로막았다.

"머, 멍청이! 여긴 모험가 조합 안이라고! 내 지명수배서가 돌아다닌다면 어쩌려는 거냐!"

"으음, 으으으음. (그, 그랬죠오.)"

금발 용사에게 입이 막혀서는 고개를 계속 끄덕이는 츠야.

그것을 확인한 금발 용사는 크게 한 번 헛기침을 하더니,

"으, 음, 그런 거금이 되었나, 나 골드 헤어 브레이브맨도 무척 기쁘다고, 응."

어쩐지 연극 같은 말투로 말을 꺼냈다.

골드 헤어 브레이브맨……

클라이로드 마법국 전역에 지명수배된 금발 용사가 사용하는

가명이다.

　말이 나오는 것을 막은 금발 용사는 다시금 츠야의 귓가로 입을 가져갔다.

　"……알겠느냐? 모습은 일단 밸런타인의 마법으로 바꾸기는 했지만…… 어디서 들킬지 모른다고. 사람이 많은 곳에서는 일단 신경을 써야 돼."

　"으음, 으으으으음. (예, 알겠어요요)"

　금발 용사에게 입이 막힌 상태로 츠야는 연신 고개를 끄덕였다.

　건물 안에 있는 모험가들의 시선을 피하듯 재빨리 모험가 조합 건물을 나서려고 하는 금발 용사.

　"기다려 주시오."

　그런 금발 용사의 등 뒤로, 금발 용사의 종자 중 하나인 리리안주가 소리도 없이 모습을 드러냈다.

　"음? 리리안주, 왜 그러느냐?"

　"예…… 금발…… 아니, 골드 헤어 브레이브맨 님께서 봐주시었으면 하는 물건이 있소이다."

　그러더니 금발 용사를 향해 지명수배서 한 장을 건네는 리리안주.

　그 지명수배서에는,

『왕창 우하』

그런 이름이 적혀 있었다.

"음? 뭐냐, 이 지명수배서는? 이름뿐이고 초상화도 없지 않나……. 확실히 상금은 상당히 높은 모양이다만……."

"그렇소이다……. 사실 이 왕창 우하 말이온데, 이제까지 진짜 모습을 본 자는 없다는 평판의 마인이기에."

""마인?!""

리리안주의 말에, 동시에 소리 높이는 금발 용사와 츠야.

"그렇소이다. 마인이오이다."

"하지만…… 정체도 모르는 마인이라면…… 손을 쓸 수가 없지 않나."

"본래라면 그렇소이다만…… 사실은 본인, 어느 유력한 정보를 입수했소이다."

리리안주는, 원래는 밸런타인의 부하이자 클라이로드 세계의 정보를 계속 조사하기 위해서 첩보 임무를 맡고 있었다.

금발 용사의 종자가 된 리리안주는 그 능력을 구사하여 유용한 정보를 이것저것 입수하기 위해 밤낮으로 돌아다니는 것이었다.

"……그러니까…… 왕창 우하라는 현상범을 붙잡을 수가……."

"있소이다."

금발 용사의 말에 힘차게 고개를 끄덕이는 리리안주.

"……좋아, 그렇다면 당장 출발이다! 밖에서 기다리는 밸런타인이랑 독슨과 합류해서, 당장 현지로 가자고!"

"알겠소이다. 길 안내를 맡겨 주셨으면 하오."

금발 용사 앞에 서서 모험가 조합의 문을 여는 리리안주.

이윽고 금발 용사 · 츠야 · 리리안주의 모습은 모험가들 가운데서 사라졌다.

◇어느 숲 깊은 곳 첫 번째◇

덜컹덜컹덜컹······.

숲속 깊은 곳으로 이어지는 가도를 짐마차 한 대가 나아가고 있었다.

"······다크호스트 님, 이 길인 겁니까? 지도의 길과는 조금 다른 것 같습니다만······."

마부석에 앉아 있는 작은 체구의 여자──그레아니르는 고개를 갸웃거리며 말을 꺼냈다.

『괜찮다니까, 그레아니르. 이 길은 히르난세 마을로 향하는 지름길이야. 어쩐지 이상한 소문이 있으니까 그다지 사용되지는 않지만.』

"······혹시 왕창 우하 말씀입니까?"

『그래, 역시 전직 고요한 귀의 정예로군. 이미 알고 있었나. 이 숲에는 왕창 우하가 출몰한다고 해서, 평범한 짐마차는 절대로 다니지 않거든.』

"그렇군요······. 상인을 홀려서 짐을 빼앗는다는 소문의 마인이니까요."

『그렇지만 우리라면 문제없겠지. 전에 부하인 일이카세가 다녔을 때도 아무 일도 없었다고 그러니까.』

"그렇군요……. 그 소문이 사실이라면 저희가 습격당할 일은 없을 것 같습니다."

다크호스트의 말에 납득한 듯 고개를 끄덕이는 그레아니르.

"……저기, 헌데 다크호스트 님."

『응? 무슨 일이야, 그레아니르.』

"조금 신경 쓰이는 게 있는데…… 이번에 제 짐마차를 끄는 건, 조금 전에 화제로 나왔던 일이카세 경이었을 터인데……. 어째서 직전에 다크호스트 님으로 변경되었습니까?"

『그, 그게…… 그건 그거야, 일이카세 녀석이 조금 다른 용건으로 바빠져서…… 그, 그래서 갑작스럽게 대역으로…….』

어쩐지 당황한 분위기로 말을 꺼내는 다크호스트.

그 말에 고개를 갸웃거리는 그레아니르.

'……이상하네요……. 일이카세 경은『다크호스트 님께서 억지로 교체했다』라고 했습니다만…….'

『뭐, 뭐어, 그건 제쳐놓고…… 어떤가, 이번에야말로 히르난세 마을에 도착하면 같이 식사라도…….』

"아뇨, 현지에서 정보 수집을 해야 하니, 식사는 혼자 드시길 부탁드립니다."

『어~…… 이, 이번에도 안 되나?』

"일이라서."

그런 대화를 나누며 가도를 나아가는 그레아니르의 짐마차.

그 모습이 보이지 않게 되고 얼마 후……

"후우…… 이런이런…… 저 녀석들은 습격 안 한다고~……."
그런 목소리가 숲속 어디선지 모르게 들린 것이었다.

◇어느 숲 깊은 곳 두 번째◇
"흠…… 조금 전에 짐마차가 지나간 모양이네."
길 상태를 확인하던 금발 용사가 작게 중얼거렸다.
금발 용사가 말했다시피, 가도에는 방금 생긴 바퀴 자국이 남아 있었다.
"어머? 왕창 우하는 그 짐마차를 습격하지 않았던 걸까?"
"그러게나 말이오……. 아마도 강인한 용병이 호위로 붙어 있든지, 짐마차의 주인이 상당한 맹자였던 것일 터."
밸런타인의 말에 수긍하는 리리안주.
"으응? 그게 무슨 소리지?"
"독슨 님, 왕창 우하는 말이오, 강자는 절대로 습격하지 않소."
"강자는 습격하지 않는다고?"
"그렇소이다. 이유는 모르겠소만, 왕창 우하가 노리는 건 약자밖에 없는 짐마차뿐이오."
"뭐야, 그 허약한 녀석은…… 정말로 마인인가, 응?"
"틀림없소. 요컨대 자신도 반드시 이길 수 있는 상대인 경우에만 습격한다……. 그런 용의주도한 마인이 아닐지……."
"흠…… 그건 이해했다만, 리리안주…… 그렇다면 말이지, 우리도 안 되는 게 아닌가?"

금발 용사는 그리 말하더니 자신의 후방에 있는 이들에게 시선을 향했다.

그곳에는,

독슨 (마왕 유이가드).

밸런타인 (사계 12신장 중 하나).

이런 두 사람이 있었다.

"……여기 두 사람이 있다면, 그 마인은 안 나오지 않겠나?"

"예, 그런 염려는 충분히 있소이다. 그러니까 두 분께서는, 밸런타인 님의 은폐 마법으로 마력을 숨긴 뒤에 본인이 준비한 이것을 써주십시오……."

그러면서 수풀 안으로 일행을 데려가는 리리안주.

……이윽고 가도를 초라한 짐마차 한 대가 나아가고 있었다.

그 짐마차를 끄는 것은 노예의 복장을 입은 독슨이었다.

밸런타인의 마법으로 우락부락한 드워프의 모습으로 보이는 독슨.

짐마차 안에는 마법사 노파로 분장한 밸런타인과 하녀 메이드로 분장한 리리안주의 모습이 있었다.

그리고 마부석에는 금발 용사와 츠야가 앉아 있는데……

"이, 이봐, 리리안주……. 나랑 츠야는 어째서 변장하지 않아도 되는 거지?"

"외람되오나 금발 용사님. 모두가 초라한 모습을 하고 있다면,

그건 그것대로 왕창 우하가 습격하지 않을 가능성이 있소이다. 어찌 됐든 그 마인의 목적은 짐마차가 옮기는 짐이오니."

"과연…… 음, 이해했다."

리리안주의 말에 크게 고개를 끄덕이는 금발 용사.

그런 금발 용사와 리리안주의 대화를, 독슨은 짐마차를 끌며 듣고 있었다.

'그렇군……. 사전에 제대로 정보를 입수해두면 실패하지 않도록 이것저것 손을 쓸 수 있는 건가……. 나는 그저 힘만 있으면 첩보 따윈 필요 없다며 단정 짓고, 형님 고우르가 조직했던 첩보 기관인 『고요한 귀』 녀석들이 마왕군을 그만둘 때에 말리지도 않았어…….'

그 결과, 클라이로드 성 공격에서 기록적인 대패배를 겪고, 잔지바르 반란군에게 잔뜩 농락당했던 과거를 떠올리며 입술을 깨무는 독슨.

그런 독슨이 끌고 있는 짐마차는, 숲의 나무들로 둘러싸인 가도를 계속 나아갔다.

"……응?"

저도 모르게 목소리를 흘리는 금발 용사.

"왜, 왜 그러시나요오? 금발 요우우웁."

『금발 용사님』이라고 말하려던 츠야의 입을 황급히 막는 금발 용사.

츠야의 귓가로 입을 가져다대더니 작게 이야기했다.

"멍청이! 용사라고 부르면 왕창 우하가 경계할지도 모르니까, 나는『금발님』이라 부르라고 하지 않았느냐."

"으으으으음, 으으으으음. (그랬어요오, 죄송해요오)"

입을 막힌 채로 고개를 연신 끄덕이는 츠야.

짐마차 안에서 그런 금발 용사와 츠야를 바라보는 밸런타인.

'……굉장하네…… 으으으음이라고만 하는 츠야 님의 말을 금발 용사님은 이해하시니까……. 싫어라, 살짝 질투해 버렸어.'

입술을 삐죽 내밀며 두 사람의 뒷모습을 바라봤다.

그런 밸런타인 곁으로 리리안주가 다가왔다.

"……밸런타인 님."

"알고 있어……. 금발 용사님도 눈치채신 모양이지만…… 아무래도 납시었나보네……."

작게 말을 나누며 슬쩍 짐마차 밖으로 시선을 향하는 밸런타인.

마부석에 앉은 금발 용사는 주위로 시선을 향했다.

"츠야, 저기에 있는 특이한 나무를 잘 봐둬라."

금발 용사가 눈짓으로 신호한 곳에는, 상당히 커다란 혹이 일곱 개나 달린 가지가 있었다.

그 가지가 있는 나무 옆을 통과하고 잠시 후,

"어, 어라아?!"

츠야는 눈을 동그랗게 떴다.

그도 그럴 것이, 조금 전에 통과했을 터인 커다란 혹 일곱 개가 달린 나뭇가지가 다시 앞쪽에서 보인 것이었다.

"저런 특이한 나뭇가지가 둘이나 있을 리가 없지……. 아무래도 우리는 같은 곳을 빙빙 돌게 된 모양이로군……."

츠야에게 작게 말을 건네는 금발 용사.

"후에에?! 그, 그건, 저희가 번 돈을 노린다는 건가요오?!"

전 재산이 든 마법 주머니를 손에 들고서 츠야는 그것을 양손으로 움켜쥐었다.

츠야를 진정시키기 위해서 그녀의 어깨에 손을 얹는 금발 용사.

금발 용사 일행의 짐마차는 그대로 같은 장소를 몇 번이고 몇 번이고 계속 돌았다.

◇ ◇ ◇

상당한 시간 동안 같은 장소를 계속 돌고 있는 금발 용사 일행의 짐마차.

"그그그금발 요……가 아니었지, 금발 니임, 어쩌죠, 이런 숲속 깊은 곳에서 해가 져버렸어요오……."

마부석 위에서 부들부들 떨기 시작한 츠야.

츠야가 말했다시피, 원래부터 어스름한 숲속의 가도 주위가 더더욱 어두워지고 있었다.

"금발 형씨, 이렇게 어두워서야 짐마차를 끄는 건 위험해."

짐마차를 끌던 독슨이 머리를 긁적이며 그 자리에 멈춰 섰다.

"음…… 그렇군, 일단 마법등의 불빛이라도……."

마부석에 앉아 있는 금발 용사는 짐마차 안의 밸런타인과 리리 안주를 돌아봤다.

그때였다.

"아! 금발님! 불빛이에요오! 불빛이 보여요오!"

금발 용사 옆에 앉아 있는 츠야가 앞쪽을 가리키며 소리 높였다.

"불빛이라고?"

"예에, 불빛이에요오! 저기이, 저기에요오!"

미소로 금발 용사를 바라보는 츠야.

"틀림없이 고갯길의 여관이에요오! 오늘 밤은 저기서 쉬어가도 록 하죠~."

"그렇군……. 배도 고프니까 그것도 괜찮을지 모르겠네."

츠야의 말에 크게 고개를 끄덕이는 독슨.

"……흠……."

그런 두 사람의 말을 들으며 금발 용사는 고개를 갸웃거렸다.

"……그렇군, 어차피 이대로는 진척이 없나……. 일단 저 불빛 이 있는 곳까지 가볼까."

"좋아, 맡겨 두라고 금발 형씨! 으랴, 간신히 밥을 먹을 수 있겠 다고!"

희희낙락해서는 소리 높이며 짐마차를 끌고 가는 독슨.

어지간히도 배가 고팠는지 독슨은 상당한 속도로 짐마차를 끌 고 갔다.

이윽고 금발 용사 일행의 짐마차는 불빛이 있는 장소에 다다랐다.

그곳에 있던 것은 어느 여관이었다.

입구 쪽에 마법등의 불빛이 켜져 있어서 여관 간판을 비추었다.

"문 틈새로 불빛이 보이니까 영업하는 모양이라고, 금발 형씨. 우하, 이제 밥을 먹을 수 있다고!"

환호성을 터뜨리며 짐마차를 여관 옆에 있는 짐마차대로 끌고 가는 독슨.

"흐응, 여관이라……. 자못 그럴듯한 느낌이네요."

"습격한다면 여관 안이겠소이다."

짐마차 안에서 금발 용사를 향해 작게 이야기를 건네는 밸런타인과 리리안주.

"그렇다는 거언…… 일단 안으로 들어가 본다는 거로군요오."

마법 주머니를 단단히 움켜쥔 채, 대화에 끼어드는 츠야.

그런 세 사람의 시선 앞에서, 금발 용사는 여관을 계속 올려다보고 있었다.

"……금발 요……가 아니었지, 금발니임, 왜 그러시나요오?"

계속 가만히 여관을 올려다보는 금발 용사.

그런 금발 용사에게 다시 말을 건네는 츠야.

"수상쩍긴 하지만, 수상한 마력은 느껴지지 않으니까요……."

"그자가 있더라도 지금은 어딘가 다른 장소에서 우리의 모습을 감시하고 있을 가능성이 높소이다."

"자, 밸런타인과 리리안주도 이렇게 말하니까, 일단 들어가 보자고 금발 형씨! 나는 이제 배가 고파서 죽을 지경이라고."

밸런타인과 리리안주의 말을 듣고 여관 입구를 향해 서둘러 달려가는 독슨.

"아니…… 잠깐만 기다려, 독슨."

"으응?! 어, 어째서냐, 금발 형씨."

"미안하지만, 잠깐만 기다려줘."

독슨을 불러 세운 금발 용사는 여관을 바라보며 입구 쪽으로 향했다.

그런 그를 독슨과 츠야, 밸런타인과 리리안주도 뒤따랐다.

"……설마 싶었는데, 내 감에 따르면 말이야……."

그러더니 허리에 차고 있는 마법 주머니 안에서 드릴 불도저 삽을 꺼내는 금발 용사.

드릴 불도저 삽을 양손으로 들더니 다시금 여관을 올려다봤다.

그런 금발 용사의 뒷모습을 츠야·독슨·밸런타인·리리안주는 마른 침을 삼키며 바라봤다.

그런 네 사람 앞에서 금발 용사는 말했다.

"여관이여, 네놈이 왕창 우하겠지!"

"""""허?"""""

드릴 불도저 삽을 든 채로 단호하게 말하는 금발 용사.

그 말에 츠야·독슨·밸런타인·리리안주는 어리둥절한 표정을 지었다.

"아, 아니이, 저기이…… 그, 금발니임?"

"금발 형씨…… 아무리 그래도 그럴 리는 없겠지……."

"그래요······. 마인의 마력 따윈 요만큼도 안 느껴지고······."

"그렇소이다······. 무엇을 어떻게 말하면 좋겠소이까······."

저마다의 말을 금발 용사에게 건네는 네 사람.

하지만 그런 네 사람의 말 따윈 신경도 쓰지 않는다는 듯, 드릴 불도저 삽을 손에 들고 그 자리에 구멍을 파기 시작하는 금발 용사.

그 모습은 순식간에 땅 속 깊숙이 사라졌다.

"어?! 아, 그, 금발니임?!"

황급히 구멍 안으로 말을 건네는 츠야.

그 뒤를 독슨 · 밸런타인 · 리리안주도 따랐다.

그때였다.

금발 용사가 사라진 구멍 안을 들여다보는 츠야 앞에서 여관이 떨기 시작했다.

"후, 후에?"

"이, 이건 어떻게 된 거야?!"

"모, 모르겠는데요?!"

"저, 정보가 부족하오."

곤혹스러워하며 소리 높이는 네 사람.

그런 네 사람 앞에서 여관은 계속 진동했지만······ 잠시 후, 벽에 커다란 눈알이 출현하고 그들을 찌릿 노려봤다.

『서, 설마 이 여관이 왕창 우하가 변신한 트랩 하우스라는 사실을 간파하는 자가 있다니이이이이.』

""""허?""""

여관에서 들린 새된 목소리에 그들은 눈을 동그랗게 뜨며 여관

벽에 출현한 눈을 마주봤다.

"저, 저기이…… 저, 정말로 이 여관 자체가아, 왕창 우하 씨였군요오……."

"그, 금발 형씨가 말할 때는 무슨 농담이냐고 생각했는데……."

"그러네……. 눈알이 출현한 것과 동시에 마인의 마력이 느껴지기 시작했어."

"……아무래도 정말로 이 여관이 왕창 우하인 모양이올시다."

간단히 사태를 이해한 츠야·독슨·밸런타인·리리안주는 서로 얼굴을 마주 보며 고개를 끄덕였다.

『훗훗훗, 들켜 버렸다면 어쩔 수 없이. 나, 왕창 우하 님은 말이야, 건물 마인이거든.

가도를 통행하는 상인의 마차를 홀려서, 같은 장소를 몇 번이고 왕복하게 만들어서는 있지, 기진맥진한 참에 여관의 모습으로 출현하는 거야. 그러면 있지, 거기 우락부락한 드워프가 그랬던 것처럼,

『밥을 먹을 수 있을지도.』

같은 착각을 하고 여관으로 들어온다는 작전이지.

그러면 그대로 내 입 속으로 웰컴 작전이고.

너희는 내 위장으로, 짐마차의 화물은 내 주머니로 웰컴이라는 작전이야.』

그러더니 그 여관——왕창 우하는 창문과 문을 퍼덕퍼덕하며 새된 웃음을 터뜨렸다.

"그렇군……. 여관으로 변신한 동안에는 마인의 마력을 은폐할

수 있는 거구나……. 하지만 뭐, 정체를 알았다면 어떻게 될 일은 없어."

한 걸음 앞으로 내디디는 밸런타인.

『뭐야? 너 같은 쭈글쭈글 할망구 마법사가 뭘 할 수 있는데? 지금 당장 너희들 전원, 먹어줄 테니까 각오해.』

그 말이 끝나는 것과 동시에 여관의 문이 열렸다.

입구 부분이 점점 좌우로 벌어지고, 예리한 이빨을 가진 거대한 입으로 변화했다.

하지만 눈앞에 서 있는 밸런타인은 전혀 동요하지 않았다.

"정말이지. 겉모습으로밖에 상대를 판별하지 못하다니……. 정말로, 바보구나."

쿡쿡 웃으며 오른손을 크게 들어 올리는 밸런타인.

"자, 쭈글쭈글 할망구 마법사가 사실은 어떤 모습인지……."

거기까지 말을 꺼낸, 그때였다.

두두두──……

왕창 우하가 변신한 여관 주위에서 땅울림이 시작되었다.

『어어?! 잠깐?! 뭐, 뭐야, 이 소리는…… 아니, 어, 어쩐지 발밑이 불안하다고 할까……. 아와와와와…….』

당황해서 소리 지르는 왕창 우하.

그 말과 동시에 왕창 우하가 변신한 여관이 격렬하게 진동하기 시작하고,

쿠궁!

다음 순간, 왕창 우하의 몸은 갑자기 출현한 거대 구멍 속으로

추락했다.

"……어……어어～……."

중간까지 포즈를 취하고 있던 밸런타인은 그 자세 그대로 그 자리에 굳어 있었다.

그 시선 앞에는 왕창 우하가 변신한 여관의 모습은 어디에도 없고 거대한 구멍이 있을 뿐이었다.

그 구멍은 멍하니 바라보는 밸런타인 · 독슨 · 츠야 · 리리안주.

그런 네 사람의 눈앞에,

"……후우, 아무래도 때를 맞춘 모양이로군."

드릴 불도저 삽을 손에 든 금발 용사가 구멍 끝에서 기어 나왔다.

설명하겠다…….

여관이 왕창 우하가 변신한 모습임을 직감으로 간파한 금발 용사는, 그 직후부터 드릴 불도저 삽을 사용하여 여관의 지하에 거대한 함정을 판 것이었다.

여관 한 채를 완전히 떨어뜨릴 수 있는 구멍을 이런 짧은 시간만에 완성한 금발 용사.

통상의 수천 배 속도로 구멍을 팔 수 있는 전설급 아이템 드릴 불도저 삽을 가지고 있기에 가능한 곡예였다.

◇ ◇ ◇

자신이 판 구멍에서 일행의 손을 빌려서 빠져나온 금발 용사는, 팔짱을 끼며 구멍 안을 내려다봤다.

그 시선 앞에는 거대한 함정으로 추락해서,

『하라호로히레에~』

이상한 소리를 흘리며 기절한 왕창 우하가 있었고…….

"어머어머어~…… 여관의 모습이이……."

"어쩐지……. 점점 작아지지 않나, 어이."

구멍 안을 내려다보는 츠야와 독슨이 말하듯, 일동의 시선 앞에서 여관의 모습에서 점점 작아지는 왕창 우하.

이윽고 그 모습은 한 소녀로 변했다.

"아무래도 저게 왕창 우하의 정체인 것 같네요……."

"음…… 조금 전의 여관과 같은 마력이 느껴지오."

밸런타인과 리리안주는 소녀의 모습이 된 왕창 우하를 내려다보며 함께 고개를 끄덕였다.

"흠…… 저게 현상범이라는 건가……. 밸런타인, 일단 끌어올려 주겠나?"

"예, 알겠어요."

금발 용사의 말을 듣고 오른손을 휘두르는 밸런타인.

그러자 조금 전까지의 노파 마법사 모습에서 평소의 요염한 사계 12신장의 모습으로 변했다.

손에서 실을 꺼내더니 그것을 구멍 안으로 뻗어, 기절한 왕창 우하를 빙글빙글 감아서는 끄집어냈다.

이윽고 금발 용사 일행 앞에 소녀 모습의 왕창 우하가 놓여졌다.

"……자, 이 녀석을 모험가 조합으로 넘기면 많은 현상금을 받을 수 있는 거로군."

금발 용사의 말에 팔짝 뛰며 기뻐하는 츠야.

"예에! 그만큼 많은 상금을 받으며언, 반년 정도는 돈 문제로 고생할 일이 없어요오!"

마법 주머니를 손에 든 채, 그 자리에서 계속 팔짝팔짝 뛰는 츠야.

그러자,

"……헉?!"

츠야가 팔짝팔짝 뛰는 소리에 왕창 우하가 깨어났다.

"잠깐?! 우왁?! 이, 이 실은 뭐야?! 우, 움직일 수가 없잖아?!"

도망치려고 몸을 비트는 왕창 우하.

하지만 밸런타인의 실로 칭칭 감겨 있었기에 움직일 수가 없었다.

그런 왕창 우하 옆에 한쪽 무릎을 꿇고 얼굴을 가져다 대는 금발 용사.

"음 네가 소문의 왕창 우하……라는 이야기로군?"

"……그래…… 그게 어쨌다는 거야, 아저씨."

"아?! ……시, 실례로군…… 나는 아직 젊어!"

"시끄러워! 막 성인이 된 십대 중반의 나랑 비교하면 아저씨잖아! 거기 서 있는 녀석들도, 다~~들 아저씨랑 아줌마뿐이잖아!"

몸을 움직이지 못하는 상태에서도 유일하게 자유로운 입을 사용해서 악담을 퍼부어 대는 왕창 우하.

그 말을 들은 금발 용사 일행은…….

"금발 용사님…… 이 계집의 입, 실로 막아버려도 될까요? 되겠죠?"

"잠깐잠깐 밸런타인. 먼저 내가 입이란 걸 어떻게 놀려야 되는지, 그 몸으로……."

"아뇨오, 그런 답답한 짓은 하지 말고오…… 차라리 파묻어 버리죠오."

"그렇소이다, 본인도 츠야 경의 의견에 찬동이올시다."

피차 뒤숭숭한 소리를 입에 담으며 그 자리에서 논의를 시작했다.

그 말을 들은 왕창 우하는,

"히, 히이이?! 죄송해요! 죄송해요! 멋진 오빠 언니 여러분, 제가 잘못했어요! 사과할 테니까 지독한 짓은 하지 말아요."

울먹거리며 잔뜩 소리 높이는 왕창 우하.

팔짱을 끼고서 그런 왕창 우하의 모습을 바라보는 금발 용사.

"……왕창 우하, 네게는 모험가 조합에서 많은 현상금이 걸려 있다. 우리는 너를 이대로 모험가 조합에 넘기고 그 상금을……."

금발 용사가 거기까지 말하자 왕창 우하는 당황한 모습으로 그에게 시선을 향했다.

"요, 용서해 주세요! 죄송해요! 이제 나쁜 짓은 안 할게요! 그러니까, 모험가 조합에 넘기지는 말아요……. 잡히는 건 싫어."

몇 번이고 머리를 앞뒤로 움직이며 필사적으로 애원하는 왕창 우하.

"……하지만 말이지. 조금 전의 이야기로는, 상인을 끌어들여서는 사람을 먹고 그들의 짐을 빼앗았잖아? 그런 녀석을 풀어줄 수는……."

"그, 그건 거짓말이에요! 그럴싸한 소리를, 조금 멋을 부려서 이야기해 봤을 뿐이에요……. 애당초 저는 채식주의자니까, 사람 따윈 안 먹어요……. 아, 하지만 화물은 이래저래……."

"흠…… 역시 모험가 조합으로 넘길까."

"싫어! 그것만큼은 봐주세요! 뭐든 할 테니까요! 꽃 같은 십대를 감옥에서 보내는 건 싫어!"

필사적으로 계속 애원하는 왕창 우하.

그런 왕창 우하를, 금발 용사 일행은 어이없다는 듯 계속 바라봤다.

'이것 참, 붙잡고 보니 그저 장난꾸러기 소녀였다는 건가…….'

금발 용사는 크게 한숨을 내쉬었다.

◇며칠 뒤 히르난세 마을◇

이날, 금발 용사는 히르난세 마을의 모험가 조합에 있었다.

"괴, 굉장해요! 이거, 왕창 우하한테 도둑맞았다고 도난품 목록을 신고한 상점의 화물이 틀림없어요! ……아아, 이것도…… 이것도야……."

금발 용사가 가져온 대량의 화물을 바라보며, 모험가 조합의 접수 담당을 맡고 있는 토인(兎人) 여자는 눈을 동그랗게 떴다.

도난품 리스트를 한 손에 들고 물품들을 대조하는 토인 여자.

"이만한 화물을 되찾아 주시다니……, 골드 헤어 브레이브맨 씨가 그 왕창 우하를 붙잡아주셨군요!"

눈을 반짝이는 토인 여자.

"아니…… 도망치는 게 어지간히도 빠른 녀석이라서 『이제 이 숲에는 안 나올 테니까』라는 말을 남기고, 쉴 새 없이 도망쳤지."

그런 토인 여자 앞에서 쓴웃음 지으며 설명하는 금발 용사.

그러자 그 말을 들은 토인 여자는,

"아뇨아뇨아뇨! 그것만으로도 정말 감사해요! 이걸로 저 숲의 가도를 모두가 안심하고 사용할 수 있게 되었으니까요! 당장 조합장과 교섭해서, 보수를 지불하도록 하겠습니다!"

그러기가 무섭게, 토인 여자는 접수처 안쪽으로 달려갔다.

"흐흠…… 나로서는 한시라도 빨리 출발하고 싶다만……. 뭐, 보답을 주겠다면 얌전히 기다리도록 할까."

금발 용사는 그리 말하더니 근처의 의자에 앉았다.

그러자 그 주위로 건물 안에 있던 모험가들이 모여들었다.

"당신, 굉장한데! 정체불명의 왕창 우하한테서 화물을 되찾아 오다니."

"게다가 왕창 우하를 그 숲에서 내쫓다니 말이야."

"이것 참, 당신은 할 때는 하는 남자라고 생각했어, 응."

"누구냐?! 이 형씨가 전국 지명수배범인 금발 용사랑 닮았다고 한 녀석은."

마지막 남자의 말에 그만 숨이 콱 막힌 금발 용사.

'그, 그런 소문이 돌고 있었나……. 이, 이렇다면 한시라도 빨리 이 마을을 떠나는 편이…….'

억지 미소를 띠며, 주위를 둘러싼 모험가들에게 내숭을 떠는 금발 용사.

그런 금발 용사의 모습을 창밖에서 바라보는 일행의 모습이 있었다.

"에헤헤…… 나 덕분에 금발 용사님도 참, 일약 화제의 인물이 되었네."

창문에 매달려서는 씨익 웃는 소녀──왕창 우하.

그런 왕창 우하의 머리에 툭 손을 얹는 밸런타인.

"정말이지, 잘도 까분다니까……. 마구 울어대던 주제에."

"배, 밸런타인 언니, 그 이야기는 이제 그만해 달라고요."

부끄러운 듯 웃으며 뒤통수를 긁적이는 왕창 우하.

"어쨌든 왕창 우하, 이제는 가우하는 말이죠. 금발 용사님이랑 여러분을 위해서 열심히 할 테니까, 잘 부탁드린다고요."

뒤에 있는 츠야 · 독슨 · 리리안주를 둘러보며 씩 미소를 띠는 왕창 우하.

그런 일동 너머, 창문 안에서는,

"으랴! 골드 헤어 브레이브맨 씨를 다들 헹가래 치자고!"

"오오, 그거 좋은데!"

"으차, 다 같이 간다!"

"이, 이봐, 자, 잠깐만 기다리지 않겠나, 나, 나는 말이다……."

그런 소리를 입에 담기 시작한 모험가들이 금발 용사를 들어 올렸다.

필사적으로 거절하려고 했지만, 중과부적이었기에 그의 몸은 순식간에 허공으로 떠올랐다.

그런 금발 용사의 모습을, 새로이 가우하가 추가된 금발 용사의 일행이 미소로 바라보고 있었다.

◇그 무렵……◇

그들이 머무르는 히르난세 마을보다도 아득히 북쪽.

격렬한 바람과 함께 눈이 휘날리는 산속 깊은 곳.

그곳에 후훈의 모습이 있었다.

"내, 내 감으로는…… 이, 이 부근에 유이가드 님께서 계실 터입니다……만……."

그러면서 오른손 검지로 공갈 안경을 꾹 밀어 올리는 후훈.

하지만 그 안경은 완전히 눈으로 뒤덮여서 앞이 전혀 보이지 않는 상태였다.

폭설 가운데…… 후훈은 한동안 그 자리에 우두커니 서 있었다.

'이, 이상합니다. 제, 제 감으로는, 부, 분명히 이 부근에…….'

◇호우타우 마법 학교◇

저녁.

기울어지는 저녁 햇살을 받아 호우타우 마법 학교 교사는 붉게 물들었다.

이미 초등부 학생들은 모두 하교하였고 교대하듯 사회인 학부의 학생들이 등교하는 시간이었다.

하지만 오늘 호우타우 마법 학교에는, 사회인 학부 학생들에 섞여서 초등부의 보호자들이 속속 교사 안으로 들어오고 있었다.

그런 학교의 교문에는,

『초등부 임시 보호자 모임』

그렇게 적힌 간판이 세워져 있고, 또한 교사 입구에는,

『초등부 임시 보호자 모임 · 대회의실』

그리 적힌 안내판이 놓여 있어서, 그 안내판의 화살표를 따라 보호자들은 교사 안으로 이동했다.

그런 보호자 대열 가운데 훌리오와 리스의 모습이 있었다.

"자, 제대로 이야기를 들어야겠죠."

기합이 가득한 모습으로 양손을 꽉 쥐는 리스.

단정한 얼굴, 풍만한 가슴, 잘록한 허리. 완벽할 정도의 용모를 겸비한 리스에게, 주위에서 걷는 아버지들만이 아니라 어머니들

까지도 무의식중에 시선을 향했다.

하지만 리스는 그런 시선을 깨닫지도 못하고 훌리오에게만 시선을 향하고 있었다.

"그러네, 호우타우 마법 학교 초등부는 생긴 지 아직 반년도 안 되었지만, 학교 선생님들은 시행착오를 거치며 아이들을 위해서 열심히 해주고 있으니까. 보호자로서는 가능한 한 협력해야겠지."

"예, 그래요, 서방님! 저 리스, 최선을 다해서 도움이 되겠어요."

훌리오의 말에 힘껏 고개를 끄덕이는 리스.

평소에 리스는 아인 종족으로 행동하지만, 그녀의 정체는 마족 가운데도 용맹하고 과감하며 호전적이라고 여겨지는 아랑족이었다.

리스는 훌리오와 처음으로 만났을 때, 훌리오에게 싸움을 걸었지만 꼼짝도 못 하고 패배를 경험했다.

자신을 죽이려고 했던 만큼 살해당하더라도 이상하지 않은 상황이었음에도 리스를 용서한 훌리오.

그런 훌리오의 강함, 다정함에 감동한 리스는 훌리오의 아내로서 함께 행동하고 있었다.

아랑족은 무리를 지어 행동하는 습성이 있고 항상 무리의 수장과 아내의 지시를 절대적으로 여긴다.

그 습성에 따르는 것처럼, 리스는 훌리오를 대가족인 훌리오 가의 수장으로 보고 그의 아내로서 가족 모두를 솔선하여 돌보았다.

그 수장인 훌리오와 자신의 아이인 엘리나자와 가릴이 관련된 행사인 만큼, 리스가 평소 이상으로 기합이 가득한 것도 당연하다고 할 수 있었다.

홀리오는 그런 리스의 모습을 미소로 바라봤다.

'……설마 내가 이렇게 아이의 부모로서 학교의 보호자 모임에 나가는 날이 오다니…….'

홀리오는 전이자였다.

클라이로드 성의 소환 마법으로, 용사 후보로서 이 세계로 불려온 것이었다.

'……원래 있던 세계에도 사귀던 사람은 없었으니까…… 괜히 더 그렇게 생각하는 걸지도 모르겠네……. 아, 하지만 쿠인 상회의 쿠인이랑은 사이가 좋았는데……. 뭐, 하지만 그녀는 같은 상인으로서 사이가 좋았을 뿐이지, 딱히 연애 감정은…….'

홀리오가 그렇게 과거를 떠올리는 사이, 그의 팔을 리스가 잡아당겼다.

홀리오가 시선을 향하자 리스는 등에 마소의 오라를 두르고 날카로운 안광으로 그를 올려다보고 있었다.

"왜, 왜 그래, 리스?"

"……저기, 서방님? ……지금 다른 여자를 생각하시지 않았나요? 집안사람이나 잡화점 사람들이 아닌 여자를…… 어쩐지 그런 느낌이 들었거든요……."

그러면서 홀리오의 팔을 힘껏 움켜쥐는 리스.

그런 리스를 보고 떨떠름하게 쓴웃음 짓는 홀리오.

"응, 옛날에…… 그래, 리스랑 만나기 전에 같이 일을 하던 상인 여성을 떠올렸어."

그 말을 듣자마자 리스는,

"그런가요, 그렇다면 문제없어요."

조금 전까지의 불온한 분위기와는 돌변, 평소의 미소로 돌아왔다.

"저와 만나기 전의 일을 이러쿵저러쿵 할 생각은 없어요. 저, 그런 일까지 질투하는 여자가 아니니까요."

"그, 그런가. 그렇다면 상관없지만…… 아, 빨리 대회의실로 가야지."

그리 대답하더니 훌리오는 대회의실을 향해 총총히 걷기 시작했다.

리스로 그런 훌리오의 팔을 붙잡은 채로 서둘러 걸어갔다.

◇호우타우 마법 학교 대회의실◇

"어~ 초등부 보호자 여러분, 오늘은 바쁜 와중에도 이렇게 와 주시어 정말로 감사합니다."

대회의실에 모인 초등부 보호자를 앞에 두고 사회자 역할인 호우타우 마법 학교 사무원 타쿠라이드가 이야기하며 가볍게 머리를 숙였다.

타쿠라이드 옆에는 초등부 교직원인 공격 마법 교사 오료나 방어 마법 교사를 맡고 있는 훌리오 가의 식구 중 하나인 벨라노의 모습도 있었다.

……그런데 중간 정도 자리에 앉아 있던 리스는 눈을 부라리며 타

쿠라이드 옆에 나란히 앉아 있는 교직원 하나를 바라보고 있었다.

("무슨 일 있어, 리스?")

그런 리스의 모습을 알아차린 훌리오가 작게 물었다.

("예…… 벨라노 옆에 앉아 있는 저 파란 머리 선생님 말인데요……. 어디서 본 적이 있는 것 같은데…….")

고개를 갸웃거리며, 벨라노 옆에 앉아 있는 파랗고 긴 머리카락의 교직원을 계속 바라보는 리스.

한편…… 벨라노 옆에 앉아 있는 파랗고 긴 머리카락의 교직원 역시도 리스의 존재를 깨닫고서 이마에 비지땀을 흘리고 있었다.

'……어, 어째서 여기에 전직 마왕군 사천왕 후보였던 펜리스가 있는 걸까……. 뭐, 뭐어, 아인 종족으로 변신한 내 정체를 깨닫지는 못한 모양이지만…… 이, 이건 조금 위태로울지도 모르겠는데…….'

뱀처럼 가느다란 혀를 입에서 몇 번이고 날름거리는 그 여자.

목에 걸린 명찰에는 『환각 마법 교사 니트』라고 적혀 있었다.

지금 그녀는 아인 종족인 사인(蛇人)의 모습이지만…… 실제 정체는 전직 마왕군 사천왕 중 하나였던 뱀 공주 요르미니트 본인이었다.

마왕 유이가드의 횡포가 지겨워진 요르미니트는, 마왕 유이가드가 마왕의 자리를 내팽개치고 실종된 것에 정나미가 떨어져서 마왕성을 나왔다.

그리고 다다른 호우타우에서 호우타우 마법 학교의 교사로 취임한 것이었다.

펜리스라는 이름이었을 무렵의 리스도 요르미니트라는 이름이었을 무렵의 니트도 같은 시기에 마왕군에 소속되어 마왕성을 드나들었기에 당연히 면식이 있었다.

다만 니트가 모습을 바꾸고 스스로에게 환각 마법을 걸었기에,

『어디선가 본 적이 있는 것 같은데…….』

감이 날카로운 리스도 그 이상 알아차리지는 못했다.

니트를 계속 바라보는 리스.

딴청을 부리며 필사적으로 시치미를 떼려하는 니트.

한편에서 그런 공방이 펼쳐지는 가운데, 타쿠라이드가 다시 입을 열었다.

"어~ 이번 회의는 말이죠, 학생들의 입학 반년을 기념하여 개최 예정인 보호자 동반 숙박 학교에 대하여 논의를 부탁드리고자 해서, 이렇게 여러분께 모여 주시도록 부탁을 드렸습니다, 예."

그리고 타쿠라이드 가까운 자리에 앉아 있던 벨라노가 일어서더니, 자신의 발밑에 놓아두었던 발판을 들고 영차영차 칠판 앞으로 그것을 옮겼다.

그 발판 위에 선 벨라노가 칠판에 『보호자 동반 숙박 학교에 대해서』라고 적었다.

작은 체구 때문에 발판 위에 발끝으로 서서 오른손을 힘껏 뻗어 글자를 적는 벨라노.

열심히 하는 그 모습에 보호자들 사이에서는,

"힘내라!"

"잘한다!"

벨라노를 응원하는 목소리가 작게 터졌다.

그런 목소리에 감사를 표하듯 보호자석을 향해 한 번 꾸벅 머리를 숙이더니 벨라노는 글을 계속 적었다.

"그래서, 숙박 학교의 행선지 말입니다만…… 당초에는 근처에 있는 키노 산을 등산하고 정상에서 숙박할 예정을 세웠는데, 마왕군과 휴전 협정이 맺어지기도 하였기에 행선지를 조금 더 검토해볼까 해서……."

타쿠라이드가 그리 말하자 벨라노가 칠판에 글자를 적었다.

그곳에는,

행선지 후보

  클라이로드 성

  키노사키 온천

  칼고시 해안

    ·

    ·

    ·

계속 글씨를 적는 벨라노 옆에서, 타쿠라이드가 쓴웃음을 띠었다.

"여기서 적고 있는 건 사전에 학생들에게 앙케이트를 진행한 결과인데…… 뭐라고 할까, 아이들답다고 할까……. 도저히 일박으로는 왕복할 수 없는 장소도 적혀 있어서 말이죠……."

타쿠라이드가 말했다시피, 이곳 호우타우에서 클라이로드 성까지 짐마차로 가도 왕복에 일주일, 칼고시 해안의 경우에는 편도만으로 두 달 가까이 걸리고 마는 것이었다.

"하지만 모처럼 앙케이트를 진행했는데 아쉽다고 할까 아이들의 희망이기도 하니, 일단 이 의견도 참고하면서 현실적인 행선지를 결정했으면 좋겠다고 생각했기에……."

보호자를 둘러보며 계속 말하는 타쿠라이드.

그 말을 듣고 보호자들은 술렁술렁 논의를 시작했다.

그런 보호자 가운데는,

"현실적이지 않은 건 알지만, 바다에는 가보고 싶네."

"갈 수 있다면 가보고 싶지."

"그러네, 무척 흥미는 있어."

그런 이야기가 여기저기서 들리기 시작했다.

이것에는 이유가 있었다.

호우타우가 소속되어 있는 클라이로드 마법국은 대륙의 내륙 부분에 위치하여, 바다와 접한 장소는 남단에 있는 칼고시 지방뿐이었다.

하지만 그 칼고시 지방에 가려면 마차로 편도 두 달이 걸리는 것은 물론, 도중에 험한 산악 지대를 통과해야만 한다.

그래서 클라이로드 마법국의 일부이면서도 칼고시 지방은 마치 다른 나라 같은 존재였다. 당연히 평범한 마을 사람이 가볍게 갈 수도 없으니, 호우타우의 주민들 중에는 한 번도 바다를 못 보고 일생을 마치는 이가 적지 않았다.

그래서 아이들 다수가 바다에 흥미를 가진 것에 더하여 보호자 다수가 바다에 흥미를 가진 것도 당연하다고 할 수 있었다.

'……예상은 했지만 어쩐지 좋지 않은 흐름이네……. 마침 지리 공부를 하고 와서 아이들이 흥미를 잔뜩 가졌으니까 앙케이트 결과에서도 가고 싶은 장소 가운데 월등히 일 위였지…….'

보호자들의 목소리를 들으며 타쿠라이드의 표정이 점점 어두워졌다.

"저기~…… 여러분 사이에서도 칼고시 해안이라는 말이 들립니다만……. 일단 학생들이 희망하는 곳이라서 적어두기는 했지만…… 조금 전에도 말씀드렸다시피 일박으로 가기에는 비현실적이라고 할까요……. 면목이 없습니다."

타쿠라이드는 그러면서 죄송하다는 듯 머리를 숙였다.

그런 타쿠라이드를 앞에 두고 보호자들 가운데서는,

"역시 그렇겠지."

"살짝 기대했는데."

아쉬워하는 목소리가 여기저기서 들렸다.

그 목소리에 안도의 한숨을 흘리는 타쿠라이드.

"뭐, 그래서 바다는 못 가더라도 비교적 가까운 곳에 있는 비르완 호 부근으로……."

타쿠라이드가 거기까지 말을 꺼냈을 때였다.

"······저기."

보호자석의 훌리오가 천천히 오른손을 들었다.

"아, 훌리오 씨······. 저기, 무슨 일이시죠?"

"요컨대 숙박 학교에 참가하는 학생, 동행하는 보호자 여러분, 인솔하는 선생님들 모두를 칼고시 해안으로 데려갈 수 있다면 되는 거죠? 신속하게."

"예? 어어······ 뭐, 그렇습니다만······. 훌리오 씨께는 무언가 묘안이 있으십니까?"

"묘안이라고 할까요······."

타쿠라이드의 말을 듣고 훌리오는 일어서더니 대회의실 문을 향해 오른손을 뻗었다.

그러자 오른손 앞에 마법진이 나타나 신비롭게 빛나며 회전하기 시작했다.

그 마법진은 천천히 허공을 이동하더니 문으로 빨려들어 모습을 감추었다.

동시에 대회의실의 문이 한순간 빛났다.

그 빛이 사라지자 훌리오는 천천히 문으로 다가가서 손을 댔다.

"뭐, 이렇게 해서요······."

문을 여는 훌리오.

"곧바로 모두를 데려갈 수 있으니까요······."

훌리오가 연 대회의실의 문.

본래 그곳에는 호우타우 마법 학교의 복도가 있었지만······, 지금 훌리오가 연 문 너머에는 파도가 밀려드는 해안선이 끝도 없이 펼쳐져 있었다.

"이⋯⋯, 이건⋯⋯."

아연한 표정으로 말을 흐리는 타쿠라이드.

"예, 전이 마법을 이 문에 걸어서 칼고시 해안으로 이어봤어요. 어떨까요? 이러면 곧바로 칼고시 해안으로 갈 수 있으니까 숙박 학교에 도움이 되지 않을까요?"

훌리오로서는 보호자들이 가고 싶다면, 그런 생각으로 도움이 되고자 한 행동이었다.

그런 훌리오가 열어놓은 문 너머를, 보호자들만이 아니라 타쿠라이드를 비롯한 교직원들도 눈을 동그랗게 뜬 채로 말없이 계속 바라보았다.

'⋯⋯이, 이런 장거리를 전이 문으로 이을 수 있는 마법사라니, 마왕성에도 없었어⋯⋯.'

이마에 땀을 흘리며 무의식중에 침을 삼키고 연신 입 주위를 가느다란 혀로 날름날름 핥는 니트.

교직원도 보호자도 모두 깜짝 놀라는 가운데, 한발 앞서 정신을 차린 타쿠라이드.

"어, 어흠⋯⋯ 그, 그럼 말이죠, 엘리나자 양과 가릴 군의 보호자이신 훌리오 씨께 협력을 부탁드리는 걸로⋯⋯ 행선지는 칼고시 해안으로, 여러분 괜찮으실까요?"

한 번 헛기침을 한 뒤, 보호자들을 향해 말을 건네는 타쿠라이드.

그 말에 일제히 정신을 차린 보호자들은,

"이의 없소!"

"훌리오 씨, 잘 부탁드려요!"

"그보다도, 훌리오 씨는 굉장한 마법을 쓸 줄 아시는군요."

일제히 터진 박수갈채와 동시에, 보호자들로부터 훌리오를 향해 다양한 말이 날아들었다.

"아, 아뇨. 저, 저로서는 가능한 일을 하는 것뿐이에요……."

그저 겸손해 하는 훌리오.

그런 훌리오를 향한, 보호자나 교직원들의 박수는 끊이지 않았다.

"역시 서방님이세요, 보호자 여러분을 이다지도 기쁘게 만들어 버리다니."

보호자석에서 박수를 치며 훌리오의 얼굴을 황홀하게 바라보는 리스.

"아, 하지만 그러네요……. 바다에 간다면 수영복을 새로 만들어야지…… 서방님께서 기뻐하실 법한……."

중얼중얼 혼잣말하며 생각에 잠기는 리스.

그런 리스의 혼잣말을 놓치지 않은 주위의 아버지들은,

'리, 리스 씨의 수영복?!'

'이, 이건 놓칠 수 없지.'

'이, 일을 쉬고서라도 반드시 가야겠는데.'

마음속으로 그런 생각을 한 것이었다.

◇ ◇ ◇

박수가 끊이지 않는 대회의실.

가장 뒷줄에 앉아 있는 베리안나도 눈을 동그랗게 뜨고 있었다.

마왕군 사천왕 후보 중 하나인 베리안나.

어머니가 다른 동생인 반인반마 종족 아이리스테일이 아인 종족으로 호우타우 학교에 다니고 있기에 베리안나 본인도 아인 종족으로 변신하여 보호자 모임에 참석했는데,

'후, 훌리오라는 저 인간족은 빌어먹게 엄청나잖아⋯⋯. 저런 빌어먹게 엄청난 마법을 쓸 수 있다니⋯⋯.'

훌리오가 만들어낸 전이 문을 바라보며 감탄을 흘렸지만⋯⋯ 그녀의 뺨이 붉게 물들었다.

'하⋯⋯ 하지만 뭐냐⋯⋯. 저 남자⋯⋯ 저 녀석을 빌어먹게 보고 있으면, 어째서 이렇게 가슴이 빌어먹게 뜨거워지고 얼굴이 빌어먹게 달아오르는 거냐, 정말이지⋯⋯.'

스스로도 이해할 수 없는 감정의 고양에 곤혹스러워하는 베리안나.

'이, 이런 기분은⋯⋯ 우, 울프 저스티스 님을 봤을 때밖에 경험한 적이 없다고 할까⋯⋯.'

베리안나가 그리 생각하는 것도 무리는 아니었다.

휴전 협정이 맺어지기 전, 클라이로드군을 습격하려던 마왕군 부대를 모조리 격파한, 푸른 늑대 마스크를 쓴 의문의 남자 울프 저스티스.

자신도 싸움을 걸었지만 전혀 상대가 되지 않았던 베리안나는 그의 압도적인 강함에 존경의 감정을 품게 되고 그것은 이윽고

연모로 바뀌어, 이제는 완전히 울프 저스티스를 연모하는 열렬한 팬이 된 것이었다.

그런 울프 저스티스의 정체는 훌리오였지만, 그것은 공표되지 않았기에 일부 사람들밖에 모르는 사실이었다.

물론 베리안나가 그 사실을 알고 있을 리는 없지만…… 울프 저스티스를 너무나도 좋아하게 된 베리안나는 그의 신장이나 체중, 몸매까지도 완벽하게 파악하였고, 따라서 지금 눈앞에 서 있는 훌리오와 울프 저스티스의 체격이 딱 맞아떨어진다는 사실을 무의식중에 알아차리고 자기도 모르게 발정한 것이었다.

'정말이지, 빌어먹을 좀 진정하라고……. 내가 사모하는 건 울프 저스티스 님이잖아, 정말…….'

가슴을 누르며 필사적으로 마음을 진정시키려 하는 베리안나.

하지만 조금이라도 훌리오가 시야에 들어오면 금세 가슴이 고동쳤다.

그 감정을 어찌하지도 못하고 그저 고개를 숙일 수밖에 없는 베리안나였다.

◇호우타우 마법 학교◇

보호자 모임이 개최된 다음 날.

이날 호우타우 마법 학교는 이상한 열기로 뒤덮여 있었다.

"가릴 님, 들으셨나요링?"

수업이 시작되기 전의 교실 안, 반 아이들과 이야기를 나누는 가릴 곁으로 사리나가 만면의 미소와 함께 달려왔다.

청초하고 타이트한 미니스커트를 입은 사리나는 반 아이들을 밀어젖히듯 가릴의 눈앞으로 이동했다.

"듣자하니 숙박 학교 행선지가 칼고시 해안으로 정해진 모양이에요링!"

"응, 나도 어제 아빠랑 엄마한테 들었어. 기대되네, 바다."

사리나를 향해 씨익 미소를 띠는 가릴.

그 미소를 정면에서 본 사리나는

……기대되네, 바다.

……기대되네, 사리나.

……기대되네, 사리나의 수영복.

"……예?! 가, 가릴 님께서 사리나의 수영복을 기대한다고링?!"

머릿속에서 가릴의 말을 자기 멋대로 변환한 사리나는 얼굴을 새빨갛게 물들이며 양손을 맞잡고 그 자리에서 펄쩍 뛰었다.

그런 사리나를 향해 가릴은,

"그러네, 다 같이 즐기자!"

씨익 미소를 띠었다.

그런 가릴에게 바싹 다가가는 사리나.

"예링! 당신의 사리나, 반드시 기대에 부응하는 모습으로 등장하겠어요링!"

눈동자를 하트 모양으로 만들며 가릴의 눈앞으로 얼굴을 들이

댔다.

그런 사리나를 눈앞에 두고서도 가릴은 여전히 태연하게 웃고 있었다.

그 광경을 옆에서 바라보는 도마뱀족 렙터.

모험가 느낌의, 조금 멋을 부린 것 같은 복장을 입은 렙터는,

"……굉장하네, 가릴……. 나였다면 도망쳐 버렸을 거야."

그런 말을 입에 담으며 쓴웃음을 띠었다.

그런 렙터 뒤에 숨듯이 서 있는, 파란색 계통 원피스를 입은 여자아이.

"나…… 나였다면…… 틀림없이 울어버렸을 거야……."

인간족 레이나레이나는 가냘픈 미소를 띠었다.

……그렇게 사리나가 가릴을 상대로 맹렬하게 어필하는 참에 저벅저벅 다가오는, 검은색을 바탕으로 한 고스로리 드레스를 입은 여자아이의 모습.

그 여자아이는 손에 든 검은 고양이 인형을 사리나의 눈앞으로 들이밀더니,

『가릴 님이 귀찮을 거라 생각해. 그런 건 그만두는 편이 좋다고 생각해.』

인형의 입을 교묘하게 뻐끔뻐끔하며 복화술로 사리나에게 이야기를 건넸다.

가릴을 향한, 맹렬한 어택이 방해받는 모양새가 된 사리나는 미간에 주름을 만들며 그 인형의 주인에게 시선을 향했다.

"잠깐만, 아이리스테일……. 사리나와 가릴 님의 밀회 시간을

방해하지 말아줘링."

그런 사리나를 상대로, 입술을 삐죽이며 검은 고양이 인형을 사리나의 얼굴 앞으로 들이미는 아이리스테일.

『가릴 님이 귀찮아 한다고, 아이리스테일도 생각해.』

"그럴 리가 없어링! 가릴 님과 사리나는 일심동체, 전생에서부터 맺어질 것이 약속된 관계다링!"

검은 고양이 인형을 상대로 얼굴을 들이미는 사리나.

아이리스테일 역시도 손을 뻗어 검은 고양이 인형을 사리나의 안면에 꽉 눌렀다.

"그느느느느~링!"

『으느느느느느~!』

눈앞에서 시작된 사리나와 아이리스테일의 말다툼을 바라보며 가릴은,

"둘 다 사이가 좋구나."

씨익 웃으며 두 사람의 어깨를 툭 두드렸다.

"하지만 있지, 슬슬 선생님이 올 테니까 여기까지 해둬."

"예, 예에, 가릴 님."

양손을 턱 밑으로 맞잡으며, 조금 전까지의 분기탱천한 표정과는 전혀 다른 미소녀 모드의 미소를 가릴에게 향하는 사리나.

『가릴 님이 그렇게 말한다면, 그에 따르겠다고 아이리스테일도 그래.』

검은 고양이 인형을 자신의 입가에 댄 아이리스테일은 가릴이 두드린 어깨 쪽으로 고개를 기울이며 뺨을 붉게 물들였다.

그때…….

"아니아니아니, 사리나. 뭐가 『가릴 님과 사리나는 일심동체, 전생에서부터 맺어질 것이 약속된 관계』냐고. 너랑 맺어질 것이 약속된 건 나잖아!"

사리나의 소꿉친구 사지타가 엄지로 자기를 가리키며 걸어왔다.

"부모님들끼리 한 약속이라고는 해도, 나와 너는 약혼자. 결혼할 수 있는 나이가 되면 결혼할 사이라고! 그러니까 가릴 따위 신경 쓰지 말고 좀 더 나랑……."

한눈에 귀족임을 알 수 있는 화려한 옷을 입은 사지타는, 최대한 멋을 부린 포즈를 취하며 말을 던졌지만…….

"……아니, 어라?"

그때, 이변을 깨달았다.

조금 전까지 자리에 앉아 있는 가릴 주변에 모여 있던 사리나랑 아이리스테일, 그리고 다른 아이들의 모습이 사라진 것이었다.

자세히 보니 모두 자기 자리로 돌아가서 앞을 보고 있었다.

사지타가 칠판 쪽으로 시선을 향하자…… 그곳에는 수업을 하기 위해서 온 공격 마법 교사 오료의 모습이 있었다.

사지타가 멋 부린 대사를 입에 담고 있던 그때 교실로 들어온 오료.

그것을 깨달은 학생들은 모두 자리로 돌아갔지만, 사리나에게 조금이라도 멋있게 보이기 위해 의식을 집중하던 사지타만은 오료가 들어온 사실을 알아차리지 못한 것이었다.

"……아."

자세를 잡은 그대로, 가릴의 옆에서 굳어버린 사지타.

그런 사지타와 시선이 마주친 오료는 입가에 사나운 미소를 띠었다.

"사지타…… 니는 대체 뭘 하는 기고. 수업을 시작할 테니 냉큼 자리로 가라카이!"

출신지인 동방 사투리를 감추려고 하지도 않고 크게 소리치는 오료.

"아, 죄, 죄송해요!"

오료에게 혼이 난 사지타는, 조금 전까지의 멋 부린 모습을 홱 벗어던지고 자기 자리로 뛰어갔다.

그 모습에 교실 안 여기저기서 소리 죽인 웃음이 새어나왔다.

그런 사지타가 자리에 앉은 것을 확인하고, 가릴 근처 자리에 앉아 있는 엘리나자가,

"일어서!"

큰 소리로 말했다.

반장을 맡고 있는 엘리나자의 목소리에 맞추어 교실 안의 학생 전원이 일제히 일어섰다.

이리하여 A반의 수업이 평소처럼 어수선하게 시작되었다.

◇호우타우 마법 학교 사무실◇

방과 후.

종례를 마친 초등부 학생들이 하교하는 가운데, 호우타우 마법 학교의 사무실 안에는 오료와 타쿠라이드가 남아 있었다.

"오료 선생님…… 이거, 어떻게 하지?"

사무원 타쿠라이드는 초등부 주임을 맡고 있는 오료가 가져온 서류다발을 쳐다보며 미간을 찌푸렸다.

"어쩌고 자시고, 숙박 학교 사전 조사에 협력해줄 보호자를 모집한다믄서 학교 측이 모집했으이, 학교 측에서 제비를 뽑든 뭘하든 해가 예정된 숫자를 맞춰야지."

"말이야 맞추라고 간단히 말하지만……. 겨우 열 명을 모집하는데…… 이거, 거의 모든 학생의 보호자가 신청했다고?"

이마에 식은땀을 흘리며 서류를 세는 타쿠라이드.

"……뭐, 생각해 봐야 어쩔 수 없나……. 일단 훌리오 씨한테 논의해서, 인원수를 늘릴지 어떻게 할지 확인하고 올게."

그러면서 사무실을 뒤로했다.

그러자 오료 역시도 뒤를 따라와서,

"그렇다면 내도 동행할게. 초등부 주임 아이가."

그러면서 타쿠라이드를 따라왔다.

그런 오료에게 시선을 향한 타쿠라이드는,

"뭐야? 무슨 흑심이라도 있어? 이렇게 귀찮은 일은 항상 나한테 떠넘겼던 주제에."

"초등부 주임으로서 동행하겠다는 거뿐이다. 뭐, 그 다음에 한잔 얻어 마시면 좋겠다, 정도는 생각하지만."

그러면서 타쿠라이드에게 슬며시 달라붙는 오료.

"월급날 전이니까 각출이라도 괜찮으면."

"쩨쩨하네, 그럴 때는 거짓말이라도 내한테 맡기라고 해야 되는 거 아이가."

"예예, 거짓말이지만 맡겨둬."

"한마디가 많다."

농담을 주고받으며 타쿠라이드와 오료는 학교를 뒤로했다.

그런 둘의 모습을 복도 끝에서 바라보는 벨라노.

'뭘까…… 굉장히 어른스러운 대화를 본 것 같아요……. 오료 선생님이랑 타쿠라이드 씨.'

선망의 눈빛으로 둘의 뒷모습을 지켜보는 벨라노.

'……저도 언젠가 저런 식으로 멋진 남성과…….'

얼굴을 붉게 물들이며 망상을 부풀리는 벨라노.

그런 벨라노의 뇌리에 평소처럼 훌리오의 얼굴이 떠오르기 시작했지……만…….

'……어, 어라?'

벨라노의 뇌리에 떠오른 훌리오의 얼굴은 평소와 달리 무척 어린 인상이었다.

'……어라? ……어라라? ……이, 이건 혹시 미니리오 씨?'

뇌리에 떠오른 것이 훌리오가 만들어낸 마인형 미니리오라는 사실을 깨달은 벨라오는 곤혹스러운 표정을 띠었다.

'……어라? ……어라라?? ……어, 어째서 이 타이밍에 미니리오 씨의 얼굴이 떠오르는데?? 화, 확실히 미니리오 씨는 훌리오 님을 어리게 만든 것 같은 얼굴이고, 마법으로 커지면 훌리오 님과 같은 얼굴이 되고, 넘어질 것 같으면 부축해 주고, 너무 긴장

해서 토할 것 같으면 회복 마법을 걸어주고…….'

곤혹스러워하며 얼굴을 감싸는 벨라노.

그 얼굴이 새빨갛게 물든 것은, 벨라노 본인은 전혀 깨닫지 못했다.

◇호우타우 마법 학교◇

며칠 뒤.

휴일인 이날, 호우타우 마법 학교의 입구에는 이른 아침부터 초등부 학생과 보호자들이 스무 명 가까이 모여 있었다.

다들 이날 진행되는 숙박 학교 사전 조사를 돕기 위해서 모인 초등부 학생과 보호자들이었다.

며칠 전, 홀리스 잡화점을 방문한 타쿠라이드와 오료의 상담에 응한 홀리오는,

『희망자 전원이라도 별 문제없이 전이할 수 있어요.』

평소의 시원스러운 미소를 띠며 두 사람의 이야기를 흔쾌히 받아들였다.

그 말을 들은 타쿠라이드와 오료는,

『……그렇지만 초등부 보호자 대부분이 희망하고 있으니까요.』

『그래, 이래가는 숙박 학교를 두 번 가는 기나 마찬가지 아이가.』

그것을 고려하여 희망자 가운데 추첨으로 열 팀의 보호자와 학생을 선택했다.

타쿠라이드는 모여 있는 보호자들을 둘러보며 쓴웃음을 띠고 있었다.

"……행선지가 근처 키노 산이었을 때는 돕겠다는 희망자가 거의 없었는데, 칼고시 해안으로 변경된 순간에 이러니……. 뭐, 그냥 마차로 가면 왕복에 반년 가까이 걸리는 장소니까 그 기분도 모를 건 아니지만."

그런 타쿠라이드 옆, 커다란 선글라스를 쓴 니트가 팔짱을 끼며 모여 있는 학생과 보호자들을 둘러봤다.

"흐응, 클라이로드 마법국의 학교는 이런 일도 하는군요……."

가장 신참 교직원이라서 타쿠라이드의 보조를 맡게 된 니트.

"뭐, 보조하라고는 하지만 말이죠……."

그러면서 시선을 한 곳으로 향하는 니트.

그 시선 앞에서는 홀리오와 리스가, 가릴이랑 엘리나자와 사이좋게 이야기를 나누는 참이었다.

'……어, 어째서 또 펜리스가 동행하는 건지……. 기껏 제대로 아인 종족으로 변신해서 직업을 얻었는데…… 언제 정체가 발각당할지 불안해서 참을 수가 없잖아…….'

고개를 돌리면서도 선글라스 아래, 곁눈질로 리스의 모습을 엿보는 니트.

그런 니트 옆으로 자마스가 다가왔다.

──자마스.

마왕군 사천왕 시절 니트의 측근이었던 헬자마스.

지금은 자마스로 이름을 바꾸어 니트와 함께 호우타우 마법 학교의 교직원이 되었다.

"니트 님, 준비가 되었습니다."

자마스는 커다란 배낭 세 개를 등에 메고, 커다란 가방을 한 손에 네 개씩 도합 여덟 개를 들고 있었다.

그만큼의 짐을 들고서도 태연한 표정을 띤 자마스.

자마스의 외모는 가냘픈 여성이지만 완력과 각력은 니트의 사천왕 시절 부하들 가운데서도 월등한 맹자였던 만큼 당연하다면 당연하지만…….

"이, 이봐…… 저 여선생 굉장하지 않아?"

"저렇게나 많은 짐을 들고 있는데도 태연하다니…….'"

모여 있는 보호자들 사이에서는 경악에 가득한 시선과, 깜짝 놀란 목소리가 여기저기서 터졌다.

"……어째 좀 소란스러우려나, 자마스?"

자마스의 말을 듣고 주위를 둘러보는 니트.

그 후,

"……기분 탓이겠지요."

태연한 표정 그대로, 단호하게 말하는 자마스.

"그래…… 클라이로드라면 문제없겠지."

니트 역시도 그 말에 수긍했다.

"하지만 그게 말이지요, 니트 님. 클라이로드 마법국의 학교라는 건 신기한 일을 벌이는군요. 모두의 친교를 다지기 위해서 바다에 간다는 비효율적인 일을 진행하다니…… 친교 같은 건 먹고 마시고 떠들면 금세 쌓인다고 생각했습니다만."

"그래…… 그러네……."

니트는 그리 대답했지만……

'하지만 말이지…….'

그녀의 뇌리에서 지긋지긋한 기억이 되살아났다.

마왕으로 막 취임한 유이가드가 부하들과의 친교를 다지기 위해서 온천 여행을 실시한 적이 있었다.

그때, 말도 안 되는 소란을 피운 유이가드 일행은 온천에서 쫓겨난 것은 물론 영구히 출입 금지를 당했던 것이다.

'……아무리 우리가 아인 종족으로 변신했다고는 해도…… 그런 건 말도 안 되지……. 그런 소란 탓에 친교가 어쩌고 할 참이 아니었으니…….'

지긋지긋한 과거를 떨쳐내듯 고개를 내젓는 니트.

그리고는 시선을 다시금 자마스에게 향했다.

"……그런데 자마스."

"예, 무슨 일이십니까, 니트 님."

"너…… 바다에 가는 건 비효율적이라고 그랬지."

"예, 그리 말씀드렸습니다만?"

대답하는 자마스.

그런 자마스의 모습을 다시금 확인하는 니트.

자마스는 짐을 산더미처럼 들고 있는데…… 평소의 체육복이 아니라 비키니 타입의 수영복 위에 하얀 파카를 걸친 차림새인 것이었다.

"……그런 것치고는, 꽤나 기합이 들어간 것처럼 보이는데 말이지."

"외람되오나 니트 님, 클라이로드 마법국에는 이런 격언이 있습니다.

『어디를 가든 그곳의 법에 따르라.』

……그래서 저 자마스, 바라는 바는 아니지만 그에 따른 것입니다. 예, 바라는 바는 아니지만."

"……바라는 바는 아니라고?"

"예, 바라는 바는 아닙니다."

결의에 찬 표정으로 단호하게 말하는 자마스.

"어……, 어어…… 그런 거구나……."

니트는 그 이상 아무 말도 할 수 없었다.

◇ ◇ ◇

"……니트랑 자마스는 여전히 사이가 좋네."

모두의 앞에서 이런저런 대화를 나누는 니트와 자마스.

그런 두 사람의 모습을 홀리오 옆에서 바라보던 리스는 미소를 띠었다.

"그러고 보니 저 두 사람은 리스의 지인이었구나."

"예, 마왕······이 아니라, 이전에 같은 직장에서 일한 적이 있으니까요."

마왕군과 클라이로드 마법국 사이에 휴전 협정이 맺어졌다고는 해도 인간족·아인 종족과 마족 사이에 공식적인 교류는 진행되지 않았다.

그래서 클라이로드 마법국에서 살고 있는 리스나 고자르, 니트나 자마스 같은 마족들은 다들 아인 종족으로 변신하여 살면서 자신들이 마족이라는 사실은 숨기고 있었다.

"그럼 나중에 인사를 하는 편이 나으려나."

"어~······ 어떨까요······. 아까부터 저를 흘끗흘끗 보고 있으니까, 지인이라는 사실을 주위에 알리고 싶지 않은 걸지도 모르겠네요."

훌리오와 리스가 그런 대화를 나누는데 그들 곁으로 타쿠라이드가 달려왔다.

"훌리오 씨, 모두 모인 모양이니 부탁을 드릴 수 있을까요?"

"아, 예, 알겠어요. 그럼 저기 있는 문을 쓰도록 할게요."

훌리오는 그리 말하며 근처에 있는 창고의 입구로 다가갔다.

그런 훌리오의 모습을 학생들이 눈을 반짝이며 바라봤다.

"듣기에는 저 아저씨가 엄청난 마법으로 바다까지 데려가 준다던데."

"천사님이 강림한다든지 그런 걸까? 아니면 갑자기 하늘에서 꽃이 잔뜩 내린다든지?"

"아니, 분명히 그걸 거야. 번개가 콰과─앙 떨어져서 땅이 갈라지고……."

소곤소곤 그런 이야기를 나누며 훌리오를 바라보는 학생들.

'으음…… 이런 경우에는 어쩌면 좋으려나……. 기대에 부응하는 편이 나을까…….'

그런 말을 들으며 쓴웃음 짓는 훌리오.

그런 훌리오 옆으로 타쿠라이드가 살며시 다가왔다.

"저기…… 훌리오 씨. 평범하게 하시면 되니까요."

"……그렇게 말씀해 주시니 다행이네요."

타쿠라이드의 말에 다시금 쓴웃음을 띠며 고개를 끄덕이는 훌리오.

창고 앞으로 이동한 훌리오는 문을 향해 오른손을 뻗었다.

짧은 영창에 호응하여 오른손 앞으로 마법진이 출현했다.

그 마법진은 훌리오의 오른손 앞에서 잠시 회전하더니 이윽고 창고의 문으로 빨려 들어갔다.

"자, 이어졌어요."

창고의 문을 여는 훌리오.

그러자 그 문 너머에는 시야 한가득 해안선이 펼쳐져 있었다.

그 광경을 앞에 두고 학생이랑 보호자들이 일제히 환호성을 터뜨렸다.

"우와, 굉장해! 금세 바다랑 이어졌어! 수수했지만, 굉장해."

"한순간에 이어놓다니, 정말로 굉장해! 엄청 수수했지만."

"엄청 감동했어! 수수했지만, 엄청 감동했다고, 나."

훌리오를 향해 찬사의 말을 쏟아내는 일동.

'어…… 어째서일까……. 다들『수수하다』라고 하는 것 같은데.'

훌리오는 쓴웃음을 띠며, 모두의 환호성에 오른손을 들어 답했다.

이리하여 호우타우 마법 학교 창고의 문과 클라이로드 마법국 아득히 남쪽에 있는 칼고시 해안이 훌리오의 전이 문으로 연결되었는데…….

"……어라?"

문 너머로 시선을 향하고 있던 훌리오는 저도 모르게 눈을 동그랗게 떴다.

그런 훌리오의 눈앞, 창고 문 너머에 펼쳐진 바다에서는 거대한 오징어 괴물과 흰 머리 · 흰 수염의 거인이 한창 싸우는 중이었다.

펑!

펑!

펑!

그 거인을 향해, 거인을 포위한 해적선에서 포탄을 발사했다.

그 포탄을, 하늘을 나는 몬스터 버드가 날개로, 공중에 떠 있는 여자가 마법으로 각자 떨어뜨리고는 있지만 포탄의 숫자가 너무도 많았기에 몇 발이 거인에게 직격했다.

그중 몇몇은 엉뚱한 방향으로 날아가서 해안가에 있는 가도를 파괴, 그곳을 통과하던 짐마차가 추락하는 모습이 보였다.

그때…….

"어라…… 이런 곳에 문이 있었던가? 인 것 같네."

햇볕에 새카맣게 탄 소녀가 문 앞으로 뛰어왔다.

그 소녀의 모습을 본 훌리오는 미소를 띠었다.

"어라? 너는 반비르 주니어네 로린데므잖아!"

"예, 예에? ……아니, 어라, 그러는 당신은 훌리오 님이잖아요, 인 것 같네?"

갑자기 누군가 자기 이름을 불렀기에 깜짝 놀란 표정을 띠며 돌아본 로린데므는, 그 문 너머에 서 있는 것이 훌리오임을 깨닫고는 미소를 띠며 안겨 들었다.

그런 로린데므를 안아든 채로 전이 문 안, 칼고시 해안으로 발길을 내디디는 훌리오.

"사정은 잘 모르겠지만…… 저기 포탄을 쏘고 있는 해적선은 위험하니까 없애도 될까?"

"그, 그야 없애 준다면 고마운데, 인 것 같네……. 하지만…… 저만한 숫자의 해적선을 없앨 수 있어? 인 것 같네."

훌리오의 목을 끌어안은 채, 눈을 동그랗게 뜨는 로린데므.

"뭐…… 괜찮을 거라고 생각해요."

로린데므에게 평소의 시원스러운 미소를 띠고 훌리오는 오른손을 해적선 쪽으로 향했다.

해적선은 거인을 향해 또다시 포탄을 일제히 발사한 직후였다.

……다음 순간, 해적선에서 발사된 포탄이 공중에서 모두 사라졌다.

"……어? 인 것 같네……."

눈을 동그랗게 뜨고 저도 모르게 소리를 높이는 로린데므.

……그리고 다음 순간, 이번에는 거인을 포위하고 있던 해적선이 한순간에 모두 사라졌다.

"……어? ……어어?! 인 것 같네……."

더더욱 눈을 동그랗게 뜨고, 더더욱 크게 소리 높이는 로린데므.

그 결과, 바다에는 백발・흰 수염의 거인과 싸우는 거대한 오징어만이 남겨졌다.

잠깐 동안은 그래도 거대 오징어는 거인과 싸웠지만…….

우선 해적선의 포탄 원호 사격이 사라진 것을 깨닫고……,

다음으로 주위에 있던 해적선이 사라진 것을 깨닫고……,

그리고 자신의 주위를 몬스터 버드와 마법을 사용하는 여자가 포위했다는 사실을 깨닫고는, 어디선지 모르게 하얀 천을 꺼내서 그것을 좌우로 흔들기 시작했다.

『뭐야, 벌써 항복이냐. 포르세이돈에게는 역시나 대적하지 못했다는 거로구나, 앗핫핫.』

그러더니 백발・흰 수염의 거인──포르세이돈은 거대화한 몸 그대로, 그 자리에서 근육을 강조하는 포즈를 취했다.

그런 포르세이돈의 머리 주위를 몬스터 버드가 선회했다.

"정말이지…… 포르세이돈이 반비르 주니어 님이나 나랑 좀 더 제대로 연계해 주면, 좀 더 간단히 해적선을 물리쳤을 거다샤!"

『뭐라고, 이 풋내기가.』

"뭐야, 이 늙은이가샤!"

바다 위에서 말다툼을 시작하는 포르세이돈과 몬스터 버드 모습의 로프론스.

그런 가운데, 허공에 떠 있던 마법사 여자가 훌리오를 향해 공중을 이동했다.

"……후, 훌리오 님이셨나요……. 혀, 협력 감사……해요."

여전히 사람과 대화를 나누는 것이 서툰 그 여자──반비르 주니어는 쭈뼛쭈뼛하는 말투로 그에게 감사의 말을 늘어놓았다.

그런 반비르 주니어에게 평소의 시원스러운 미소를 향하는 훌리오.

"무사해서 다행이에요. 그런데 저 해적선은 대체 누구죠? 자주 이 해안에 출현하는 에드서치 해적단이랑은 달라 보였는데……."

"……어, 아, 예……. 저들은 말이죠…… 예, 예전에는 마족이었다고……. 마, 마왕군이랑, 크, 클라이로드 마법국의 휴전을 달갑게 여기지 않는 모양이라…… 이, 이렇게 변경에서 날뛰고 있는 거……예요."

그런 반비르 주니어와 훌리오의 대화를 뒤에서 듣고 있던 타쿠라이드는 미간에 주름을 지으며 팔짱을 꼈다.

"마족이 날뛰고 있다면…… 칼고시 해안에서 숙박 학교를 진행하는 건 다시 생각을 좀 해야겠는데……. 역시 학생의 안전이 최

우선이니…….”

팔짱을 낀 채로 그런 말을 입에 담은 타쿠라이드.

그때였다.

“……니트 님.”

한 걸음 앞으로 나온 자마스가 니트를 향해 말을 건넸다.

“잠깐 나갔다가 와도 괜찮을까요? 아뇨, 몇 분이면 돌아올 터이니.”

그리 말하기가 무섭게, 자마스는 들고 있던 대량의 짐을 모래사장에 내려놓더니 모래 위를 엄청난 속도로 달려갔다.

모래를 좌우로 흩날리며 초고속으로 달려가는 자마스의 모습은 순식간에 보이지 않게 되었다.

……그리고 몇 분 뒤, 조금 전에 달려간 방향에서 자마스가 돌아왔다.

달려갈 때와 마찬가지로, 주위로 모래를 흩날리며 초고속으로 돌아오는 자마스.

어깨 위에는 다수의 사람을 들고 있었다.

“기다리셨습니다. 이 녀석들이 조금 전에 이곳에서 날뛰던 마족과 그의 패거리들입니다.”

그러더니 들고 있던 다수의 사람을 털퍼덕, 모두의 앞쪽 모래사장으로 내던지는 자마스.

대부분은 밧줄에 묶여 있고 기절한 자도 많았다.

그런 가운데, 리더로 보이는 풍채 좋은 남자의 목덜미를 붙잡고 홀리오와 반비르 주니어 앞으로 끌고 가는 자마스.

"자, 조금 전에 한 말을 다시 한번 하세요."

자마스가 싸늘한 말투로 그리 말하자, 자마스에게 붙들려 있는 리더로 보이는 남자는 엉망으로 두들겨 맞은 얼굴을 들고,

"……조, 조금 전에는 행패를 부려서, 죄, 죄송합니다……. 아, 앞으로는 마음을 고쳐먹고 이 해안을 위해서 일하겠으니…… 부, 부디 용서해주세요오……."

그것만 말하고, 리더로 보이는 남자는 자마스에게 붙들린 채로 기절했다.

그런 남자를 싸늘한 시선으로 내려다보는 자마스.

"……뭐, 그런고로 이 해안에서 날뛰던 마족들은 제 설득에 응하여 앞으로는 이곳을 위하여 일을 해주게 되었습니다."

그러더니 시선을 이번에는 타쿠라이드에게 향하는 자마스.

"타쿠라이드 사무원님, 이것으로 숙박 학교 실시에 아무런 지장도 없겠지요?"

"……어? 아, 어어, 그, 그러네……. 해적이 사라졌다면…… 괜찮겠네, 응……."

잠시 멍하니 있던 타쿠라이드는 자마스가 말을 건네자 정신을 차리고는 몇 번이고 고개를 끄덕였다.

그 모습을 확인한 자마스는,

"그렇습니까, 그렇다면 다행입니다."

그제야 미소를 띠었다.

그런 자마스의 모습을 바라보는 니트.

'……자마스도 참, 그렇게까지 바다에서 놀고 싶었구나……. 그보다도 말이지, 그 때문에 이만한 숫자의 마족을 그렇게나 짧은 시간 만에 박살을 내버리다니…….'

쓴웃음을 띠며 자마스와 마족들을 교대로 바라봤다.

그런 자마스의 모습을 바라보는 훌리오.

'……으음…… 아까 내가 공간 이동 시킨 마족들은 상당히 먼 해안으로 던져 두었는데……. 그 마족들까지 그런 짧은 시간 만에 데리고 돌아오다니…… 그것도 달려서……. 자마스 선생님은 굉장하구나…….'

감탄한 표정을 띠며 자마스와 마족들을 교대로 바라봤다.

그런 자마스의 모습을 바라보는 학생들.

("자, 장난이 아닌데…… 자마스 선생님, 진짜 장난이 아닌데.")

("자마스 선생님한테 거슬렀다가는 우리도 저렇게 되어버릴까…….")

("나, 나는 절대로 자마스 선생님한테 거스르지 않을래.")

("나도!")

공포에 빠진 표정을 띠며 자마스와 마족들을 교대로 바라보고 부들부들 계속 떨었다.

◇ ◇ ◇

자마스가 연행한 마족들은 원래 사이즈로 돌아온 포르세이돈이 반비르 주니어의 저택 지하에 있는 감옥으로 데려갔다.

"내가 반비르 주니어 님의 부하로서 호되게 단련시켜주지, 앗핫핫!"

호쾌하게 웃으며, 기절한 마족들을 차례차례 옮기는 포르세이돈.

"그, 그럼 이쪽 일은 부탁할게, 포르세이돈."

"맡겨 주십시오, 반비르 주니어 님!"

포르세이돈과 대화를 마친 반비르 주니어는 훌리오 곁으로 다시 돌아왔다.

"……기, 기다리셨죠, 훌리오 님. 그, 그래서…… 오늘은 무슨 용건으로, 칼고시 해안까지…… 오, 오시었는지요? ……기, 기분 탓인가……. 벼, 별로 본 적이 없는 분들이 잔뜩 있는 것 같은데데데……."

낯을 가리는 반비르 주니어는, 해안을 산책하는 호우타우 마법 학교 학생과 보호자들에게 시선을 향하며 식은땀을 줄줄 흘렸다.

"저기…… 실은 말이죠, 제 아이들이 다니는 호우타우 마법 학교의 숙박 학교 행선지로 칼고시 해안을 이용할 수는 없을까 해서, 오늘은 그 부탁과 사전 조사로 실례를 하게 됐어요."

훌리오 옆에 서 있던 타쿠라이드도 반비르 주니어를 향해 머리를 숙였다.

"갑자기 우르르 몰려와서 죄송합니다. 저는 호우타우 마법 학교에서 사무원으로 일하는 타쿠라이드라고 하는데…… 아이들도 여기서 숙박 학교를 하고 싶어 하니까, 부디 부탁을 드릴 수는 없을까요?"

첫 대면인 타쿠라이드가 머리를 숙이자 한순간 몸이 움찔 굳어 버린 반비르 주니어.

하지만 한 번 크게 심호흡하더니 다시금 타쿠라이드를 바라봤다.

"……그, 그런 일이라면 전혀 문제없어요. 이 해안은 근처에 사는 여러분이 잔뜩 이용하는데, 가능하다면 마법국 중앙에 사는 여러분도 더더욱 이용하셨으면 좋겠다고 저도 항상 생각했으니까요……."

반비르 주니어는 그러면서 오른손을 앞으로 내밀었다.

그러자 그 손바닥 안에 『칼고시 해안 사용 허가서』라고 적힌 종이 한 장이 나타났다.

반비르 주니어는 그 종이를 손에 들더니 주머니에서 꺼낸 펜으로 사인을 하고 그 자리에서 타쿠라이드에게 건넸다.

"……수, 숙박 시설이랑, 식사 준비도, 저, 전부 이쪽에서 수배할 테니까요……. 아, 물론 대금은 무료로 하고요."

"예? 하, 하지만 그럴 수는……."

"……어, 아, 아뇨……. 어, 어디까지나, 무료로 해드리는 건 이번뿐이라는 걸로……. 내년부터는 정규 요금을 지불하는 걸로…… 하, 할게요. 아, 앞으로도 칼고시 해안을, 오래오래 잘 부탁…… 드, 드려요."

"아, 예, 그런 이야기라면."

반비르 주니어의 말에 납득한 타쿠라이드는 허가서를 받고는 오른손을 건넸다.

반비르 주니어는 그 손을 머뭇머뭇 맞잡았다.

반비르 주니어가 시원하게 승낙해준 데다가 전면적으로 협력해준 덕분에, 숙박 학교 사전 협의는 반비르 주니어와 타쿠라이드 둘만으로 원만하게 진행되었다.

◇잠시 후 칼고시 해안◇

"……납득이 안 됩니다…… 납득이 안 됩니다."

마치 주문처럼 같은 말을 중얼중얼 반복하는 자마스.

……그도 그럴 터,

『자, 그럼 바다 시찰을 진행할까요.』

그러고는 산더미처럼 준비한 짐 안에서 비치파라솔을 꺼내서 그것을 모래사장에 박은 참에,

『협의가 끝났으니까 오늘은 돌아가죠.』

타쿠라이드가 그러면서 모두를 집합시킨 것이었다.

그래서 막 박아놓은 비치파라솔을 정리한 자마스는 멍하니 집합한 것이었다.

'그 정도로 바다에서 놀고 싶었다니…….'

너무나도 침울해진 자마스를 앞에 두고 니트 역시도 무어라 말을 건네지 못했다.

돌아가는 용도의 전이 문을 소환하고 있는 훌리오 역시도 그런 자마스의 모습을 보고 있었다.

"타쿠라이드 씨…… 전이 문이라면 언제든지 꺼낼 수 있으니까

조금 더 놀고 가도 되는 게……."

"어~…… 그리고 싶은 마음은 굴뚝같지만…… 이번에는 어디까지나 숙박 학교의 사전 준비라는 걸로, 추첨으로 선택을 했으니까요……. 놀고 돌아갔다는 사실이 추첨에서 제외된 보호자나 학생의 귀에 들어갔다가는 아무래도 문제가……."

타쿠라이드 역시도 쓴웃음을 띠며 뒤통수를 긁적였다.

교섭이 너무나도 원만하게 진행되었기에 체류 시간이 이상하게 짧아지고 만 이번 사전 준비.

그래서 동행한 보호자나 학생들도 불만을 터뜨리는 것이 아닐까……, 그런 생각이 들기는 했지만…… 자마스가 지시에 따라서 호우타우 마법 학교로 돌아갔기에,

"……해적을 일망타진한 자마스 선생님이 불평하지 않으니까."

"……우리도 얌전히 돌아가자."

"……진짜 숙박 학교가 아직 있으니까."

모두 얌전히 지시에 따라 호우타우 마법 학교로 돌아간 것이었다.

◇칼고시 해안 근처의 절벽◇

훌리오 일행이 호우타우 마법 학교로 돌아가고 얼마 후…….

오후, 반비르 주니어와 마족 해적들이 싸우던 장소에 무척 가까운 절벽에 흠뻑 젖은 세 사람의 모습이 있었다.

"……씨익…… 씨익…… 대, 대체 무슨 일이 있어난 게냐……."

셋 중 하나, 암왕은 너덜너덜해진 호화로운 의상 그대로 절벽에 쓰러져 있었다.

거친 파도를 가르며 헤엄쳐서 이곳까지 다다랐는지, 완전히 탈진한 모습으로 거친 숨을 거듭 몰아쉬었다.

그 옆에서 금각 여우와 은각 여우 역시도 너덜너덜해진 호화로운 드레스차림 그대로 네 발로 엎드려서 거친 숨을 거듭 몰아쉬었다.

"그…… 그건, 내…… 내가 묻고 싶다캥……."

"카, 칼고시 해안에서 호화로운 여행을 즐기려고…… 마차 안에서 비싼 술이랑 사치스러운 요리를 즐기고 있었더니…… 가, 갑자기 폭음이 들리고…… 정신이 들었더니 마차랑 함께 바다로 추락했다캐캥……."

설명하겠다……

조금 전…… 반비르 주니어와 마족 해적들이 격렬하게 맞붙었을 때…….

거인을 포위한 해적선이 포탄을 발사했다.

그 포탄을, 하늘을 나는 몬스터 버드가 날개로, 공중에 떠 있는 여자가 마법으로 각자 떨어뜨리고는 있지만 포탄의 숫자가 너무도 많았기에 몇 발이 거인에게 직격했다.

그중 몇몇은 엉뚱한 망향으로 날아가서 해안가에 있는 가도를 파괴, 그곳을 통과하던 짐마차가 추락하는 모습이 보였다.

……그렇다, 이때 추락한 짐마차가 바로 암왕과 마호 자매가 타고 있던 마차였다.

"어, 어떻게든 목숨은 건진 모양이지만…… 지, 짐이……."

"저, 전부 바다에 빠졌다캥……."

"아으으 기, 기껏 호화롭게 놀아보려던 계획이…… 캐캥……."

암왕·금각 여우·은각 여우. 이들 셋은 멍하니 바다를 계속 바라봤다.

하지만 짐마차의 화물이나 잔해의 모습은 이미 파도에 쓸려나 갔는지 어디에서도 발견할 수가 없었다.

◇얼마 후 칼고시 해안◇

이날, 호우타우 마법 학교 초등부 학생들은 보호자와 인솔 교 직원과 함께 다시 칼고시 해안을 방문했다.

"호우타우 마법 학교 여러분, 잘 오셨어요, 인 것 같네. 오늘은 저 로린데므와."

"이 몸, 포르세이돈과."

"나, 로프론스가 여러분을 안내하겠다샤."

정렬한 호우타우 마법 학교 멤버들 앞에서 인사를 하는 로린데 므·포르세이돈·로프론스.

총원 삼백에 가까운 관계자를 앞에 두고, 세 사람은 교대교대 로 해안에서의 주의 사항 등을 설명했다.

그런 가운데, 보호자 쪽에 서 있는 리스가 훌리오의 귓가로 입 을 가져다댔다.

"서방님…… 반비르 주니어 씨가 없네요? 어떻게 된 일인 걸까요……."

"칼고시 해안 일대를 통치하는 사람이니까 말이지, 무슨 급한 용건이 생겼을지도 모르겠네."

"그렇군요……. 확실히 그럴지도 모르겠네요."

훌리오의 말에 납득한 듯 고개를 끄덕이는 리스.

그런 리스를 바라보며 훌리오는,

'……설마 처음으로 만나는 사람이 너무 많아서, 나오는 게 무서워진 건 아니라고 생각하지만…….'

마음속으로 그런 생각을 했다.

◇같은 시각 반비르 주니어의 저택◇

반비르 주니어의 저택 이 층.

침실 안에서 반비르 주니어는 침대에 몸을 파묻은 채로 부들부들 떨고 있었다.

"……아으으…… 여여여역시 무무무무리…… 마마마만난 적이 없는 사람들 수백 명 앞에 나서다니니니……."

그런 말을 하며, 시트를 머리부터 뒤집어쓴 채로 계속 떠는 반비르 주니어였다.

◇ ◇ ◇

자유 시간이 되어, 반비르 주니어의 부하 셋의 안내에 따라 수영이 가능한 해안으로 이동한 호우타우 마법 학교 일행.

"이제야 수영할 수 있겠다링!"

얼른 수영복으로 갈아입은 사리나는 모래사장으로 나오며 동시에 주위를 둘러봤다.

이날을 위해서 새로 사달라고 한, 등이 크게 파인 하얀 원피스 수영복을 입은 사리나.

'이 수영복으로 가릴 님을 뇌쇄하겠어링……. 가릴 님, 어디링?'

그런 사리나의 뒤쪽으로 한 남자가 걸어왔다.

그 기척을 느낀 사리나는,

"가, 가릴 님링?!"

잔뜩 끼를 부리는 미소를 지으며 돌아보는 사리나.

그랬더니 그곳에 서 있던 사지타가,

"여…… 여어, 사리나…… 그 수영복 잘 어울리잖아."

부끄러운 듯 웃으며 사리나에게 말을 건넸다.

……다음 순간,

"……뭐야…… 가릴 님이 아니었다링."

만면의 미소를 성대한 한숨으로 바꾸며 다시금 주위를 둘러보는 사리나.

"자, 잠깐 사리나. 수영복을 칭찬해 줬다고, 뭔가 감사의 말 같은 건 없어?!"

사리나의 눈앞으로 이동하는 사지타.

"방해하지 말아 줘링. 사리나는 가릴 님을 찾느라 바쁘다링."

그런 사지타를 교묘하게 시선에서 치워놓는 사리나.

"저 두 사람은 정말로 사이가 좋네……."

모래사장으로 나온 렙터는 쓴웃음 지으며 사리나와 사지타를 바라봤다.

"……정말로 사이가 좋은 걸까……. 어쩐지 싸우는 것처럼도 보이는데……."

의아해하는 표정을 지으며 고개를 갸웃거리는 레이나레이나.

그런 두 사람 뒤로, 하늘하늘한 장식이 잔뜩 달린 검은 수영복 차림의 아이리스테일이 모습을 드러냈다.

수영복을 입고서도 손에 든 검은 고양이 인형을 자신의 입가러 가져다 대고는,

『싸울 만큼 사이가 좋다고, 아이리스테일도 말해.』

검은 고양이 인형의 입을 뻐끔뻐끔하며 복화술로 말을 꺼냈다.

"아, 그렇구나……."

"……그러고 보니 그런 말도 있었지."

아이리스테일의 말에 납득한 듯 고개를 끄덕이는 렙터와 레이나레이나.

……그때였다.

"으랴, 수영이다!"

크게 목소리를 높이며 가릴이 탈의실에서 뛰어나왔다.

해안을 향해 똑바로 나아가는 가릴.

"어?! 가, 가릴 님!"

그 모습을 곧바로 발견한 사리나는 얼굴에 또다시 끼 부리는 미소를 띠며 가릴을 쫓아갔다.

그러자……

"아, 가릴이다!"

"가릴, 같이 수영하자!"

"가릴, 저랑 같이 수영해요!"

"그보다도, 저쪽 노점에서 뭐 안 먹을래?"

옷을 갈아입고 해안을 어슬렁어슬렁하던 여학생들이 일제히 가릴을 향해 모여들기 시작한 것이었다.

"으, 으어?! ……가, 가릴 님을 노리는 동급생이 많다고는 생각했지만…… 서, 설마 이 정도였을 줄이야링……."

그 인파에 가로막혀서 가릴에게 다가가지 못하는 사리나는 분하다는 듯 발을 동동 구르면서도 다시금 가릴을 향해 맹렬하게 대시했다.

그때, 옅은 노란색 원피스 수영복을 입은 엘리나자가 모습을 드러냈다.

"……정말이지, 가릴도 참. 준비 운동도 안 하고."

고개를 절레절레 흔들며 작게 한숨을 흘리는 엘리나자.

그런 엘리나자 곁으로 아이리스테일 · 렙터 · 레이나레이나가 모여들었다.

학교에서 가릴과 친하게 지내는 이들 셋(과 사리나)은 엘리나자와도 친해진 것이었다.

"엘리나자, 같이 준비 운동 할까."

"그러네, 렙터. 같이 하자."

"……나도 같이 해도 될까, 엘리나자?"

"당연하잖아, 레이나레이나. 우리는 친구잖아?"

『아이리스테일도 같이 운동하고 싶다는데, 괜찮나?』

"응, 물론이야. 아이리스테일의 검은 고양이 씨."

미소로 대화를 나누며 그 자리에 원을 그린 네 사람은,

"하나둘, 하나둘."

"하나둘, 하나둘."

목소리를 맞추며 그 자리에서 준비 운동을 시작했다.

그런 네 사람 곁으로, 어른용 탈의실에서 나온 훌리오와 리스가 걸어왔다.

"엘리나자, 준비 운동 하는구나."

"아, 파파! 그리고 마마도!"

두 사람의 접근을 깨달은 엘리나자는 미소를 띠며 달려갔다.

"그래, 그럼 우리도 같이 준비 운동을 할까."

"그러네요. 같이 해요, 서방님."

훌리오의 말에 미소로 고개를 끄덕이는 리스.

다시금 아이 넷과 어른 둘이 원을 이루어 그 자리에서 준비 운동을 시작하는 그들.

"하나둘, 하나둘."

"하나둘, 하나둘."

목소리를 맞추어 몸을 젖혔다가 구부렸다가, 몸을 푸는 일동.

"자, 하나둘, 하나둘!"

활기차게 소리 높이며 리스는 있는 힘껏 몸을 움직였는데, 앞으로 숙이자 가슴 계곡이 강조되고 좌우로 흔들면 풍만한 가슴이

크게 흔들렸기에 주위의 어른들이나 아이들의 시선이 그곳으로 못 박혔다.

하지만 리스 본인은 그런 사실 따윈 신경도 쓰지 않는다는 듯 솔선해서 몸을 움직였다.

그런 리스 옆에서 준비 운동을 하는 훌리오 역시도,

'그, 그건 그렇고…… 내 아내지만, 정말로 굉장하네…….'

몸을 움직이며 리스의 가슴에 시선을 빼앗겼다.

어느샌가 호우타우 마법 학교 멤버들이 모인 해안에는, 바다에서 헤엄치는 가릴 주위와 준비 운동을 하는 리스 주위로 큰 인파가 생긴 것이었다.

◇ ◇ ◇

""""꺄~~~~~!!""""

준비 운동을 마친 엘리나자 · 아이리스테일 · 레이나레이나는 바위를 이용해서 만든 미끄럼틀을 타며 함성을 터뜨렸다.

그 바위 미끄럼틀은 꼭대기에서 바닷물이 흘러나와, 그 바닷물에 떠밀리듯 미끄러지는 구조로 되어 있었다.

미끄럼틀 코스 중간의 좌우로 구부러지는 구간마다 함성을 터뜨리는 셋.

그리고 마지막은,

첨버~엉!!!

내던져지듯 바다로 떨어지는 셋.

세 사람이 바다로 뛰어든 뒤에는 커다란 물기둥이 솟구쳤다.

"푸하! 정말 재밌어, 이거!"

바다에서 얼굴을 내민 엘리나자는 즐거운 듯 웃음을 터뜨렸다.

"……에, 엘리나자, 한 번 더 타자, 한 번 더!"

그 옆에서 얼굴을 내민 레이나레이나도 기쁜 듯 미소를 띠었다.

『아이리스테일도 한 번 더 타고 싶다는데.』

바다로 함께 뛰어든 검은 고양이 인형을 입가에 대며 복화술로 의견을 제시하는 아이리스테일.

셋은 함께 웃으며 다시금 거대 미끄럼틀 입구로 향했다.

그렇지만 이미 대인기인 거대 미끄럼틀에는 긴 줄이 생겨서, 로린데므와 로프론스가 줄을 정리하고 있었다.

엘리나자 일행이 다시 줄을 서자,

"우오~!"

"우햐아~!"

"우와아아아아?!"

가릴 · 렙터 · 사지타가 미끄럼틀을 타고 내려오는 참이었다.

그들은 가릴이 미끄러지는 모습을 보려고, 미끄럼틀 코스가 잘 보이는 장소로 이동했다.

그중에는 미끄럼틀 끝에서 내던져지는 장소로 뛰어들어 가릴이 몸을 내밀면 안겨 들려고 생각하는 여학생들도 있었지만,

"이런, 여기 들어가면 안 된다고. 다른 사람이 뛰어내리면 위험하니까."

그곳에 자리 잡고 있는 포르세이돈이 마초 보디를 구사하여 여학생들의 침입을 완벽하게 저지하고 있었다.

그런 가운데,
첨버~엉!
첨버~엉!
첨버~엉!
첨버~엉!
미끄럼틀을 끝까지 내려간 세 사람이 바다로 내던져지고 커다란 물기둥 넷이 솟구쳤다.
"……응? 지금 물기둥, 네 개 아니었어? 이 미끄럼틀은 한 번에 세 명밖에……."
고개를 갸웃거리며 어깨 너머로 바다를 바라보는 포르세이돈.
그리고 바다에서 얼굴을 내민 가릴.
"푸하! 이거, 재미있네, 가리가리!"
그런 가릴의 목에 안겨 있는 와인의 모습이 있었다.
"어, 어라?! 와인 누나, 어째서?!"
깜짝 놀란 표정을 띠는 가릴.

무리도 아니었다…….
호우타우 마법 학교의 행사였기에 와인은 집을 지키고 있을 터였다.

◇그 무렵…… 호우타우 훌리오 가◇

"나…… 나도 참……."

훌리오 가의 거실에서 타니아가 양손으로 머리를 감싸 쥐고 있었다.

훌리오에게,

『와인이 칼고시 해안으로 날아가려고 할지도 모르니까, 몰래 신경을 좀 써주겠어?』

그런 부탁을 받은 타니아.

훌리오의 집에서 칼고시 해안까지는 상당한 거리가 있지만 와인이 진심으로 날아가면 일 각도 안 되어 도착할 수 있기에, 혹시 몰라서 해놓은 처치였는데…….

거실에서 간식으로 케이크를 먹고 있었을 와인.

타니아가 돌아오니 와인의 모습은 홀연히 사라진 뒤였다.

타니아는 얼른 집 안을 구석구석까지 뒤졌지만, 집 안에 와인의 기척은 없었다.

"……나, 나도 참…… 사냥한 몬스터를 처리하느라 허를 찔리다니……. 훌리오 님, 죄송합니다."

어깨를 풀썩 떨어뜨리고 고개를 숙이는 타니아.

◇그 무렵 칼고시 해안◇

가릴의 목을 끌어안고 기쁜 듯 웃는 와인.

"어쩐지 미끄러지는 도중에 뒤가 무거워진다 싶더니, 와인 누나가 안겨 들었던 건가."

가릴 역시도 즐거운 듯 웃으며 바다에서 나왔다.

그러자 주위에서 비명과도 닮은 목소리가 터졌다.

"응? 뭐야?"

고개를 갸웃거리는 가릴.

자세히 보니 소리를 높이는 사람들은 가릴의 뒤로 시선을 향하고 있었다.

가릴도 후방으로 시선을 향했더니,

"응? 가리가리, 왜 그래? 그래? 그보다도 한 번 더 타자! 타자!"

그곳에 있는 와인이 가릴의 팔을 잡아당기며 달려갔는데⋯⋯ 그녀는 실오라기 하나 걸치지 않은 알몸이었던 것이다.

"와, 와인 누나?! 오, 옷은 어쨌어?!"

"응? 어라? 어쨌더라? ⋯⋯응~⋯⋯."

팔짱을 끼고 잠시 생각에 잠기는 와인.

"⋯⋯응, 모르겠어."

"모, 모르겠다니⋯⋯."

"뭐, 어때! 그보다도 미끄럼틀! 미끄럼틀!"

알몸 그대로 즐거운 듯 달려가려는 와인.

"잠깐?! 아, 안 된다니까, 와인 누나."

그런 와인을 필사적으로 말리는 가릴.

"어어?! 와인 언니?! 게다가 어째서 알몸인데?!"

미끄럼틀 줄에 서 있던 엘리나자도 그 소동을 알아차렸는지 황급히 달려왔다.

"뭐, 뭐냐샤, 이 소동⋯⋯ 아니, 어? 잠깐?! 와, 와인?!"

소동을 깨닫고 달려온 로프론스.

"아, 로프로프! 오랜만, 오랜만."

얼굴을 아는 로프론스를 본 와인은 그를 향해 달려갔다.

"잠깐?! 와, 와인?! 어, 어째서 알몸이냐샤?! 브, 브흐ㅇㅇㅇ."

알몸 그대로 달려오는 와인을 앞에 둔 로프론스는 얼굴을 새빨갛게 물들이며 코피를 뿜어냈다.

와인의 난입으로 미끄럼틀 주위는 대혼란에 빠진 것이었다.

◇칼고시 해안 거리◇

점심시간.

이날 점심은 해안 안쪽에 있는 해안 거리의 노점에서 마음에 드는 것을 먹게 되었다.

호우타우 마법 학교의 관계자는 무료로 실컷 먹을 수 있었기에, 어느 노점이든 호우타우 마법 학교 관계자가 길게 줄을 서 있었다.

그런 해안 거리를 홀리오·리스·와인·가릴·엘리나자가 두 줄로 걷고 있었다.

"와인도 참, 집에서 얌전히 있으라고 그랬는데⋯⋯."

"아하하~⋯⋯ 미안해, 마망. 역시 가리가리랑 에리에리를 만나고 싶었거든."

리스의 말에 에헤헤 웃더니 손에 든 야키소바 곱빼기를 입 안 가득 밀어넣는 와인.

모두 함께 있는 것이 기쁜지, 이따금 주위의 가족들을 둘러보

며 우물우물 입을 움직였다.

"그렇게나 기뻐하니까 어떻게 화를 낼 수도 없네……. 하지만 와인, 다음에는 약속을 지키는 거야. 알겠지?"

"응, 아아써."

입 안 가득 야키소바를 넣은 채로 대답하는 와인.

그런 와인의 모습에 쓴웃음 짓는 훌리오.

"……하나 더 약속이야, 와인. 입 안에 음식이 있을 때는 말하지 말 것."

훌리오의 말을 들은 와인은, 이번에는 말을 꺼내지 않고 고개를 끄덕끄덕했다.

그러면서도 여전히 만면의 미소를 띠고 있었다.

'와인은 정말로 가족들이랑 같이 있는 걸 좋아하는구나.'

와인의 미소를 바라보며 훌리오 역시도 미소를 띠었다.

"그건 그렇고, 와인 누나가 목을 안고 있었을 때는 정말로 깜짝 놀랐어. 알몸이라는 걸 알고 더 깜짝 놀랐지만."

쓴웃음을 띠며 커다란 고기꼬치를 입 안으로 넣는 가릴.

"아하하, 가리가리 즐거워 보였으니까 더는 참을 수가 없었어, 없었어."

그러더니 가릴의 목에 오른팔을 두르는 와인.

"정말이야, 와인 언니. 게다가 옷을 벗어던진 탓에 나무 위에 걸려 있어서…… 부유 마법으로 가지러 갈 수 있었으니까 괜찮았지만 바다에 빠졌다면 못 찾았을지도 모른다고."

손에 든 해산물 구이를 입으로 옮기며 와인에게 화난 표정을 띠는 엘리나자.

"아하하, 고마워 에리에리. 정~말 좋아!"

그러더니 엘리나자의 목에 왼팔을 두르고 끌어안는 와인.

"자, 잠깐만 와인 언니. 고기가 떨어지겠어."

"아하하, 에리에리도 가리가리도 좋아해! 좋아해!"

"정말이지, 약삭빠르다니까."

와인이 목덜미를 잡아당기는 가운데 쓴웃음 짓는 엘리나자와 가릴.

두 사람의 목덜미를 잡아당기며 기쁜 듯 웃는 와인.

그 모습은 사이좋은 남매가 장난을 치는 것으로밖에 보이지 않았다.

그런 와인의 모습을 뒤에서 바라보며 미소를 띠는 훌리오와 리스.

"정말로 와인은 저 아이들을 좋아하는구나."

"예, 정말로."

그들은 웃음과 함께 거리를 걷고 있었다.

◇그 무렵 호우타우 마법 학교◇

"……예?"

호우타우 마법 학교 응접실 안에서 여왕은 눈을 동그랗게 떴다.

이날, 클라이로드 마법국 국내 시찰 여행의 일환으로 갓 개교한 호우타우 마법 학교의 초등부를 시찰하고자 방문한 여왕.

그런 여왕 맞은편에서 응대를 하는 사회인 학부 학년 주임인 소환 마법 교사 와오나는 이마에서 연신 흐르는 비지땀을 손수건으로 계속 훔쳤다.

"죄, 죄송합니다, 여왕님……. 지금 초등부 학생들은 말이죠, 보호자 동반으로 칼고시 해안에서 하룻밤 동안 숙박 학교를 진행 중이라……. 저, 저기, 시찰하러 오신다고 말씀을 주셨다면 일정을 조절하여 대응을 검토했을 터인데……."

"어, 아뇨……. 그에 대해서는, 진짜 현지의 상황을 시찰하기 위해서 전혀 사전 연락 없이 돌고 있으니까요……."

억지 미소를 띠며 고개를 가로젓는 여왕.

'……일박 이일이라면…… 훌리오 님의 자택에 실례를 하더라도, 가릴 군은 만날 수 없다는 이야기군요…….'

이전에 마족에게 습격을 당하려던 참에 가릴의 도움을 받은 여왕은, 그때의 늠름한 가릴의 모습을 보고 한눈에 반해버린 것이었다.

마족인 리스의 피를 물려받았기에 성장이 빠른 가릴.

'……행선지가 칼고시 해안이어서야, 동행한 마법사들의 전이 마법을 이용해도 편도로 일주일은 걸리겠네요…….'

여왕은 마음속으로 실망하면서도 결코 그런 분위기를 표정으로 드러내지는 않고 와오나와 대화를 계속 나누었다.

◇저녁 무렵 칼고시 해안◇

수평선 너머로 해가 절반 정도 저물었다.

그 광경을 해안 거리나 모래사장에서 바라보는 사람들의 모습도 적지 않았다.

……그런 가운데, 해안 한편에 비치파라솔이 펼쳐져 있었다.

그 밑에서는 니트가 조립식 의자에 앉아서 바다를 바라보고 있었다.

그런 니트 앞에는,

"우오오오오오오오오오오오오오오!"

모래사장을 엄청난 기세로 달리는 자마스의 모습이 있었다.

칼고시 해안에 도착하고 거의 한나절……. 그저 모래사장을 계속 달리고 있는 자마스.

"자마스가 바다에서 하고 싶던 일이라는 게 이거였구나……."

한숨을 내쉬며, 눈앞을 달려가는 자마스의 모습을 시선만으로 쫓는 니트.

자마스는 환희의 표정을 띠며 계속 달렸다.

'……그러고 보니 마왕군에 있을 적부터 이상하게 달리는 걸 좋아했지, 자마스도 참…….'

과거의 일을 떠올리며 성대하게 한숨을 내쉬는 니트.

이미 수평선 너머도 해가 저물었음에도 자마스는 달리기를 멈출 기미가 없었다.

◇밤 칼고시 해안의 숙소◇

숙박 학교인 만큼, 이번 예정 가운데는 수업 참관도 포함되어 있었다.

저녁 식사 후, 숙소 안에 있는 연회실을 사용하여 마법 수업이 진행되고 그것을 보호자들이 뒤에서 견학하고 있었는데…….

A반의 수업이 진행되는 연회실 안에서는 방어 마법 수업이 진행되고 있었다.

학생들 앞에 놓여 있는 이동식 칠판에 글을 쓰는 방어 마법 교사 벨라노.

그 뒤로 학생들이 몇 줄로 앉아서 수업을 듣고 있었지만…… 어떤 학생은 머리가 꾸벅꾸벅 앞뒤로 흔들리고, 또 어떤 학생은 팔에 얼굴을 파묻으며 편안하게 잠들어 있었다.

가릴도 이따금 머리를 흔들흔들, 성실한 엘리나자까지 이따금 자신의 뺨을 두드리며 잠들지 않으려 애를 썼다.

그런 느낌으로, 수업을 듣고 있는 학생 대부분이 쏟아지는 졸음으로 고전 중이었다.

호우타우는 대륙 중앙에 가깝다.

그런 호우타우에서 태어나고 자란 사람들이 대부분인 호우타우 마법 학교. 그 학교의 학생과 보호자들 다수가 처음으로 체험한 바다에 잔뜩 들떠서, 저녁식사 뒤에는 피로가 정점에 달하여 참관 수업을 진행할 겨를이 아닌 것이었다.

학생들만이 아니라 뒤에서 수업을 참관하는 보호자들 가운데도 앉은 채로 잠든 사람이 다수 있었다.

그런 가운데, 훌리오는 제대로 수업을 보고 있었지만…… 그의 오른쪽 어깨에는 리스가 머리를 기대고 무릎 위에는 와인이 드러

누워서 저마다 기분 좋게 잠든 것이었다.

'둘 다, 낮에는 무척 신이 났으니 말이지……. 어쩔 수 없지, 두 사람 몫까지 내가 제대로 수업 참관을 해두자.'

평소의 시원스러운 미소를 띠며 수업을 바라보는 훌리오.

연회실 안에는 벨라노가 칠판에 글씨를 쓰는 소리가 계속 울렸다.

◇다음 날◇

수업을 마친 학생과 보호자들은 가족 단위로 준비된 방에서 하룻밤을 보냈다.

다음 날 아침, 반비르 주니어가 마련해준 어선에 나누어 타고 낚시 체험을 한 호우타우 마법 학교 일행은, 낚시에서 돌아와서 낮이 될 때까지 바다에서 자유행동을 만끽했다.

바다에서 노는 학생들의 모습을 감시하며 타쿠라이드는 연신 고개를 갸웃거렸다.

"음~…… 저녁식사 후에 수업 참관을 넣은 건 대실패였나……. 어느 반 수업이든 대부분의 학생이 잠들어서 수업을 진행할 상황이 아니었나 본데……."

동행한 교사에게 들은 내용의 메모를 확인하며 타쿠라이드는 검지로 콧잔등을 긁적였다.

그런 타쿠라이드의 시선 앞에는 바다를 만끽하는 학생과 보호자들의 즐거워 보이는 미소가 있었다.

"……뭐, 친교를 다진다는 목적은 어떻게든 달성된 모양이니까. 교장 선생님한테는 결과적으로 잘 풀렸다고 보고를 올릴까."

그러더니 손에 든 종이에 이것저것 적는 타쿠라이드.

그 후, 점심식사를 마친 뒤에 훌리오가 소환한 전이 문으로 호우타우 마법 학교 일행은 칼고시 해안에서 호우타우로 돌아온 것이었다.

◇그날 밤 호우타우 훌리오 가◇

"숙박 학교, 즐거웠죠, 서방님."

거울 앞에서 긴 머리를 빗으며 리스는 만면의 미소를 띠었다.

"그러네, 엘리나자랑 가릴…… 게다가 따라와 버린 와인도 무척 기뻐했으니까."

"와인의 경우에는 돌아오자마자 타니아한테 붙들렸지만요."

쓴웃음을 띠는 리스.

"뭐, 어쩔 수 없지. 약속을 깬 건 사실이니까."

훌리오 역시도 쓴웃음을 띠었다.

머리카락을 마저 빗어 내린 리스는 침대로 걸어오더니, 침대 끝에 앉아 있는 훌리오 곁에 달라붙었다.

"……제 새로운 수영복, 어떠셨어요?"

뺨을 살짝 붉게 물들이며 살짝 올려다보는 느낌으로 훌리오를 바라보는 리스.

훌리오는 그런 리스의 동작에 가슴을 두근거리며 그녀는 살며시 끌어안았다.

"응…… 정말 잘 어울렸어……. 멋졌어."

"고마워요. 서방님. 서방님도 멋졌어요."

그러더니 훌리오를 올려다보며 살며시 눈을 감는 리스.

그런 리스에게 다정하게 입술을 겹치는 훌리오.

그대로 천천히 침대로 쓰러지는 두 사람.

훌리오가 검지를 가볍게 흔들자, 방 한구석에 켜져 있던 마법 등의 불빛이 꺼지고 방 안은 캄캄해졌다.

◇같은 시각 훌리오 가 아이들 방◇

와인·엘리나자·가릴이 함께 사용하는 아이들 방.

침실에 있는 삼단침대 가장 밑 단 안에 와인·엘리나자·가릴 은 함께 잠들어 있었다.

본래라면 가장 위를 엘리나자, 두 번째를 가릴, 그리고 세 번째 를 와인이 사용하지만 사이가 좋은 세 사람은 항상 와인과 함께 잠을 자고는 했다.

"음냐…… 바다, 즐거웠어…… 즐거웠어……."

그런 잠꼬대를 하는 와인.

그러자 그런 와인의 말에 반응하듯, 잠이 든 상태로도 와인에 게 안기는 가릴과 엘리나자.

세 사람은 사이좋게 달라붙으며 기분 좋게 계속 잠에 빠져들 었다.

◇호우타우 훌리오 가◇

숙박 학교가 끝나고 시간이 흐른 어느 날…….

호우타우에서 훌리오 가로 이어지는 가도에 큰 까마귀 한 마리가 내려섰다.

"음, 여기면 됐다, 큰 까마귀여. 훌리오 경의 댁은 성벽 밖에 있어서, 야간에는 방벽 마법이 쳐져 있으니까 이 이상 접근하면 조금 위험하니 말이다."

큰 까마귀의 등에서 외투로 몸을 완전히 뒤덮은 남자가 내려왔다.

그 남자에 이어서 고스로리풍 옷을 입은 무표정한 여자가 큰 까마귀의 등에서 지면으로 내려섰다.

"자, 방벽 마법이 해제되면 훌리오 경의 댁을 방문하기로……."

그리 말하며 훌리오 가로 시선을 향하는 외투차림의 남자.

……그러자 그의 눈앞에 빗자루 하나가 박혔다.

"……여기는 훌리오 님의 댁입니다. 이런 이른 아침부터 무슨 용건이십니까? 말씀에 따라서는, 훌리오 님의 메이드인 저 타니아가 상대해드리겠습니다."

방벽 마법 안쪽에서 빗자루를 들고 있는 여자.

메이드 옷을 입고 날카로운 눈빛으로 외투차림의 남자 · 고스로리 복장의 여자가 큰 까마귀를 바라봤다.

빗자루를 든 그 여자는 살기등등해서, 훌리오가 쳐둔 방벽 마법을 관통하는 모양새로 외투차림의 남자를 꿰뚫을 기세였다.

"어, 어어, 아니아니아니, 나는 수상한 자가 아니야."

"……그런 차림새로 잘도 말씀하시는군요."

"아, 그랬지, 참."

허둥지둥 외투의 후드를 벗는 남자.

"메이드 분, 사실은 훌리오 경께 시급히 논의드릴 일이 있어서 실례를 했는데, 훌리오 경이 깨신 뒤라도 괜찮으니까 이야기를 전해줄 수 있을까……. 내 이름은……."

◇잠시 후 훌리오 가 응접실◇

훌리오의 자택.

일 층에는 거주하고 있는 모두가 한 번에 모일 수 있는 큰 거실이 마련되어 있다.

그와는 별개로, 집 옆에 증설한 부분이 있어서 그곳에 내빈용 방 몇 개와 손님을 맞이하기 위한 응접실이 만들어져 있었다.

훌리오는 그 응접실 안에 있었다.

"타니아가 부르러 왔을 때는 설마 싶었는데…… 이렇게나 이른 아침부터 무슨 일이신가요, 칼시므 씨."

평소의 시원스러운 미소를 띠는 훌리오.

그런 훌리오 맞은편에는 외투 후드를 벗고 있는 마왕 대행 칼시므가 앉아 있었다.

오른쪽 옆에는 측근인 마인형 차룬이, 왼쪽 옆에는 큰 까마귀가 각자 얌전히 앉아 있었다.

한편 홀리오 쪽에는 고자르와 우리미나스가 앉아 있었다.

마왕 대행 칼시므과 그의 측근 차룬의 방문이었기에, 전직 마왕인 고자르와 그의 측근을 맡고 있던 우리미나스가 자발적으로 달려온 것이었다.

리스와 타니아가 차를 내려놓는 가운데, 칼시므는 고자르에게 시선을 향했다.

"전직 마왕 고우르 님께는 대행 취임 인사도 하지 못하여 무척 무례를 저지르고 말았으니, 우선 사죄를 드리겠습니다."

고자르를 향해 깊이 머리를 숙이는 칼시므.

그런 칼시므를 향해 오른손을 들어 머리를 숙이지 말라며 재촉하는 고자르.

"아니, 상관없다. 애당초 나는 마왕을 그만둔 자. 딱히 그런 인사를 받을 입장이 아니야. 애당초 지금 나는 잡화점의 일개 직원에 불과하니까."

그러더니 즐거운 듯 웃음을 터뜨리는 고자르.

"이것 참, 그렇게 말씀하시니 저도 마음이 편해지는군요."

고자르에게 호응하듯 턱뼈를 달각달각 울리며 웃는 칼시므.

잠시 잡담을 나누는 일동.

일단락된 참에, 칼시므는 한 번 작게 헛기침을 하고는 시선을 다시 홀리오에게 향했다.

"……자, 오늘은 말입니다……. 부끄럽습니다만, 홀리오 님의 힘을 빌려주십사 하여 이렇게 이른 아침임에도 실례를 드리게 되었습니다."

훌리오는 이전에 칼시므의 의뢰를 받고 울프 저스티스를 마왕군의 조력자로 초빙한 적이 있었다.

일단 그 울프 저스티스의 정체는 훌리오이지만 마왕 대행 칼시므는 그 사실을 모르고,

『훌리스 잡화점의 화물을 나르고 있는 짐마차를 습격하려고 하면 울프 저스티스와 그의 동료들이 상당한 빈도로 나타난다.』

그런 보고서를 바탕으로 훌리스 잡화점의 점장인 훌리오에게 울프 저스티스와의 연락을 의뢰한 것에 불과했지만…….

"그렇군요…… 제가 도움이 될 수 있는 일이 있다면……."

평소의 시원스러운 미소를 띠며 고개를 끄덕이는 훌리오.

그런 훌리오 앞에서 김이 피어오르는 찻잔을 비운 칼시므는 크게 한 번 숨을 내쉬었다.

"……부끄럽습니다만, 마왕성에서 쫓겨나고 만 우리 마왕군이 어떻게 하면 마왕성을 되찾을 수 있을지 고민하고 있는 터라……."

"""허?"""

칼시므의 말에 그만 눈을 동그랗게 뜨는 훌리오 · 고자르 · 우리미나스.

"마, 마왕성에서 쫓겨났다고…….

"음…… 대, 대체 무슨 일이 있었던 거지?"

"영문을 모르겠다냥…….

아연실색해서는 말을 꺼내는 세 사람.

칼시므 옆에 앉아 있던 차룬이 이때 천천히 일어섰다.

"……자세한 내용에 대해서는 저, 현직 마왕 칼시므 님의 측근인 마인형 차룬이 설명을 드리겠슴다."

……그러자 일어선 차룬의 소매를 칼시므가 꾹꾹 잡아당겼다.

"왜 그러심까? 칼시므 님."

고개를 갸웃거리며 칼시므에게 시선을 향하는 차룬.

칼시므는 오른손을 들고 차룬의 귓가로 두개골을 가져다 댔다.

"이런, 차룬. 나는 『마왕 대행』이지 『마왕』이 아니야. 그건 실수하지 않도록."

"지금은 칼시므 님께서 마왕군을 책임지고 계시니 딱히 문제는 없지 않을지……."

"아니아니아니, 그건 큰 문제가 있어. 어쨌든 나는 그저 마왕 대행이니……."

"……알겠슴다. 칼시므 님께서 그렇게까지 말씀하신다면……."

억울하다는 표정을 띠면서도 작게 고개를 끄덕이는 차룬.

다시금 훌리오 쪽으로 시선을 향했다.

"마왕군은 앞서 반란군을 진압한 뒤, 클라이로드 마법국과 휴전 협정을 맺었슴다. 이에 따라 마왕군 영역 안에도 평온이 찾아왔슴다만…… 클라이로드 마법국을 비롯한 인간족·아인 종족과의 휴전 협정을 달갑게 여기지 않는 마족들도 많슴다. 그래서 마왕성에 상납금을 내는 자가 격감, 마왕군의 재정은 궁핍해진 것임다."

차룬의 말을 들은 우리미나스가 그만 차를 뿜으려던 참에 황급히 입을 막았다.

"쿨럭쿨럭…… 자, 잠깐만……. 내가 고자르의 측근으로 재무 관리를 맡던 무렵에는 상당한 액수의 상납금이 정기적으로 들어왔을 터다냥. 게다가 마왕군을 수십 년은 유지할 수 있을 만큼의 저축도 있었을 터인데……."

"아, 그거라면 전임 마왕 유이가드의 횡포를 견디다 못 한 마족들이 상납금을 내지 않고 저축도 반란군 토벌을 위한 자금으로 무모한 작전을 거듭 실행한 결과, 이미 바닥을 드러냈습다."

경멸하는 눈빛을 띠며 계속 이야기하는 차룬.

그런 차룬의 소맷자락을, 칼시므가 다시 꾹꾹 잡아당겼다.

"왜 그러심까? 칼시므 님."

고개를 갸웃거리며 칼시므에게 시선을 향하는 차룬.

칼시므는 당황한 모습으로 차룬의 귓가로 두개골을 가져다댔다.

"이런, 차룬. 마왕 유이가드 님은 『전임 마왕』이 아니라 『현직 마왕』이야. 그리고, 님을 붙이는 걸 잊어서는 안 된다고. 그건 주의하도록 해라."

"지금 현재 마왕군의 궁핍한 상황을 초래해놓고 실종된 어리석은 왕이니, 딱히 문제는 없지 않을지……."

"아니아니아니, 그건 큰 문제가 있어. 어쨌든 말이야……."

"……알겠습다. 칼시므 님께서 그렇게까지 말씀하신다면……."

조금 전 이상으로 억울하다는 표정을 띠고 어깨를 떨면서도 고개를 끄덕이는 차룬.

다시금 훌리오에게 시선을 되돌렸다.

"……그런 연유로, 칼시므 님께서 마왕 대행이 되셨을 때에는, 마왕성 안에는 거의 돈이 남아 있지 않았고 수입도 거의 없는 궁핍한 상황이었슴다."

차룬의 말을 듣고 있던 고자르는 크게 한숨을 내쉬었다.

"뭐, 그렇게 되었을 테지……. 나를 포함한 역대 마왕은 힘을 바탕으로 주변 마족을 굴복시켜 따르도록 만들었으니까. 귀공처럼 힘이 없는 이가 대행이라고는 해도 마왕이 되었다면, 그런 힘 없는 자에게 기꺼이 굴복하고 따르며 상납금을 내려는 기이한 마족 따위 어쨌든 없겠지."

"그렇다냥. 마족이라는 건『힘이야말로 정의』니까 말이다냥."

고자르의 말에 크게 고개를 끄덕이는 우리미나스.

"……하지만 그만한 수준의 저축을 이런 짧은 기간 만에 전부 써버리다니…… 측근 후훈은 뭘 한 거냥……."

"……우리미나스, 후훈 녀석은 안경을 쓰고 있어서 얼핏 지적으로 보이기도 하지만, 그자는 중요한 판단을 감으로 해버리는 어리석은 자라고?"

"……아아…… 그러고 보니 그랬다냥……. 그러니까 완전히 뇌까지 근육인 남자 유이가르드와 상성이 좋았다냥……."

고자르의 말에 다시금 크게 고개를 끄덕이는 우리미나스.

◇같은 시각 칼고시 해안◇

"……에취…… 아니, 어, 어떻게 된 거죠……."

갑자기 재채기를 한 후훈은 곤혹스러워하며 손수건으로 코를

훔쳤다.

"……이상하네요, 북쪽 땅에서 걸린 감기라는 병은 이미 완치 되었을 텐데…… 누가 제 이야기라도 하는 걸까요……."

손수건을 넣고 오른손 검지로 공갈 안경을 꾹 밀어 올리는 후훈.

"그 소문의 주인…… 분명 유이가드 님이 틀림없어요. 제 감이 그렇게 말하고 있습니다. 그리고 그 감이, 유이가드 님께서 이 땅에 계신다고 이야기합니다. 유이가드 님, 이번에야말로 저 후훈이 발견하겠습니다."

오른손을 꽉 주먹 쥐더니 후훈은 해안 거리를 총총히 나아가며 주위로 시선을 향했다.

◇다시 훌리오 가 응접실◇

"……그렇게 되어서, 전직 반란군이었던 잔지바르에게 이야기를 했더니 그가 비축해둔 사재를 마왕군에게 제공해 주겠다고 이야기가 되었습니다만, 사재는 이미 누군가에게 빼앗긴 뒤라……. 지금은 감시 역할인 베리안나와 함께 범인으로 여겨지는 자들을 한창 쫓고 있지만…… 결국에 마왕성의 재정은 여전히 궁핍한 상황이라…… 그때 그 남자가 나타났습니다."

◇회상 며칠 전의 마왕성 알현실◇

"……그래서, 그대들인가? 우리 마왕군의 영역 안에서 장사를 하고 싶다는 인간족은?"

옥좌 앞에 깔아둔 깔개 위에 앉아 있는 마왕 대행 칼시므는, 눈앞에 서 있는 남자와 그의 종자로 보이는 두 여자에게 시선을 향했다.

『적어도 손님이 왔을 때 정도는 옥좌에 앉으셨으면 함다』라며 차룬이 끈덕지게 진언해도 단호히 듣지를 않는 칼시므.

그런 칼시므 앞에서 그 남자는 공손히 인사했다.

"마왕 대행 칼시므 님, 오늘은 그 존안을 뵐 수 있는 기회를 주시어 기쁘기 그지없습니다."

그 남자에 이어서 그를 수행하는 두 여자들도 머리를 숙였다.

"아니아니, 그렇게 대단한 자는 아니야."

칼시므는 오른손을 흔들며 진심으로 겸손한 태도를 취했다.

그런 칼시므 앞에서 머리를 든 그 남자는,

"저희는 클라이로드 마법국 안에서 작게 장사를 하고 있는 장사꾼입니다만, 이번에 클라이로드 마법국과 마왕군 사이에 휴전 협정이 맺어졌다고 들어, 부디 마왕 영역 안에서 장사를 하길 바라여 이렇게 뵙게 되었습니다."

"……흠, 장사라면 구체적으로 어떤 걸 생각하는가?"

"예, 이전에 클라이로드군의 친구에게 들은 적이 있사온데, 마왕성 근처에서는 마석이 난다고. 그것의 채굴을 허가해 주셨으면 합니다."

남자의 말을 들은 칼시므는 고개를 갸웃거렸다.

"흠……. 분명 마왕성 근처 계곡에 마석 광맥이 있다만…… 하지만 그곳의 마석은 불순물이 너무 섞여 있어서 도저히 팔 수 있는 게 안 된다고으으음……."

말을 꺼내던 칼시므.

차룬이 그의 입을 옆에서 틀어막았다.

"칼시므 님…… 이 사람들은 그 마석이 팔 수 없다는 사실을 모르기에 이 이야기를 가져온 것임. 지금은 저희도 그 사실을 모르는 걸로 이야기를 진행하는 것이 상책이라고 생각함."

"으음…… 허, 허나 차룬, 그래서는 거짓말을 하는 게으으음."

"어쨌든 지금은 조금이라도 돈을 버는 쪽이 중요하니, 그 사실은 눈을 감아주셨으면 함다만……."

잠시 작게 대화를 나누는 칼시므와 차룬.

이윽고,

"으으으음…… 으, 음……. 차룬이 그렇게 말한다면, 나도 따르도록 할까……."

칼시므가 뜻을 굽히고 고개를 끄덕였다.

그 말을 듣고 차룬이 남자를 향해 고개를 돌렸다.

"……어흠, 기다리셨다. 자, 이야기를 계속하시지요."

"예. 그, 그렇군요. 채굴한 마석은 저희가 클라이로드 마법국으로 가져가서 정체하여 마법국 안에서 팔아치우겠습니다. 그 매상의 오 할을 상납금으로 마왕성에 지불하였으면 하여……."

""매상의 오 할?!""

남자의 말에 칼시므와 차룬이 동시에 소리 높였다.

둘로서는 매상의 일 할이나마 상납하였으면. 그리 생각했던 만큼 남자의 제안은 그런 두 사람의 상상을 아득히 뛰어넘는 것이었다.

이때, 차룬은 다시 칼시므에게 얼굴을 가져다 댔다.

("카, 칼시므 님…… 확실히 매력적인 제안임다만…….")

("으, 음…… 이야기가 너무 우리한테만 좋은 것 같은 느낌이…….")

("그렇습다……. 차룬도 그렇게 생각한다, 하지만…….")

("으, 음…… 확실히 이 이야기가 사실이라면 마왕성의 재정은…….")

남자 앞에서 작게 대화를 나누는 칼시므와 차룬.

그 모습을 보고 있던 남자가 오른손을 딱 튕겼다.

그러자 뒤에 있던 두 여자가, 자신들 뒤에 놓아둔 큰 보물 상자
를 칼시므 앞으로 옮겼다.

"그리고 지금 바로 계약하시겠다면, 이 재화를 착수금으로 드
리겠습니다."

남자의 말을 듣고 보물 상자를 여는 두 여자.

보물 상자 안에는 상당한 액수의 금화가 들어 있었다.

그것을 본 칼시므와 차룬은 눈을 동그랗게 떴다.

"차, 차룬…… 저, 저만큼 있다면 당장은 자금으로 곤란할 일은
없다고!"

"그렇습다, 바로 그렇습다."

서로를 끌어안고 폴짝폴짝 뛰기 시작하는 칼시므와 차룬.

그런 두 사람에게 남자는 서류 한 장을 건넸다.

"그럼 이 계약서에 사인을 부탁드릴 수 있겠습니까?"

그러더니 미소를 띠는 남자.

그것을 받아든 차룬은 계약서의 내용을 몇 번이고 집중해서 읽었다.

"……틀림없습다. 이 계약서에는, 조금 전에 이 남자가 이야기한 내용이 그대로 적혀 있습다. 계약금에 대한 내용까지 명시되어 있으니 틀림없습다."

"음음, 차룬이 그리 말한다면 틀림없겠지."

그러더니 칼시므는 그 계약서에 사인을 했다.

◇호우타우 훌리오 가 응접실◇

이야기를 마친 차룬은,

"……이것이 그 계약서임다."

그러더니 품속에서 서류 한 장을 꺼냈다.

"같은 서류를 두 장 작성하여, 그중 하나를 이렇게 저희가 소유하고 있습다만……. 이 계약 때문에 우리 마왕군은 마왕성에서 퇴거해야만 했던 것임다……."

차룬은 그리 말하며 분하다는 듯 자신의 치맛자락을 입에 물고 키이~! 히스테릭하게 소리 질렀다.

그것을 받아든 훌리오는 내용을 훑어봤다.

"……딱히 문제는 없는 것 같은데요."

내용을 확인한 훌리오는 고개를 갸웃거렸다.

차룬이 말했듯이, 그 계약서 안에는 마왕성과 관련된 문장 따위 어디에도 없었다.

"그렇다냥……. 나도 그렇게 생각한다냥."

홀리오 옆에서 서류 내용을 확인한 우리미나스도 크게 고개를 끄덕였다.

그 서류에는…….

· 마왕군 영역 안에서 나오는 마석 채굴 권리를, 남자가 경영하는 상회가 독점하는 것

· 채굴한 마석 매상의 오 할을 상납금으로 마왕성에 상납한다

조금 전에 차룬이 이야기한 내용이 그대로 적혀 있고, 그 밑에는 남자의 사인과 혈판(血判), 마왕 대행 칼시므와 그의 뼈를 깎은 것이 혈판 대신에 양초로 굳혀져 있었다.

홀리오와 우리미나스의 말을 들은 차룬은,

"차룬도 그렇게 생각했슴다……. 하지만……."

그러면서 계약서를 뒤집어 그 아래쪽을 가리켰다.

""……응?""

차룬의 손끝으로 시선을 향하는 홀리오와 우리미나스.

그 손끝에는 간신히 읽을 수 있을 정도로 작은 글자로 무언가가 적혀 있었다.

홀리오와 우리미나스는 시야를 확대하는 마법을 사용하여 그 글자를 읽었는데, 그곳에는…….

『그리고 이 계약 체결 후, 즉각 마왕성을 암상회에게 양도한다.』

그렇게 적혀 있던 것이었다.

◇그 무렵 마왕성 알현실◇

옥좌에 한 남자가 앉아 있었다.

그 남자……. 전날 마왕 대행 칼시므와 측근 차룬 앞에 나타난 그 상인 남자였다.

하지만 지금 남자는, 그때 드러냈던 상인의 얼굴이 아니라 추악한 악인의 음험한 미소를 띠고 있었다.

"크흐흐흐흐…… 인간족이면서 클라이로드 마법국의 옥좌와 마왕의 옥좌, 양쪽 모두에 앉은 자는, 나 말고는 없겠지."

그 남자…… 바로 암왕이었다.

일찍이 클라이로드 마법국의 국왕으로서 군림하며 뒤로는 사리사욕을 챙긴 암왕은, 딸인 제1왕녀에게 그 사실을 발각당하여 클라이로드 마법국에서 추방당했다.

그 후, 마족인 마호 자매──금각 여우·은각 여우와 결탁하여 뒷세계에서 장사를 벌였다.

마왕의 옥좌에 앉아서 음험한 미소를 띠고 있는 암왕.

그 옥좌 오른쪽에 금각 여우, 왼쪽에 은각 여우가 서 있었다.

"역시 암왕이다캥, 칼고시 해안에서 빈털터리가 되었을 때는 죽여 버리자고 생각했지만캥."

"그러네캥캥, 살려 둔 게 정답이었다캥캥."

"크흐흐흐흐……. 나 같은 유능한 남자는 이 세계 어디를 뒤져도 없다고. 여하튼 이 계약서랑 긁어모은 돈푼으로 마왕성을 합법적으로 양도받았으니까 말이야."

칼고시 해안으로 놀러간 마왕과 마호 자매.

그때 마족 해적단의 유탄을 맞고 전 재산을 잃었다.

하지만 간신히 돌아온 일행은, 마왕군이 돈으로 곤란하다는 정보를 입수하여 이번 작전을 실행한 것이었다.

"그건 그렇고, 저기 있잖아캥, 이 계약서 한 장으로 잘도 마왕성의 녀석들이 물러났네캥."

"바보 같은 소리 마라, 이건 그냥 계약서가 아니야. 내가 아직 클라이로드 마법국의 국왕이었던 시절, 극비의 루트로 입수한 이 세계의 매직 아이템 『피의 맹약의 계약서』니까 말이다."

추악한 미소를 띠며 만족스럽게 고개를 끄덕이는 암왕.

"소문으로는 들은 적이 있지만캥, 설마 실존한다고 생각하진 않았어캥."

"정말이야캥. 게다가 그걸 암왕이 가지고 있다니, 더더욱 생각하지 않았어캥."

마호 자매도 미소를 띠며 암왕의 목덜미에 몸을 기댔다.

"……하지만캥, 이 계약서에 적혀 있는 암왕의 이름은 가명이지캥? 그래도 계약은 유효한가캥?"

"그래, 문제없다. 이 계약서에서 중요시하는 건 사인이 아니라 혈판이니까. 그 스켈레톤은 피가 흐르지 않으니까 몸의 일부를 깎아내어 붙이기는 했지만, 이 피의 맹약의 계약서는 그 성분을 바탕으로 계약자를 특정하지. 그러니까 이름 따윈 어떻게 써두어도 문제없다는 게야."

득의양양하게 자신의 턱을 쓰다듬는 암왕.

"그렇구나캐캥, 거기까지 알고서 이번 작전을 실시했네캐캥. 역시 암왕이다캐캥."

그런 암왕의 목에 다시 안겨드는 은각 여우.

"……그래서 암왕, 이 다음은 예정대로지캥?"

"음, 그렇지. 이 마왕성을 경매에 붙인다. 가장 비싼 값을 치른 자가 다음 마왕성의 주인인 게야. 크흐흐흐흐, 수많은 마족들이 끊임없이 원하던 마왕성……, 이것을 손에 넣으면 마왕의 지위를 손에 넣는 것도 꿈이 아니니까. 그런 마왕성에 대체 얼마나 값이 붙을지……."

"그리고 우리는 그 돈을 손에 넣자마자 사라지는 거네캐캥."

"그렇지. 그 돈을 써서 다시금 암거래를 벌이는 게야! 그리고 더더욱 돈을 벌자고!"

추악한 미소와 함께 암왕은 드높이 웃었다.

"꺄아! 최고야캥!"

"어디까지든 함께하겠다캐캥!"

그런 암왕에게 몸을 들이밀며 끌어안는 마호 자매.

알현실에는 암왕의 웃음소리가 계속 울렸다.

◇호우타우 훌리오 가 응접실◇

"……이 계약서, 『피의 맹약의 계약서』로군. 전설로는 들었다만 설마 이 세계에 실존했다니……."

계약서를 손에 든 고자르는 고개를 갸웃거리며 그 계약서를 바라봤다.

"그『피의 맹약의 계약서』라는 건, 뭐냥?"

의아해하는 표정을 띠며 고자르에게 시선을 향하는 우리미나스.

고자르 시절의 마왕군에서 식자로 알려진 우리미나스조차 이 피의 맹약의 계약서는 모르는 모양이었다.

"음, 이 피의 맹약의 계약서는 말이지, 신계라는, 클라이로드 세계와는 다른 세계의 매직 아이템이라고 그러는데, 이 계약서를 이용하여 맺어진 계약은 신계의 여신이 그 내용을 보증한다고 그러지. 계약을 맺은 자의 혈판을 찍기에『피의 맹약』이라고 하는데, 칼시므는 스켈레톤이라 피가 흐르지 않으니 몸의 일부를 깎아서 양초로 붙인 거겠지."

그 말을 들은 칼시므는 무심코 몸을 내밀었다.

"다행이군! 오늘 훌리오 경을 찾아온 건, 이 피의 맹약의 계약서에 대해서 조사해줄 수는 없을까 했기 때문이니.

여하튼 훌리오 경은 그 울프 저스티스와도 친구 관계인 분이시니 이세계의 매직 아이템에도 정통하시거나 혹은 이런 방면에 지식이 있으신 분을 아실 터라고 생각했는데, 그야말로 정답이었어."

훌리오와 고자르를 교대로 바라보며 만족스럽게 고개를 끄덕이는 칼시므.

"하여, 고자르 경. 나는 이 피의 맹약의 계약서 내용을 깨었을 때에는 신계의 여신으로부터 천벌이 내려진다는 것밖에 모르는데, 구체적으로 어떤 천벌이 내려지는지 혹시 아십니까?"

"흠…… 전승에 따르면 피의 맹약의 계약서로 맺어진 계약을 깬 자에게, 피의 맹약의 집행 관리인이 나타나서 그자의 영혼을 빼내고 연옥 세계로 떨어뜨린다고 하지."

"……그것뿐입니까?"

"그것뿐이라고 그러면, 그것뿐이지만……. 연옥 세계라고? 영혼은 영원히 죽는 것보다도 괴로운 시련을 당하며 두 번 다시 전생하지 못한다고 하지……."

미간에 주름을 지으며 계속 설명하는 고자르.

하지만 그 설명을 듣고 있던 칼시므는 어째선지 환한 표정을 띠었다.

"뭐냐, 내 영혼 하나로 해결되지 않나. 그런 사실을 알았더라면 마왕군에게 퇴거하라고 지시하지 않아도 되었을 텐데."

달각달각 턱뼈를 울리며 웃는 칼시므.

그대로 차룬에게 시선을 향하더니,

"차룬, 지금 당장 물려놓은 마왕군을 모두 출격시켜서 마왕성을 되찾는 게야! 어차피 내 영혼이 연옥이라는 곳으로 떨어지는 것뿐이니 큰 문제는……."

칼시므는 그 자리에서 일어섰다.

하지만 그런 칼시므 옆에서 차룬을 굳은 표정을 띠고 있었다.

"절대로 싫습다."

그러더니 칼시므의 팔을 억지로 잡아당겨 의자에 앉히는 차룬.

"저 차룬이 연옥으로 떨어진다면, 기꺼이 그 명령을 수행하겠습다……. 하지만 연옥으로 떨어지는 것이 칼시므 님이라면 이야기는 다름다. 절대로 싫습다!"

"아, 아니, 차룬⋯⋯. 그게 왜, 나는 보다시피 늙은이니까 언제 소멸되어도 이상하지 않아. 그런 늙은이의 영혼 하나로 문제가 해결된다면⋯⋯."

"절대로 싫습다!"

"하, 하지만⋯⋯."

"절 대 로 싫 습 다!"

칼시므의 팔을 붙잡은 채로 놓으려하지 않는 차룬.

그런 두 사람을 훌리오는 가만히 바라봤다.

'차룬은 미니리오와 같은 마인형일 텐데⋯⋯ 저렇게나 감정을 드러낼 수 있구나.'

그런 훌리오의 눈앞에서,

"어쨌든! 그 명령은 절대로 들을 수 없습다!"

거칠게 말하며 칼시므의 팔을 더더욱 잡아당기는 차룬.

그러는 바람에 칼시므의 팔이 쑤ㅡ욱 뽑혔다.

"으고고고고, 파, 팔이⋯⋯ 팔이이이이."

"카, 칼시므 님?! 이, 이 무슨 무례를?!"

손에 들고 있는 칼시므의 팔을 황급히 원래대로 되돌리려 하는 차룬.

하지만 너무 당황한 탓에 그 팔을 칼시므의 눈에 밀어 넣어 더 더욱 사태를 악화시켰다.

서둘러 달려온 훌리오는 그 팔을 원래의 장소에 돌려 놓으며,

"저기, 저한테 생각이 하나 있는데요……."

칼시므를 향해 그리 말을 건넸다.

◇얼마 후 마왕성 알현실◇

옥좌에 앉아 있는 암왕.

그의 뒤로는 마호 자매가 서 있었다.

그런 암왕 앞에 마왕 대행 칼시므의 모습이 있었다.

"이거이거, 마왕 대행 칼시므 경, 저 암왕에게 용건이라도?"

이미 자신의 본성을 숨기려고 하지도 않는 암왕은, 옥좌에 떡하니 몸을 기대며 마왕 대행 칼시므를 내려다봤다.

그 모습을 앞에 두고 얼음장처럼 차가운 표정을 띤 차룬이 한 걸음 앞으로 나왔다.

"아무리 그래도 마왕 대행이신 칼시므 님께 불손하기 짝이 없는 태도, 용서하기 어렵습니다."

더더욱 앞으로 나서려고 하는 차룬.

하지만 동시에 알현실 안쪽에 서 있던 이들이 차룬 앞을 막아섰다.

"이런, 조심하시기를. 그자들은 저희 암상회 안에서도 특히 실력이 좋은 녀석들이라, 마족을 상대로도 지지는 않습니다."

"……이런 더러운 자들까지 마왕성으로 불러들이다니……."

표정을 바꾸지 않고 작게 혀를 차며 칼시므 옆으로 돌아가는 차룬.

"흠, 차룬, 뒷일은 내가……."

칼시므는 차룬의 어깨를 툭 두드리더니 다시금 암왕에게 시선을 향했다.

"자자, 암왕. 기분을 푸시도록 하지 않겠나."

"……뭐지? 내 비위를 맞추려고 오기라도 했나? 나도 바쁜 몸이라서 말이야. 인사나 하려고 왔다면 이제 용건은 마쳤을 테지? 얼른 돌아가도록 하지 않겠나."

암왕은 벌레라도 뿌리치듯 오른손을 까딱거리며 칼시므에게 돌아가라고 재촉했다.

그런 암왕을 상대로, 칼시므는 턱뼈를 달각달각 울리며 웃음으로 답했다.

"뭐, 그렇게 매정하지 굴 것 없지 않나. 나도 얼른 용건을 마치고 싶으니까 말이야."

"용건? 나는 이미 네놈에게 아무런 볼일도 없다고, 이미 용무는 마쳤으니까."

큭큭큭 천박한 웃음을 띠는 암왕.

그에 호응하듯 마호 자매도 입가를 가리며 웃음을 흘렸다.

"아니, 내게 암왕은 중요한 계약 상대라고."

그러더니 칼시므는 자신의 뒤에 서 있던 남자를 불러 들였다.

그 신호에 응하여 칼시므 옆으로 다가오는 남자.

"……네놈이 데려온 그 남자…… 인간족으로 보이는데, 어째서 그런 마스크로 얼굴을 가리고 있지?"

암왕이 지적했다시피 그 남자는 스페이드 마크가 들어 있는 하얀 마스크로 얼굴을 가리고 있었다.

"뭐라고 할까, 이 사람은 부끄럼쟁이라서 말이야. 사전 몸 수색에서 무기를 가지고 있지 않다는 사실은 확인했으니까 문제는 없겠지?"

"……흥, 알고 있을 테지만, 이 알현실에는 마법 저해 방벽이 발동되고 있어. 전이 마법으로 동료를 부르거나 공격 마법으로 우리를 공격할 수는 없으니까."

입가에 히죽 미소를 띠는 암왕.

그런 암왕의 눈앞, 칼시므 옆에 서 있는 마스크의 남자가 한 걸음 앞으로 나섰다.

이 남자, 훌리오였다.

처음에는 푸른 늑대 마스크를 쓴 울프 저스티스로서 동행하려고 했지만, 암왕 일당이 울프 저스티스를 알고 있다면 동행을 허락하지 않을지도 모른다는 생각에 훌리스 잡화점에서 판매하는 여흥용 마스크를 쓴 것이었다.

"암왕 씨는 여기 있는 칼시므 씨랑 피의 맹약의 계약서를 나누었죠?"

"그래, 서로 내용을 확인하고서 사인했고 혈판도 찍었지……. 아, 거기 스켈레톤은 몸을 깎아낸 조각을 붙였을 뿐이지만."

"예, 그건 들었습니다……. 그래서 암왕 씨는, 이 계약서에 의거하여 칼시므 씨를 비롯한 마왕군 여러분을 쫓아냈다고 들었습니다만."

"쫓아냈다니, 듣기 좀 그러네. 여기 계약서 안에,

『그리고 이 계약 체결 후, 즉각 마왕성을 암상회에게 양도한다.』

이렇게 적혀 있지 않나…… 안경을 쓰지 않고서는 읽을 수 없을 만한 크기의 글자이기는 하지만."

암왕은 손에 든 피의 맹약의 계약서 뒤에 작은 글자로 적혀 있는 한 문장을 과시하듯 들여다봤다.

그 동작에 마호 자매도 쿡쿡 웃음을 흘렸다.

그런 암왕 일당을 앞에 두고 마스크를 쓴 훌리오는 오른손 검지를 세워 들었다.

"예, 그것도 알고 있어요……. 하지만 암왕 씨는 알고 있습니까? 이 피의 맹약의 계약서에는 특례가 있다는 사실을."

"특례……?"

훌리오의 말에, 미간에 주름을 짓는 암왕.

"예, 특례입니다. 칼시므 씨한테서 피의 맹약의 계약서 이야기를 듣고 저도 조사해봤는데……. 피의 맹약의 계약서는 한 번 체결하면 그건 절대적이며 신계의 여신이 그것을 보증한다는 신계의 매직 아이템이죠."

"호오…… 너도 조금은 지식을 가진 모양이로군……."

감탄한 듯 말을 흘리는 암왕.

'클라이로드 마법국 내에서도 일부 왕족밖에 열람이 허락되지 않는 마법서 안에만 적혀 있던 피의 맹약의 계약서를 알고 있다니……. 이 녀석, 뭐하는 자냐……?'

암왕은 수상쩍다는 표정을 띠며 마스크 모습의 홀리오를 응시했다.

"참고로 암왕 씨, 이 피의 맹약의 계약서에는 예외가 있다는 건 아십니까?"

"예외라고?"

"예, 쌍방이 합의하여 사인과 혈판을 진행한 계약서일지라도, 계약서의 내용을 제대로 파악하지 못하도록 속임수를 사용했다고 피의 맹약의 집행 관리인이 인정한 경우, 이 계약은 무효가 된다는 사실을."

"……흥, 설마 그런 것까지 알고 있을 줄이야."

마스크 모습의 홀리오 앞에서 분하다는 듯 혀를 차는 암왕.

"마스크를 쓴 남자, 하지만 어떻게 피의 맹약의 집행 관리인을 불러낼 생각이냐? 피의 맹약의 집행 관리인을 불러내기 위해서는 신계 마법『피의 맹약의 계약서 심판』을 실행해야만 한다고? 이 세계에 신계 마법을 사용할 수 있는 자가 있다, 그런 이야기라도 하는 건가?"

득의양양한 미소를 띠는 암왕.

"……저기, 이미 사용했는데요."

"……허? ……무, 무슨 바보 같은 소리를……."

마스크 모습인 홀리오의 말에 분하다는 듯 다시금 혀를 차는 암왕.

……그때 암왕은 어떤 사실을 깨달았다.

홀리오 뒤에 서 있는 칼시므와 차룬…….

그 주위를 빙 포위한 암왕의 부하들…….

그리고 암왕 좌우에 진을 친 마호 자매…….

그들 모두가 암왕의 머리 위로 시선을 향하고 있던 것이었다.

"내, 내 머리 위에 뭐가……."

자신의 머리 위로 시선을 향하는 암왕.

……그곳에 여자가 있었다.

반신은 어린아이, 나머지 반신은 해골 모습을 한 그 여자는 넝마 같은 외투만을 걸치고서 자기 신체의 열 배 가까운 거대한 낫을 들고 암왕의 머리 위에 떠 있었다.

『내 이름은 피의 맹약의 집행 관리인……. 피의 맹약의 계약서 심판이 실행되었기에, 이곳에 왔다…….』

"마, 말도 안 돼……. 누가 신계의 마법을 실행했다는 거냐……. 아무도 영창 같은 건 안 했잖아?! 서, 설마…… 신계 마법을 영창도 없이 실행한 자가 있다는 소리냐?!"

암왕은 온몸에서 비지땀을 흘리며 뒤집어진 목소리를 흘렸다.

그 모습을, 마스크 모습의 훌리오는 빤히 바라봤다.

신계 마법을 사용한 것은 훌리오였다.

타니아를 간호하던 때, 우연히도 신계 마법을 습득한 훌리오. 윈도에 피의 맹약의 계약서 마법을 펼쳐서, 피의 맹약의 계약서 심판 마법을 발견한 것이었다.

'……눈에 띄지 않도록 해야 할 것 같아서 영창 없이 실행했는

데…… 신계 마법을 영창 없이 펼치는 건, 역시나 평범하지 않은 모양이네. 다음부터는 조심하자.'

암왕의 모습을 확인하며 마음속으로 그런 생각을 하는 훌리오.

……참고로 인간족·아인 종족·마족 등, 클라이로드 세계에 거주하는 생물 가운데 신계 마법을 사용할 수 있는 인간은 훌리오를 포함하여 단 둘뿐이었다.

암왕의 머리 위에 떠 있는 피의 맹약의 집행 관리인은 손에 든 큰 낫을 한 번 휘둘렀다.

그러자 칼시므와 암왕이 손에 든 피의 맹약의 계약서가 허공으로 둥실 떠오르고, 피의 맹약의 집행 관리인 앞에 두 장이 나란히 펼쳐졌다.

"자, 자자잠깐만 기다리시게, 피의 맹약의 집행 관리인. 그건 그거야…… 그, 그래, 조금 보기 어렵기는 하지만 제대로 계약서를 보면 알 수 있도록 되어 있어. 겨, 결코 칼시므 경을 속이려고 했다든지, 그런 생각으로 한 건…….'

만면의 미소를 띠며 열심히 말을 늘어놓는 암왕.

그의 좌우에서 금각 여우와 은각 여우도 튀어나왔다.

"그, 그렇다캥! 일부러 그런 게 아니다캥!"

"제대로 보면 알 수 있을 터다캐캥! 계약서는 유효하다캐캥!"

붙임성 있는 미소를 띠며 열심히 소리 높이는 마호 자매.

잠시 피의 맹약의 계약서를 살펴보던 피의 맹약의 집행 관리인

은 시선을 암왕 쪽으로 향하더니 큰 낫을 크게 치켜들고,

『유죄.』

한마디, 그리 말하는 것과 동시에 큰 낫을 휘둘렀다.

그 한 번으로 공중에 떠 있던 피의 맹약의 계약서가 산산이 흩어지고, 종잇조각이 되어 암왕 일당 위로 쏟아졌다.

"세…… 세상에……."

"……거짓말…… 피의 맹약의 계약서가……."

"……사라졌어……캐캥……."

멍하니, 쏟아지는 피의 맹약의 계약서 조각을 쳐다보는 암왕과 마호 자매.

그런 세 사람을 바라보는 칼시므.

"어떻게 하겠습니까? 피의 맹약의 계약서도 사라졌으니, 이번에는 당신들이 마왕성에서 나가주지 않겠습니까."

"……흥."

칼시므의 말을 들은 암왕은 작게 숨을 내쉬고는 또다시 그에게 시선을 향했다.

"이렇게 됐다면 힘으로 밀어붙이겠다! 상대는 셋! 우리는 마호 자매에 암상회 정예부대가 이천은 있지! 숫자로 밀어붙여 칼시므를 붙잡아서……."

거기까지 말을 꺼낸 참에, 암왕은 어떤 사실을 깨달았다.

조금 전까지 알현실 후방에 대기하며 칼시므 일행을 빙 포위하고 있던 암왕의 부하들이 어느샌가 하나도 남기지 않고 바닥에 쓰러져서 의식을 잃은 상태였던 것이다.

조금 더 자세히 보니, 마스크 모습의 훌리오 옆에 희고 큰 늑대의 모습이 어느샌가 나타난 상태였다.

"그, 그 늑대는……. 전이 마법을 쓸 수 없는 알현실에 대체 어떻게…… 으으으."

암왕은 이를 갈며 일어서서, 저도 모르게 옥좌 뒤로 물러났다.

『까악一!』

그곳에서 까마귀 울음소리가 울렸다.

"으, 으음?!"

소리가 들린 방향으로 시선을 향하는 암왕.

그 소리는 칼시므와 차룬 옆에 내려선 큰 까마귀의 울음소리였다.

"저, 전이 마법을 쓸 수 없으니 큰 까마귀에 그 늑대를 태웠나, 게다가 물리 공격이라면 공격 마법 저해도 상관없고……. 에에잇, 건방지게……."

옥좌 뒤로 몸을 숨긴 암왕은,

"금각 여우! 은각 여우! 상대는 고작해야 늑대 한 마리다! 둘이서 해치워버려라!"

옥좌 좌우에 서 있는 마호 자매에게 명령했다.

하지만…… 마호 자매는 그 자리에서 움직이려 하지 않았다.

"……으, 은각 여우……, 저 늑대는 몬스터인 아랑 아니냐캥?"

"……그, 금각 여우 언니……, 나도 그렇게 생각해캐캥……."

"……아랑이라면…… 클라이로드 마법국 수송 부대의 수호신으로 일컬어지는, 터무니없는 녀석이 있었지캥……."

"……그 아랑을 거느린 남자라면……."

소곤소곤 대화를 나누며 몸을 부들부들 떠는 마호 자매.

그 말을 옥좌 뒤에서 듣고 있던 암왕도 경악한 표정을 띠며, 마스크 모습의 훌리오를 떨리는 손가락으로 가리켰다.

"네, 네놈…… 서, 설마…… 울프 저스티스인가……!"

클라이로드 마법국 수송 부대를 습격하려던 마왕군 부대를 울프 저스티스와 그의 동료들이 모조리 격퇴했다는 사실은, 마족들 사이에서는 모르는 이가 없을 만큼 유명한 이야기로 퍼져 있었다.

그래서 본래라면 마족에게 미움을 살 상대일 터이나 힘 있는 자를 칭송하는 마족 사이에서 울프 저스티스는 경애해야 할 강자로 선망의 대상이 된 것이었다.

그런 울프 저스티스 옆에는 항상 희고 큰 아랑이 따른다는 사실도 당연하다는 듯 알려졌기에, 암왕과 마호 자매도 그 사실은 숙지하고 있었다.

……하지만.

'어, 어라…… 들키지 않도록 오늘은 이제까지 사용한 적이 없는 마스크를 썼는데…… 어, 어째서 들켰을까…….'

암왕의,

『네…… 네놈…… 서, 설마…… 울프 저스티스인가……!』

그 목소리밖에 들리지 않았던 훌리오는 고개를 갸웃거리며 생각에 잠기고 말았다.

"그, 그걸 알았다면, 오래 머무를 필요는 없다캥!"

그 틈에 요염한 여성의 모습에서 금색 마호의 모습으로 변신한 금각 여우.

"냉큼 도망치자캐캥!"

은각 여우 역시도 은색 마호로 변신, 옥좌 뒤에 숨어 있는 암왕의 목덜미를 물더니,

""그럼, 잘 있어라~!""

마지막 막을 남기고 옥좌 뒤에 있는 비밀 통로로 도망쳤다.

……하지만 훌리오 옆에 있는 아랑 모습의 리스는 그들을 쫓으려 하지 않았다.

그것만이 아니라 칼시므·차룬·큰 까마귀까지, 알현실에 남아 있는 모두가 그 자리에 선 채로 움직이려 하지 않는 것이었다.

'어째서 들켰을까' 같은 생각에 잠겨 있던 훌리오는, 퍼뜩 정신을 차리고는 시선을 칼시므에게 향했다.

"어, 그럼 이걸로 저희 차례는 끝났네요."

"음, 훌리오 경……, 정말로 신세를 졌습니다. 덕분에 마왕성을 무사히 되찾을 수 있었으니."

그러더니 칼시므는 턱뼈를 달각달각 울리며 즐거운 듯 웃음을 터뜨렸다.

"뒷일은 그들이 해주겠지요."

칼시므는 암왕과 마호 자매가 도망친 비밀 통로를 가만히 바라 봤다.

◇얼마 후 마왕성 뒤에 있는 숲속◇

보기에도 수풀만 무성하게 자라있는 숲 한구석.

그 안에서 마호 모습으로 변신한 금각 여우와 은각 여우가 튀어나왔다.

"아, 아무래도 쫓아오지는 않는 모양이네캥."

금각 여우의 말에 암왕을 입에 물고 있어서 말을 할 수 없는 은각 여우는 고개를 몇 번 끄떡여서 동의의 의사를 표했다.

"제아무리 아랑도 알현실에 모여 있던 정예들을 쓰러뜨리느라 힘을 소모한 걸지도 모르겠군……. ㅋㅎㅎㅎㅎ, 아랑에게 꼼짝도 못 한 쓸모없는 것들이라고 생각했는데, 조금은 도움이 되었다는 건가."

은각 여우에게 물려 있는 상태로 만족스럽게 미소를 띠는 암왕.

……그때,

"우와캥?!"

비명과도 닮은 소리를 내지르며 금각 여우가 그 자리에 급정지했다.

동시에 은각 여우도 그 자리에 급정지했다.

"우오?! 어어…… 가, 갑자기 왜 그러느냐, 금각 여우랑 은각 여우. 하마터면 질식사할 뻔했잖느냐!"

반동으로 크게 몸이 흔들려, 은각 여우가 물고 있는 옷깃이 목을 조이고 만 암왕이 노성을 터뜨렸다.

삭!

사삭!

그 주위의 수풀에서 다수의 그림자가 튀어나왔다.

"오오, 만에 하나의 사태에 대비해서 대기시켜 둔 암상회의 정예 부대로군. 음음, 잘 나와주어…… 아니, 뭐, 뭐냐?!"

거기까지 입에 담은 참에 말을 잃은 암왕.

마호 자매도 마호 모습 그대로 몸을 낮추어 임전태세를 취했다.

그도 그럴 터.

수풀에서 튀어나온 것은 칼시므와 함께 마왕성에서 쫓겨난 마왕군들이었다.

"칼시므 님께서 말씀하신 그대로네."

"그래, 역시 여기로 도망쳤어."

그런 말을 꺼내며 암왕과 마호 자매 주위를 포위하는 마왕군들.

그 포위망은 순식간에 대여섯 겹이 되었다.

"으, 으음……, 나, 나의 정예 부대는 어떻게 된 게냐……. 부, 분명히 여기에 대기시켜 두었을 텐데……."

"아, 그 녀석들이라면 진즉에 퇴치했는데."

그러면서 한 남자가 암왕과 마호 자매 눈앞으로 걸어 나왔다.

그 남자의 모습을 보자마자 눈을 동그랗게 뜨는 암왕과 마호 자매.

그런 한 사람과 두 마리를 바라보며 그 자리에 멈춰 선 남자.

"자…… 잔지바르 경이 아닌가……."

붙임성 있는 미소를 띠며 그 남자의 이름을 부르는 암왕.

……그렇다, 그곳에 서 있던 것은 과거 반란군의 주모자였던 잔지바르 본인이었다.

그 뒤로는 잔지바르의 감시 역할로 함께 행동하고 있는 악마인 베리안나의 모습도 있었다.

"이, 이것 참 잔지바르 경. 사막에서 헤어진 뒤로 처음 보는군. 바람결에 전해진 소문으로는 마왕군에게 붙잡혔다고 들어서 걱정했어."

"그, 그래캥. 우리는 당신을 어떻게든 구할 수는 없을까 싶어서 이래저래 손을 썼다캥."

암왕의 말에 맞추듯 아첨 떠는 미소를 띠며 말을 잇는 금각 여우.

암왕을 물고 있어서 이야기를 할 수 없는 은각 여우는 두 사람의 말을 긍정하듯 몇 번이고 고개를 끄덕였다.

"호오…… 나를 구하려고 이래저래……. 이래저래 한 건, 내가 숨겨둔 재산을 훔친 거 아니었나?"

그러더니 한 남자를 암왕과 마호 자매의 눈앞으로 내던지는 잔지바르.

"으, 음…… 그, 그 남자는……."

그 순간 미간에 주름을 짓는 암왕.

그곳으로 굴러 나온 것은 암왕이 거금을 들여 매수한 예전 반란군 중진 중 하나였다.

암왕 일당이 잔지바르가 숨겨둔 재산을 강탈하는 데에 중요한 역할을 맡고, 지금은 멀리 도망쳤을 터였는데…….

"이것 참…… 찾느라 고생했다고. 꽤나 멀리 도망쳤더군. 뭐, 여기 베리안나 경의 협력 덕분에 이렇게 붙잡을 수 있었거든……. 아, 이 녀석은 돌려주지. 이제 캐낼 게 남지도 않았을 만큼 모조리 자백을 받아 냈으니까."

우둑우둑 주먹을 꺾으며 암왕 일당을 향해 다시 다가가는 잔지바르.

그의 등에서는 분노의 마소가 오라로 바뀌어 일렁였다.

그 옆으로 베리안나가 큰 낫을 짊어지고서 걸어갔다.

"너희 때문에 말이야, 나까지 빌어먹게 짜증났다고! 이 아저씨랑 같이 너희를 찾아다닌 탓에, 소중한 동생의 빌어먹을 숙박 학교에 같이 가주지 못했으니까……. 이 원한, 빌어먹게 한가득 풀어야겠어."

잔지바르와 마찬가지로 분노의 마소를 등에 오라처럼 일렁이는 베리안나.

"자자자, 잠깐만 기다려주게, 잔지바르 경! 게다가 거기 아가씨도. 오, 오해야! 나는 잔지바르 경의 돈 같은 건 빼앗지 않았어! 모든 건 그 남자의 망언일 게 뻔하잖아!"

은각 여우에게 물린 채로, 땅바닥에 엎어져 있는 예전 반란군 중진 남자를 가리키는 암왕.

그 말에 크게 고개를 끄덕이는 마호 자매.

"호오…… 그럼, 맹세를 받아볼까."

"매, 맹세?"

"그래, 이 계약서에 사인해서 맹세해 주겠나? 암왕."

잔지바르가 손에 든 서류를 본 암왕은 눈을 부릅떴다.

"그, 그건…… 피의 맹약의 계약서. 어, 어째서 네가 그걸……."

그 계약서에는,

『저 암왕은 잔지바르 경에게 절대로 거짓말을 하지 않겠습니다.』

그런 글자가 적혀 있었다.

"이 계약서는 어느 분께서 제공하신 물건인데…… 좀 전의 말이 사실이라면 이 서류에 주저 없이 사인하고 혈판을 찍을 수 있겠지, 암왕? 뭐, 거짓말이었다고 해도 걱정할 일은 없어."

그러더니 잔지바르는 오른손 엄지로 자신의 목을 한일자로 긋는 포즈를 취했다.

"……피의 맹약의 집행 관리인한테 목이 날아갈 뿐이야."

씨익 웃는 잔지바르.

"지금 당장 내가 그 빌어먹을 목을 날려 버려도 딱히 상관은 없는데."

그 옆에서 손에 든 큰 낫을 기세 좋게 휘두르는 베리안나.

그런 두 사람을 앞에 두고 제아무리 암왕이라도 새파랗게 질렸다.

마호 자매도 그 자리에서 도망치려고 했지만……. 그들 주위는 마왕군으로 완벽할 만큼 포위되어 마개미 한 마리조차 도망칠 틈은 없을 듯했다.

◇얼마 후 마왕성 알현실◇

"지금 베리안나한테서 연락이 들어왔는데, 이번 일의 주모자인 암왕과 마호 자매를 무사히 지하 감옥으로 이송했다는 모양이야……. 뭐, 기절시켜서 며칠은 사정청취를 못 하겠지……. 일단 원만한 방법으로 붙잡도록 부탁은 했다만……."

옥좌 앞에 깔개를 깔고 정좌한 칼시므는 고개를 갸웃거리며 오른손으로 머리를 긁적였다.

그런 칼시므 앞에서 쓴웃음 짓는 훌리오.

"그렇군요, 암왕 씨한테는 암상회에 대해서 상세하게 이야기를 들어야 하니까요……. 어쩌죠, 회복 마법을 쓸까요?"

"아니아니아니, 그럴 일은 아니라고 할까……. 잔지바르 경이 『반드시 저대로 방치해달라』라고 요청을 해서……. 뭐, 잔지바르 경은 재산을 모조리 빼앗긴 원한이 있으니……."

"어, 예…… 알겠습니다."

사정을 헤아린 훌리오는 평소의 시원스러운 미소를 띠었다……만, 아직 스페이드 마크가 있는 마스크를 쓰고 있었기에, 주위에 있는 이들에게 그의 표정은 전해지지 않았다.

그런 훌리오 옆에는 사람의 모습으로 변신하여 옷을 입은 리스가 있었다.

"그런데 서방님, 어째서 암왕과 마호 자매를 붙잡는 역할을 잔지바르랑 마왕군한테 맡겼나요? 명령하시면 저 혼자서 간단히 붙잡을 수 있었는데……."

"확실히 그럴지도 모르지만…… 하지만 이번에는 잔지바르 씨랑 마왕군 여러분이 성과를 내야만 했으니까 말이죠, 칼시므 씨."

칼시므에게 말을 건네는 훌리오.

"음, 그렇지⋯⋯. 잔지바르 경은 마왕 유이가드 님께 반기를 든 중죄인⋯⋯. 이번에 암왕 일당 포박에 참가한 마왕군 대부분도 잔지바르 경이 조직한 반란군에 참가, 그 후로 마왕군에 귀순한 이들⋯⋯. 어느 쪽이든 이대로는, 마왕 유이가드 님께서 돌아오시면 틀림없이 죄를 추궁당하게 되어버릴 터이니⋯⋯. 허나 마왕성을 빼앗으려고 한 자들을 붙잡았다면⋯⋯."

"아아, 그렇군요! 구제할 길 없이 성질 급하고 어리석은 유이가드라도, 그런 공로자들을 처벌할 수는 없겠네요."

납득한 듯 손뼉을 짝 치는 리스.

"구, 구제할 길 없이 성질 급하고 어리석다니⋯⋯."

일찍이 마왕군에 소속되어 있었을 무렵에 아직 장군 중 하나였던 유이가드를 잘 아는 리스의 말에, 그만 쓴웃음 짓는 훌리오.

"역시 리스 님이심다, 그 유이가드를 표현하기에 더할 나위 없이 적절한 말이라고 생각함다."

리스의 말에 크게 고개를 끄덕이는 차룬.

"이, 이 녀석 차룬. 유이가드 님의 이름을 함부로 불러서는 안 돼! 마왕 유이가드 님이라 부르라고 내가 항상 이야기하지 않았느냐? 게, 게다가 마왕 유이가드 님은 성질이 급하지 않다⋯⋯고는 못 하겠지만⋯⋯. 으음⋯⋯."

갈시므는 차룬에게 말을 건넸지만, 리스와 차룬의 말이 너무나도 적절했기에 더는 할 말이 없어져 버린 것이었다.

그런 일동의 모습을 즐거운 듯 웃으며 둘러보던 훌리오.

"자, 이걸로 마왕성을 되찾을 수는 있었지만, 다른 한 가지 문제를 해결해야 하는군요."

훌리오의 말에 그때까지 미소를 띠고 있던 칼시므와 차룬은 갑자기 험악한 표정을 띠었다.

"으, 음…… 그렇습니다……. 이번에 암왕 일당에게 걸려든 것도 마왕성의 재정 상황이 악화되었으니까……."

"……잔지바르가 숨겨둔 재산도 회수할 수 없다는 사실이 확정된 지금……. 마왕군 병사들에게 지불할 급료나 광열비, 수도세 등을 어떻게 하면 좋겠습까……."

함께 팔짱을 끼고 생각에 잠기는 칼시므와 차룬.

"저기…… 사실은 말이죠, 저한테 생각이 좀 있는데요……."

"뭐, 뭐라고 훌리오 경?! 그건 정말입니까?!"

"어, 어떤 생각이심까?!"

훌리오 곁으로 달려가는 칼시므와 차룬.

그런 둘 앞에서 훌리오는 천천히 설명을 시작했다.

◇며칠 뒤 호우타우 훌리스 잡화점◇

"……으음, 이걸로 화물은 전부로군요……."

짐마차 내용물을 서류와 대조하던 그레아니르는 서류와 화물이 일치하는 것을 확인하고는,

"그럼 출발하겠습니다. 뒷일은 잘 부탁드립니다."

주위에서 바삐 돌아다니는 동료들에게 말을 건네고 짐마차 마부석으로 뛰어올랐다.

그것을 확인한 마마가 짐마차를 끌며 훌리스 잡화점 짐마차 발착장을 뒤로했다.

『오늘은 꽤나 짐이 많군.』

"예, 그 가게로 가는 화물이니까요……. 아니, 어라, 다크호스트 님? 이상하네요, 오늘 제 짐마차를 끌어주시는 건 로크라하 님이었을 텐데……."

『어, 어어…… 로크라하 녀석 말인데, 그 녀석한테는 다른 일을 부탁했거든. 그래서 이번에도 내가 그레아니르의 짐마차를 끌 테니까, 잘 부탁해.』

어째선지 허둥대며 그레아니르에게 말을 건네는 다크호스트.

"예…… 뭐, 확실히 다크호스트 님이시라면 저도 안심할 수 있으니, 저로서도 도움이 됩니다만……. 그럼 이번에는 평소 이상으로 서둘러서 부탁드립니다."

『그래, 맡겨둬……. 그런데 말이야, 그레아니르. 짐을 마저 나르면 식사라도…….』

"정보수집 임무가 있으니 다크호스트 님께서는 사양 말고 좋아하는 것으로 드시기를."

『어, 아, 아니……. 내가 기대하는 건 그런 대답이 아니라…… 하아, 이번에도 허사인가…….』

크게 한숨을 내쉬며 속도를 높이는 다크호스트.

"?"

그런 다크호스트를 마부석의 그레아니르는 의아해하는 표정을 띠며 바라봤다.

◇마왕성 정문 앞◇

마왕성 앞에 수많은 마족들이 모여 있었다.

다만 정작 마족들이 서 있는 줄은 마왕성과는 반대 방향으로 늘어서 있었다.

그 대열 앞, 마왕성 정문 앞에는 일찍이 위병의 대기소로 사용되던 건물을 개장한 것 같은 점포가 있었다.

그 가게의 입구에는 『홀리스 잡화점 마왕성 지점』이라고 적힌 간판이 걸려 있었다.

가게 안에는 많은 마족들이 밀려들어 전시 판매되는 무기나 마법 도구, 잡화류를 손에 들고, 확인하고, 마음에 드는 물건이 있다면 그것을 계산대로 가져갔다.

"그건 그렇고 이 검……, 그냥 엄청난 수준이 아닌데……. 얼핏 보면 평범한 검인데, 대체 부가 마법이 얼마나 걸려 있는 거야."

"이쪽 마석도 굉장하네……. 담겨 있는 마력의 양이 마족 상점 가에서 판매되는 마석의 배에 가까워……. 그러면서도 이렇게나 저렴하다니……."

마족 손님들은 저마다 감탄을 흘리며 바구니 안으로 차례차례 상품을 집어넣었다.

마왕성 근처에는 마족들이 운영하는 상점가도 존재했다.

하지만 홀리스 잡화점에서 판매되는 상품은 어느 것이든 마족의 상점에서 판매되는 물건보다도 뛰어나고, 게다가 가격도 저렴했기에 홀리스 잡화점 마왕성 지점은 개점 이후로 연일 수많은 마족들로 붐비고 있었다.

"으냐?! 아까 막 보충했는데, 벌써 상품이 줄어들었다냥?! 빠, 빨리 상품을 보충해야……."

가게 안을 바삐 돌아다니는 판다족 레인은 나무상자를 들고 선반 쪽으로 달려갔다. 레인의 말대로 이미 그 선반은 상품이 사라져서 텅 비어 있었다.

"이쪽 선반도 비었는데…… 이, 이제는 재고가……."

스파이더족 유키가 이마에 식은땀을 흘리며 허둥지둥했다.

……그러자,

"홀리스 잡화점 본점에서 왔습니다, 그레아니르입니다. 상품 보충을……."

마인족 그레아니르가 가게 뒷문 쪽에서 훌쩍 얼굴을 내밀었다.

"그, 그레아니르 씨다냥!"

"다행이야! 마침 재고가 바닥나서 어쩌나 싶던 참이었다고요."

"그랬습니까……. 그럼 저도 도와드릴 터이니, 곧바로 상품을 보충하죠."

호우타우에서 이곳 마왕성 지점까지 짐마차로 상품을 나른 그레아니르는, 상품을 가지러 짐마차를 향해 달려갔다.

그 뒤를 레인과 유키도 따라갔다.

그런 가게 안의 모습을, 가게에서 조금 떨어진 장소에서 바라보는 세 사람의 모습이 있었다.

마왕 대행 칼시므.

그의 측근 차룬.

훌리스 잡화점 점장 훌리오.

"이것 참…… 훌리오 경의 생각이라는 것이, 훌리스 잡화점의 지점을 마왕군의 영역 안에 만든다는 것이었다니……. 게다가 그게 이렇게까지 대성공할 줄이야."

만족스럽게 고개를 끄덕이는 칼시므.

그 옆에서 차룬은 환희의 표정을 띠며 양손을 가슴 앞으로 맞잡고 있었다.

"마왕성의 빈 건물을 빌려 주시고 임대료로 매상의 삼분의 일을 지불해주시는 것만이 아니라, 마왕성에서 일하는 이들을 가게에서 채용해주시고 소개료까지 지불해 주시다니……. 아아, 훌리오 님은 마왕성에 나타난 구세주이심다."

지금도 속속 손님이 밀려드는 훌리스 잡화점의 모습을, 눈을 빛내며 바라보는 차룬.

그런 두 사람에게 시선을 향하며 평소의 시원스러운 미소를 띠는 훌리오.

"저도 훌리스 잡화점의 지점을 출점하고 싶다는 생각은 있었지만 이런저런 사정으로 결정을 못 하고 있었는데……. 칼시므 씨는 마왕성의 정면이라는 최고의 부지를 제공해주신 것만이 아니라 장사에 적합한 인재까지 소개해주셨으니까……. 저야말로, 정말로 감사합니다."

"그렇게 이야기해주니 나도 기쁘지만……. 훌리오 경, 정말로 괜찮을까?"

조금 불안해하는 표정을 띠는 칼시므.

"뭐가 말이죠?"

"아니, 뭐…… 확실히 마왕군과 클라이로드 마법국은 휴전 협정을 맺었지만, 그건 내가 마왕 대행의 지위에 있는 동안에만 유효한 것……. 마왕 유이가드 님께서 돌아오셨을 때에도 이걸 지속해주실지 어떨지……."

"그때는 마왕 유이가드 씨한테 다시 부탁할게요."

평소의 시원스러운 미소를 띠며 고개를 끄덕이는 훌리오.

"칼시므 씨랑도 이렇게 서로를 이해할 수 있었어요. 틀림없이 괜찮을 거예요."

"……흠…… 신기하군, 훌리오 경이 그렇게 말하면 정말로 괜찮을 것 같아."

턱뼈를 달각달각 울리며 즐거운 듯 웃음을 터뜨리는 칼시므.

그 옆에서 차룬도 미소를 띠었다.

그런 두 사람을 바라보던 훌리오 역시도 미소를 띠었다.

◇호우타우 훌리오 가◇

"으……잇……차……."

훌리오 가 앞뜰.

그곳에서 가릴이 허공에 떠 있었다.

비행 마법을 구사하며 공중에서 균형을 잡고 있는 가릴.

일단 떠 있기는 하지만 겁을 먹은 모습으로, 앞뒤로 계속 흔들 거리고 있었다.

그런 가릴 곁으로 엘리나자가 달려갔다.

"굉장해, 가릴! 비행 마법을 쓸 수 있게 됐구나!"

"아, 아니……. 아직은 말이지, 이렇게 떠 있는 게 고작이라……. 누나나 아빠처럼 제대로 날 수는 없다고 할까……. 으……잇……."

"아니, 그래도 굉장하다고 생각해! 요전까지는 떠 있지도 못했 으니까."

눈을 반짝이며 가릴을 올려다보는 엘리나자.

짧게 영창하더니 자신도 비행 마법을 전개해서 허공으로 떠올 랐다.

"자, 가릴. 여기까지 와봐."

"자, 잠깐만 누나……. 나, 나는, 아직, 공중에서 균형을 제대 로 못 잡는다고……."

"괜찮아, 나는 처음으로 날 수 있게 된 날에 와인 언니랑 경주했다고?"

"세, 세상에……. 마법이 특기인 누나랑 똑같이 생각하지 말라고, 나는 따지자면 달리거나 싸우는 편이……."

공중에 뜬 채로 그런 대화를 나누는 엘리나자와 가릴.

그러자 훌리오 가의 문에서 튀어나온 와인이 그런 두 사람을 향해 달려왔다.

"가리가리도 날고 있어! 굉장해굉장해! 그럼 다 같이 경주! 경주! 구름 위까지 경주! 경주!"

등에 용의 날개를 꺼내고 상공을 향해 날아오르는 와인.

"좋~아! 이번에는 안 질 거니까!"

그 뒤를 쫓듯이 상승하는 엘리나자.

"잠깐?! 두, 둘 다 억지 부리지 말라고…… 으……차……."

그런 두 사람 뒤를, 휘청휘청하며 상승하는 가릴.

너무도 속도가 느려서 와인과 엘리나자 두 사람과의 거리는 점점 멀어졌다.

그럼에도 가릴은 포기하지 않고 계속 상승했다.

……곧이어 조금 전에 뛰쳐나온 와인을 쫓듯이 집 안에서 타니아가 뛰어나왔다.

그녀의 손에는 어째선지 와인의 속옷이 들려 있었다.

"와인 아가씨! 또 속옷을 안 입고 나가셨군요! 오늘은 절대 놓치지 않겠어요!"

빗자루를 한 손에 들고 등에 하얀 날개를 꺼낸 타니아가 셋을 쫓듯이 상승했다.

"우와?! 타니타니다! 타니타니도 경주! 경주!"

타니아의 접근을 깨달은 와인이 즐거운 듯 웃으며 속도를 올렸다.

"경주가 아닙니다! 와인 아가씨, 얌전히 이걸 입으세요."

그 뒤를 고속으로 쫓아가는 타니아.

"어? 와인 언니, 또 팬티 안 입었어?!"

얼굴을 새빨갛게 물들이며 타니아와 와인을 올려다보는 엘리나자.

"어? 와, 와인 누나…… 아니, 이런, 위를 보면 안 돼……."

가릴은 위를 쳐다보려다가 얼굴을 붉게 물들이며 고개를 홱 돌렸다.

훌리오 가의 상공에서는 떠들썩한 대화 소리가 퍼지고 있었다.

그 모습을 훌리오는 이 층 복도 창문에서 올려다보고 있었다.

"다들 즐거워 보이네."

평소의 시원스러운 미소를 띠는 훌리오. 그 옆으로 리스가 다가왔다.

"다들 매일 즐거워 보여요……. 타니아는 자주 화를 내지만요."

"……그러네, 와인이 툭하면 옷을 벗어버리니까……. 드래고뉴트는 체온이 높은 탓에 옷을 입는 걸 꺼리는 모양이야……. 다음에 냉각 마법을 부여한 옷을 만들어 줄까."

"그게 좋을지도 모르겠네요. 그러면 와인도 옷을 입어주게 될지도."

그런 대화를 나누며 하늘을 올려다보는 두 사람.

"……그건 그렇고, 아이들은 정말로 성장이 빠르네요……. 저는 비행 마법 같은 건 못 쓰는데, 엘리나자만이 아니라 어느새 가릴까지……."

"괜찮아, 리스."

"예?"

훌리오는 리스의 허리에 팔을 두르더니 창밖을 향해 둥실 떠올랐다.

"당신은 나랑 같이 날면 돼."

"서방님……."

훌리오의 품에 안기며 주위를 둘러보는 리스.

그들의 시야 아래로 집이랑 방목장, 그리고 농원이 펼쳐져 있었다.

"……이게…… 우리의 집이군요……. 가끔은 하늘에서 내려다보는 것도 좋네요."

미소를 띠며 시야 아래를 내려다보는 리스.

그런 리스를 끌어안은 훌리오.

두 사람은 사이좋게 서로를 끌어안으며 자신들이 사는 곳 일대를 내려다봤다

◇어느 깊은 숲속◇

클라이로드 성에서 멀리 떨어진 산속 깊은 숲.

그곳에 전직 마왕군 사천왕 중 하나인 쌍두 괴조 후기 무기가
인간족으로 모습을 바꾸어 살고 있었다.

"으아~~~~~~~."

"잠깐, 이런 이야기는 못 들었다고?!"

그 숲속을, 수십 명의 모험가들이 비명을 지르며 이리저리 도
망치고 있었다.

인간족이나 아인 종족으로 구성된 모험가들은 다들 탄탄한 몸
에 호화로운 장비를 입고 있었다.

하지만 그 모험가들은 숲 바깥을 향해 쏜살같이 한창 도망치는
중이었다.

그도 그럴 터, 모험가들 뒤에서는 늑대 계열이나 곰 계열의 거
대하고 난폭한 몬스터들이 우르르 밀려들고 있었다.

"우, 우리는 소문의 황금빛 거대 몬스터를 사냥해서 일확천금
을 노리러 왔을 뿐인데."

"어, 어째서 이런 터무니없는 몬스터들한테 습격을 당하는 거
냐고, 응?!"

필사적으로 도망치는 모험가들.

크게 무리지어 그것을 쫓는 몬스터 무리.

이윽고 모험가들은 숲 밖으로 도망치고 뿔뿔이 흩어져서 어디론가 모습을 감추었다.

몬스터들은 숲의 출구에 멈춰 서더니 모험가들이 떨어뜨린 호화로운 무기류를 회수하여 그대로 숲속으로 돌아갔다.

몬스터들이 다다른 곳, 그곳에는 작은 오두막이 있었다.

그 오두막의 문을 거대한 곰 몬스터가 가볍게 노크했다.

""무슨 일이냐고?""

문을 열고 모습을 드러낸 것은, 인간족의 모습인 후기 무기였다.

지금은 머리는 하나지만 본래의 모습이 쌍두인 탓인지 목소리가 이중으로 들렸다.

그런 후기 무기 앞에서 몬스터들이 일제히 엎드렸다.

후기 무기가 이 숲으로 이주하고 얼마 후…….

외부인을 달갑게 여기지 않은 몬스터들은 한꺼번에 몰려들어 후기 무기를 쓰러뜨리려고 했다.

하지만…… 후기 무기가 본래의 모습인 쌍두 괴조로 변신, 노기를 머금은 마소를 뿜어낸 순간에 몬스터들은 깨달았다.

『이분께는 절대로 이길 수 없다.』

……라는 사실을.

그 이후, 몬스터들은 후기 무기를 새로운 숲의 왕으로 인정, 그의 부하로서 숲에 침입하는 모험가들을 쫓아내고 그들이 떨어뜨린 호화로운 장비를 후기 무기에게 헌상하게 된 것이었다.

　몬스터들은 후기 무기 앞으로 평소처럼 장비를 늘어놓았다.

　""그러냐고, 또 모험가들을 쫓아내 주었냐고. 그럼 또 뭔가 맛있는 걸 사줘야겠다고.""

　후기 무기의 말에 환희의 포효를 내지르는 몬스터들.

　무기를 나무상자에 채워 넣은 후기 무기는 그것을 어깨에 지고 걷기 시작했다.

　나무상자의 숫자는 다 합쳐서 다섯.

　상당한 중량임에도 불구하고 후기 무기는 그것을 가뿐하게 들고 태연하게 걸어갔다.

　이윽고 숲을 빠져나가서 항상 가는 마을에 도착한 후기 무기.

　그럭 그의 모습을 발견한, 동그란 안경을 쓴 여자가 쏜살같이 달려왔다.

　"후, 후, 후후기 무기 씨잖아요! 오늘도 만날 수 있어서 정말 기뻐요!"

　그 여자가 뛰쳐나온 건물에는,

　『시노 잡화점』

　그렇게 적힌 간판이 걸려 있었다.

　""아, 시노, 잠깐 괜찮냐고. 마침 이제부터 네 가게에 또 장비를 팔려고 했다고.""

　"꺄아아! 대감격이에요! 후기 무기 씨가 가져오시는 장비는 항상 대인기라서 정말 도움이 되고 있어요."

그러면서 후기 무기의 비어 있는 쪽 팔을 잡아당겨 가게 안으로 안내하는 시노.

본래라면 자신의 키보다도 높이 쌓여 있는 나무상자를 가뿐하게 들고 있는 후기 무기의 모습에 눈을 동그랗게 뜨겠지만 주위를 걸어가던 마을사람들은,

"아아, 후기 무기 씨인가."

"오늘도 수고하시네."

항상 있는 일이라는 듯이 태연하게 그 광경을 흘끗 쳐다볼 뿐, 그 자리를 그냥 지나갔다.

시노의 가게 안.

"아, 후!"

그곳에, 마을 밖에서 농사를 짓고 있는 카사의 모습이 있었다.

""아, 카사. 여기서 뭐하냐고?""

"나는 우리 밭에서 수확한 채소를 시노한테 팔러 왔는데, 후는?"

""나는 숲에서 주운 무기를 시노한테 팔려고 왔다고. 그리고 그 돈으로 먹을 걸 살 생각이라고.""

"아! 그렇다면 우리 채소를 사 줘! 후한테라면 특별히 싸게 팔게!"

환한 표정을 띠며 후기 무기에게 다가가는 카사.

시노와 후기 무기 사이에 억지로 끼어들었다.

"자, 잠깐, 가게 안에서 멋대로 물건을 거래하는 건 곤란해요. 게다가 후기 무기 씨는 지금 나랑 이야길 하고 있으니까, 방해하지 마시고!"

그런 카사를 밀어내며 후기 무기 앞으로 다시 끼어드는 시노.

"잠깐, 나랑 후 사이니까 내가 어디서 무슨 이야기를 하든 문제 없잖아? 가게 안이 뭣하다면 가게 밖에서 이야기할게. 그러면 문제없지?"

"문제야 한가득이에요! 나도 후기 무기 씨랑 무척 사이좋게 거래를 하고 있으니까요! 게다가 만나서 이야길 나누는 걸 무척 기대하고 있었으니까요!"

"뭐야!"

"뭔가요!"

서로 이마를 맞대며 노려보는 둘.

그런 둘을 교대로 바라보며 크게 한숨을 내쉬는 후기 무기.

""뭐하는 거야, 둘이서. 얼굴을 마주할 때마다 말다툼만 하다니. 나는 장비를 시노한테 팔고, 그 돈으로 카사가 시노한테 판 채소를 사고. 그러면 문제없다고?""

"응, 그러면 문제없어. 그럼 전부 끝나면 우리 집에서 밥 먹고 가, 후. 후를 위해서 실력을 발휘할 테니까."

""그래, 그러자고. 카사의 요리는 맛있으니까.""

싱긋 미소 짓는 후기 무기.

그 미소에 그만 얼굴을 붉게 물들이는 카사.

"아, 그, 그럼 그 전에 말이죠, 거래가 끝나면 이 층에서 같이 차라도……."

황급히 두 사람 사이로 끼어드는 시노.

"어머? 시노는 후한테 사들인 장비를 가게에 진열하는 작업이 남아 있잖아? 일을 방해하는 건 미안한데."

득의양양하게 웃는 카사.

""그러네, 일을 방해하는 건 미안하다고.""

납득한 듯 고개를 끄덕이는 후기 무기.

"세, 세상에……."

울 것 같은 표정을 띠며 어깨를 떨어뜨리는 시노.

그 후, 시노의 가게로 가져온 채소를 후기 무기가 전부 구입했기에, 카사의 수레는 갈 때와 같은 양의 채소에 후기 무기가 추가로 구입한 육류로 가득 찼다.

"후도 참, 이만큼 많은 음식을 혼자서 먹게?"

수레를 가뿐하게 끌고 있는 후기 무기를 바라보며 눈을 동그랗게 뜨는 카사.

""응? 이건 친구들 몫이라고.""

"친구?"

""그렇다고, 숲속의 친구들한테 먹여줄 거라고.""

"호오, 그렇구나……. 하지만 후가 요리를 할 수 있던가?"

""못 하고말고. 뭐, 다들 이대로도 기쁘게 먹어준다고.""

그 말을 들은 카사의 뇌리에 무언가가 번뜩였다.

후가 사이좋게 지내는 친구들

↓

그 친구 여러분에게 내가 요리를 대접한다

↓

친구들 대환호

↓

""애들한테도 다정하게 대해주는 카사가 좋다고, 결혼했으면
좋겠다고.""

　머릿속으로 후기 무기와의 신혼 생활을 망상하며 데헤헤, 칠칠
치 못한 미소를 띠는 카사.
　퍼뜩 정신을 차리고는 입가에 흐르는 침을 훔친 뒤, 후기 무기
를 돌아봤다.
　"알았어, 후! 후의 소중한 친구들을 위해, 내가 요리해줄게!"
　""정말이냐고?! 다들 틀림없이 기뻐할 거라고.""
　"에헤헤, 그러면 좋겠네. 나한테 맡겨줘."
　후기 무기 앞에서 미소로 알통을 만드는 카사.

　그대로 두 사람은 숲속에 자리 잡은 후기 무기의 오두막으로 이
동했지만……. 그 앞에 엄청난 숫자의 거대한 몬스터들이 기다린
다는 사실을 카사는 아직 알지 못했다.

　◇호우타우 훌리오 가 마구간 안◇
　훌리오 가는 호우타우의 방벽 밖에 있다.
　변경이라 흉포한 몬스터가 서식하는 숲이 바로 앞에 펼쳐져 있
기도 하여, 이 일대에 집을 가지고 있는 것은 훌리오뿐이었다.

그래서 훌리오가 이사를 왔을 때, 집 주위에는 광대한 공터가 펼쳐져 있었다.

그곳을 이용하여 슬레이프와 빌레리가 관리하는 광대한 말 방목장과 블로섬이 관리하는 광대한 농장을 만들었다.

그런 방목장 한편, 항상 훌리오 잡화점이 짐마차로 배달을 갈 때에 그 짐마차를 끄는 마마들이 일상을 보내는 마구간이 있었다.

이 방목장에 있는 마마 대부분은 일찍이 슬레이프가 마왕군에서 사천왕 중 하나였을 때, 그 밑에서 정예 부대를 편성하고 있던 마족들이었다.

그래서 마구간 일 층은 야생의 마마를 포획하여 사육하기 때문에 통나무로 말 한 마리 단위로 칸을 나누어 깔짚을 깔아두었지만, 이 층과 삼 층은 인간 형태로 변신한 예전 슬레이프의 부하들용 개인실로 되어 있었다.

그런 개인실 중 한 곳.

그 방의 주인인 다크호스트는 침대에 누워서 천장을 바라보고 있었다.

"……어떻게 하면 그레아니르와 친해질 수 있을까……. 그레아니르의 짐마차를 끌 수 있도록 담당을 교환해서 같이 있는 시간을 많이 가지고는 있지만…… 그 녀석은 쓸데없는 이야기는 일절 안 하고, 식사를 권유해도 『현지의 정보 수집 임무가 있어서』라면서 도착하기 무섭게 어디론가 가버리고……."

크게 한숨을 내쉬는 다크호스트.

"뭐, 어쩔 수 없나……. 그런 성실하고 항상 열심히 하는 그레아니르에게 반한 거니까……. 뭐, 현재로서는 그레아니르의 짐마차를 끌 수 있도록 조정해서 함께 있는 시간을 확보하는 것부터……. 아니, 이미 충분히 확보했다고 생각하는데 말이지……."

다시금 크게 한숨을 내쉬는 다크호스트.

"……하하, 이래서야 전도다난하다고 할까, 언제가 되어야 데이트 권유라도 할 수 있을지 모르겠네……."

다시 한 번 크게 한숨을 내쉬더니, 다크호트스는 모포를 덮고 눈을 감았다.

"자, 내일도 바쁘니까…… 이만 잘까……."

그 무렵…… 다크호스트의 방 창밖, 바로 옆에 그레아니르의 모습이 있었다.

마인족이기에 은밀한 행동이 특기인 그레아니르는 기척을 지운 채로 창틀 옆에 몸을 고정하여 방 안의 상황에 귀를 기울이고 있었다.

'……최근에 다크호스트 님의 분위기가 어쩐지 이상해서 상황을 보러 왔는데…….'

그레아니르의 얼굴은 새빨갛게 물들어 있었다.

'……서서서설마 그 이유가, 나나나나랑 데이트를 하고 싶어서 그랬다니……. 아와와…… 이이이이런 땅딸막하고 스타일로 별로이고 재치 있는 대화 하나 못 나누는 나 따위한테 호호호호의를 가져주시다니니니…….'

귀까지 빨갛게 물들인 그레아니르는 그 자리에서 뛰어내렸다.

삼 층에 있는 다크호스트의 방 창문에서 소리도 없이 지면에 착지하는 그레아니르.

"……그그그그런 사실을 알아버렸으니…… 나나나나는 내일부터 어떤 표정으로 다크호스트 님과 얼굴을 마주하면 좋을까……."

그레아니르는 양손으로 얼굴을 덮으며 소리도 없이 밤길을 달려, 이윽고 어둠 속으로 모습을 감추었다.

……다음 날.

"자, 오늘도 그레아니르의 짐마차 담당인데……."

마마의 모습으로 짐마차 앞에 서 있는 다크호스트는 고개를 갸웃거리며 주위를 둘러봤다.

"……뭐지? 이미 출발 시간일 텐데…… 그레아니르가 시간을 못 맞추다니 별일이네……."

연신 고개를 갸웃거리는 다크호스트.

그러자 짐마차 마부석 위에 소리도 없이 그레아니르가 모습을 나타냈다.

"아, 그레아니르. 기다렸다고. 그럼 출발…… 아니…… 어?"

그레아니르를 돌아본 다크호스트는 눈을 동그랗게 떴다.

그 시선 앞, 마부석에 앉아 있는 그레아니르는 울프 저스티스 마스크를 쓰고 있는 것이었다.

"……으음…… 그 모습으로 가는 건가?"

어안이 벙벙해서는 건넨 다크호스트의 말에 말없이 고개를 끄덕이는 그레아니르.

"허어⋯⋯. 뭐, 그레아니르가 괜찮다면 딱히 상관없지만⋯⋯."

그러더니 다크호스트는 짐마차를 끌며 출발했다.

마부석에 앉아 있는 그레아니르는 울프 저스티스 마스크를 쓰고 있다는 것 말고는 평소와 다름없어 보였다⋯⋯만⋯⋯.

'여여여역시 무리⋯⋯ 평소처럼 이이이이야기할 수가 없다고 할까⋯⋯. 지지지지금도 얼굴이 화끈거리고 새빨개져서서⋯⋯. 아아, 정말⋯⋯ 어어어어쩌면 좋을까요, 이럴 때는⋯⋯. 이이이 이래서야 이이이이일을 제대로 할 수가 없잖습니까⋯⋯.'

어젯밤 다크호스트의 말이 머릿속에서 계속 맴도는 통에 그레아니르는 지금도 새빨간 얼굴 그대로, 드높이 계속되는 심장소리를 필사적으로 계속 억누르던 것이었다.

그런 그레아니르를 태운 짐마차는 다크호스트의 움직임에 맞추어 평소처럼 호우타우의 성문으로 향했다.

◇신계 중앙 관리탑◇

신계의 중심부에 존재하는, 한층 높이 우뚝 솟은 중앙 관리탑.

그 탑 안의 한 방에서 두 여신이 필사적인 모습으로, 눈앞에 놓여 있는 감시 수정에 양손을 가져다 대고 있었다.

"어때, 셀브아⋯⋯."

"아, 예⋯⋯. 조금만 더 있으면 구상 세계 클라이로드에 재접속할 수 있을 것 같아요."

둘의 눈앞에 놓여 있는 감시 수정은 이전에 훌리오 일가가 사는 클라이로드 세계로 이어져 있어서, 클라이로드 세계를 감시할 수가 있었다.

하지만 이전 날…… 클라이로드 세계의 훌리오 곁으로 보낸 타니아의 모습을 한창 감시하던 중에, 접속이 갑자기 차단되어 클라이로드 세계의 모습을 비출 수가 없게 되어버렸던 것이다.

"이, 이 감시 수정으로 접속할 수 없다면 구상 세계 클라이로드를 감시할 수가 없는 것만이 아니라 저 세계로 갈 수도 없게 되니까……."

"그렇게 되어버려서는 유사시에 아무것도 할 수가 없어요……. 이 세계의 평온을 위해서라도 그것만큼은 피해야……."

감시 수정을 향해 필사적으로 마력을 쏟아 넣는 여신 조피나와 셀브아.

잠시 후, 감시 수정 안에 서서히 영상이 떠오르기 시작했다.

"해, 해냈구나, 셀브아!"

"예! 조피나 님! 이제 한숨 돌릴 수 있겠어요."

환호성을 터뜨리며 미소로 서로를 마주보는 조피나와 셀브아.

……하지만 그때였다.

쩍.

"……지, 지금 그 소리는 뭐야?"

"뭐, 뭘까요……. 감시 수정에서 들린 것 같은데……."

의아해하는 표정을 띠며 손을 대고 있는 감시 수정으로 시선을 되돌리는 둘.

그런 두 여신의 눈앞에서,

쩌적…… 쩌저저적…….

감시 수정에 균열이 생기고,

빠직!

그대로 둘로 쪼개져 버린 것이었다.

"뭐야?!"

"어어?!"

눈을 동그랗게 뜨며 새파랗게 질리는 조피나와 셀브아.

그런 둘의 눈앞에는 둘로 쪼개져서 기능이 완전히 정지된 감시 수정의 잔해만이 굴러다녔다.

같은 시각 훌리오 가 앞…….

그곳에 타니아의 모습이 있었다.

타니아는 상공을 올려다보며 오른손을 뻗고 있었다.

"……정말이지, 질리지도 않는 녀석들이군요. 또 훌리오 님의 집을 들여다 보려고 하다니……. 누군지는 모르겠지만 이쪽 세계를 들여다 보는 데 사용하던 수정을 완전히 파괴했으니까 두 번 다시 이런 짓은 못 하겠죠."

만족스럽게 고개를 끄덕이고 타니아는 옆구리에 품은 바구니로 시선을 향했다.

그 바구니 안에는 빨래가 잔뜩 들어 있었다.

"이런, 안 되죠. 쓸데없이 시간을 써버렸습니다. 자, 서둘러서 빨래를 널고 다음은 사냥하러 가야죠."

그러더니 타니아는 빨랫줄을 향해 총총히 걸어갔다.

◇칼고시 해안◇

"으, 으어?! 이, 이건 어떻게 된 거냐, 응."

검은 수염 해적단의 선장 에드서치는 주위를 둘러보며 아연실색했다.

에드서치 주위에는 검은 수염 해적단의 해적선이 한 척, 또 한척씩 계속 침몰하는 중이었다.

그런 에드서치 일당의 눈앞에는 다수의 무장선단이 진형을 짜고서 대포로 일제사격을 계속 벌이고 있었다.

정확하고 거침없는 그 포격은 발사될 때마다 에드서치 일당의 해적선을 궤멸시키는 것이었다.

"에에잇, 반비르 주니어 밑에 저런 무장선단이 있다는 이야기는 못 들었다고, 어이. 이래서야 이번에도 또 반비르 주니어를 붙잡아 침대에서 사이좋게 체크인할 수가 없잖아! 이 녀석들, 냉큼반격해라!"

"예, 예이!"

에드서치의 노성에, 포격을 당하지 않은 해적선이 반격의 포탄을 발사했다.

하지만 발사 직전에 바다 밑에서 모습을 드러낸 거대한 오징어괴물과,

"앗핫핫, 그렇게 둘까 보냐!"

거대화한 포르세이돈이 큰 파도를 일으켰다.

그 파도 탓에 에드서치의 해적선에서 발사된 포탄은 모두 엉뚱한 방향으로 날아갔다.

그곳으로 무장선단이 또다시 정확한 일제사격을 가하자 에드서치의 해적선이 또 가라앉았다.

"에, 에드서치 선장님, 이대로는 전멸이라고요."

"으으음…… 분하다……. 어쩔 수 없군, 이번에는 여기까지 해 두자고. 이 녀석들, 철수다!"

""예, 알겠습니다!""

에드서치의 호령에 듣고, 살아남은 해적선들은 먼 바다를 향해 일제히 머리를 돌렸다.

하지만 그 틈에 에드서치 일당의 해적선과 거리를 좁힌 무장선단은 대포를 수평으로 발사했다.

지근거리에서 진행된 정확한 사격에 에드서치의 해적선은 모두 피탄, 점차 바다로 가라앉았다.

"젠장, 이 자식, 이 정도로 나는 반비르 주니어에게 체크인하는 걸 포기하지 않으니까! 아 윌 비 백이다, 이 자식들!"

무장선단을 향해 말로는 표현할 수 없는 천박한 손동작을 취하는 에드서치.

해적선이 가라앉으며 에드서치의 몸은 물에 잠기고, 끝내는 그 손이 바다 속으로 사라졌다.

에드서치의 검은 수염 해적단 일당을 완벽한 수준으로 완전히 봉쇄한 것은, 전날 훌리오에게 내던져진 뒤에 자마스한테 흠씬 두들겨 맞은 전직 마족 해적단 멤버들이었다.

과거에는 마족의 해적기가 걸려 있던 배에는, 지금은 반비르 가문의 깃발이 나부끼고 있었다.

그 광경을 반비르 주니어는 해안에서 바라보고 있었다.

"……내, 내가 출격하지 않고도 끝났어……."

기쁨에 찬 미소를 짓는 반비르 주니어.

그 옆으로 햇볕에 새카맣게 탄 자그마한 여자──로린데므가 걸어왔다.

"그러네요, 전직 마족 해적단들이 부하로 가담해준 덕분에 에드서치 따위야, 인 것 같네?"

"응응, 정말로 그러네."

로린데므의 말에 반비르 주니어도 미소로 고개를 끄덕였다.

그 광경을 근처의 바위 위에서 바라보는 여자의 모습이 있었다.

에드서치가 이끄는 검은 수염 해적단의 동료인 암상어 해적단 선장 샤샤브레나였다.

"……위험한데, 이거……. 반비르 주니어 녀석, 어느새 저런 강력한 무장선단을 조직했냐고, 응……. 이 부근의 해적단을 통솔하는 에드서치가 일방적으로 궤멸당해 버렸잖아, 응……."

일방적이었던 해전을 처음부터 끝까지 목격한 그 여자는 이마에 비지땀을 흘리고 있었다.

"마왕군과 클라이로드 마법국이 휴전했다는 소문도 있으니까, 마왕군 쪽으로 돌리던 병력이 우리 해적단 토벌로 돌려진 걸지도 모르겠는데, 이거…….”

샤샤브레나의 이마에서 비지땀이 뚝뚝 떨어졌다.

“……이거…… 해적질을 계속해야 할지, 진심으로 고민해 봐야 할 때가 와버린 걸지도 모르겠는데, 응…….”

그런 말을 꺼내고는 샤샤브레나는 그곳에서 떠났다.

반비르 주니어가 신설한 무장선단이 에드서치의 검은 수염 해적단을 일방적으로 궤멸시킨 이후, 칼고시 해안 주위에서 해적의 소문이 들리는 일은 거의 사라졌다.

◇마왕성 앞 훌리스 잡화점 마왕성 지점◇

“이…… 이건…….”

훌리스 잡화점 마왕성 지점 안에서 베리안나는 눈을 동그랗게 떴다.

잔지바르의 감시 명목으로 오랫동안 각지를 돌아다닌 베리안나는 마왕성 앞에 새로이 생긴 가게를 발견하고,

『이 빌어먹을 가게는 뭐야……. 잠깐 살펴볼까.』

그런 가벼운 기분으로 들여다 봤는데…….

그녀의 손에는 판매품 중 하나인 울프 저스티스 마스크가 들려 있었다.

본점에서도 마왕군과 클라이로드 마법국 사이에 평화를 가져

온 영웅의 상품으로 대인기인 이 마스크.

새로 오픈한 마왕성 지점에서도 당연히 취급하고 있었는데…….

"오오?! 울프 저스티스 님의 마스크잖아!"

"적이지만 그 강함을 존경할 가치가 있으니까 말이야."

"좋아, 하나 사겠어!"

"나도!"

개점 초기부터 날개 돋친 듯이 팔려 나가, 어느샌가 마왕성 지점에서 가장 잘 팔리는 상품이 된 것이었다.

"이이이, 이렇게나 가까운 곳에서 취급하기 시작했다니…….나, 나 베리안나, 빌어먹을 평생의 불찰이 아닌가!"

눈을 부릅뜨더니 선반에 놓여 있는 울프 저스티스 마스크를 모두 손에 드는 베리안나.

일찍이 울프 저스티스와 맞붙어 완벽하게 패배한 적이 있는 베리안나. 그 이후, 압도적인 그의 강함을 너무나도 존경하게 된 나머지 울프 저스티스를 진심으로 사랑하고 있는 베리안나는 눈동자에 하트를 그리며 울프 저스티스 마스크를 품어들었다.

'아아…… 우, 울프 저스티스 님의 얼굴이 이렇게나 잔뜩……비, 빌어먹게 행복해…….'

그녀의 얼굴에는 암왕과 마호 자매를 붙잡을 때의 용맹함이 아니라 사랑에 빠진 처녀의 표정이 드리워 있었다.

……이날 이후, 울프 저스티스 관련 상품을 찾아서 베리안나가 훌리스 잡화점 마왕성 지점을 자주 드나들게 된 것은 굳이 말할

필요도 없었다.

◇호우타우 훌리오 가◇

"으……이……차……."

호우타우 마법 학교에서 귀가한 가릴은 집 앞에서 비행 마법을 연습하고 있었다.

가릴은 아침과 저녁으로 두 번, 고자르에게 격투 특훈을 받고 있지만 최근에는 그 전에 이렇게 비행 마법도 연습하고 있었다.

"음…… 무척 좋아졌잖아, 이제 남은 건 그 상태로 격투를 할 수 있게 되어야겠지."

가릴의 귀가에 맞추어 훌리스 잡화점에서 돌아온 고자르는 만족스레 고개를 끄덕이며 허공에 떠 있는 가릴을 올려다봤다.

그런 고자르의 말에 쓴웃음 짓는 가릴.

"고자르 아저씨, 그건 아직 무리야……. 나, 나는 이렇게 떠 있는 게 고작이라……. 으……차……."

팔다리를 버둥거리며 어떻게든 균형을 잡으려고 하는 가릴.

"처음에는 누구라도 그렇지. 어디, 한번 그 상태로 펀치를 날려 봐라."

오른손을 펼쳐서 가릴에게 지시하는 고자르.

"조, 좋~아! 할 수 있는 만큼 해볼게……. 으차!"

가릴은 주먹을 움켜쥐고 고자르의 오른손을 향해 있는 힘껏 펀치를 날렸다.

"으, 음?!"

그 펀치를 받아낸 순간, 눈을 부릅뜨는 고자르.

버티고 서 있는데도 불구하고 고자르의 몸은 뒤로 수십 센티미터 물러났다.

'이, 익숙하지 않은 공중에서 날린 펀치가…… 이만한 위력을 가지고 있다니…….'

즐거운 듯 미소를 띠는 고자르.

"……음, 이건 단련시킬 보람이 있겠는데. 가릴, 그럼 이대로 오늘 특훈을 진행하자고."

"으에?! 비행 마법을 유지한 채로?!"

"그래! 무슨 일이든 훈련하지 않고서 숙달되진 않아!"

"그도 그러네! 좋아, 나, 열심히 할게!"

가릴 역시도 표정을 다잡고는 고자르와 마주했다.

물론 고자르는 힘을 조절하고 있었다.

굳이 공격하지 않고 가릴의 공격을 받아내는 것에 전념하는 고자르.

그런 고자르를 향해서 가릴은 즐겁게 공격을 펼쳤다.

그런 두 사람의 모습을 엘리나자와 훌리오는 거실 창문으로 바라봤다.

"가릴도 참, 대체 어떻게 된 거지……. 조금 전까지 공중에서 정지하는 게 고작이었는데, 고자르 아저씨랑 특훈을 시작하고서는 자유자재로 공중을 이동하게 시작했어……."

"내 예상이지만……, 고자르 씨한테 지고 싶지 않아서 필사적으로 움직이기 때문인 게 아닐까. 원래부터 소질은 있었으니까.”

“그런가…… . 그럼 나도 질 수는 없네!”

그러더니 훌리오의 팔을 붙잡는 엘리나자.

“파파! 나한테도 마법 특훈을 해줘! 누나로서 가릴한테 지고 싶지 않아!”

“아, 아니, 엘리나자…… .”

‘파파는 아직 일이…… .’

그렇게 말하려던 훌리오.

하지만 기쁜 듯 미소를 띠며 달려가는 엘리나자의 얼굴을 본 훌리오는 그 말을 중간에 삼켰다.

“좋아, 그럼 저녁시간까지 같이 비행 마법을 연습할까.”

“고마워, 파파! 나, 열심히 할게!”

엘리나자가 기쁜 듯 정원으로 뛰어나갔다.

그런 엘리나자에게 팔이 붙들려 정원으로 나서는 훌리오.

저녁식사 시간까지 고자르와 가릴, 엘리나자와 훌리오는 집 앞에서 각자 특훈을 진행했다.

그곳을, 호우타우 마법 학교에서 귀가한 벨라노가 지나갔다.

눈을 동그랗게 뜨며, 비행 마법을 구사하는 가릴과 엘리나자를 바라보는 벨라노.

그때 다른 방향으로 귀가하던 발리로사가 다가왔다.

“왜 그래, 벨라노…… 깜짝 놀란 표정인데?”

“저기, 가릴이랑 엘리나자…… 비행 마법을 쓰고 있어…… .”

"그래, 최근에는 자주 저렇게 연습을 하고 있어. 마법 학교에서 배운 내용을 복습하는 거겠지?"

발리로사의 말에 벨라노는 고개를 가로저었다.

"……수업에서는, 아직 안 배워……. 저런 고도의 마법……."

"어? 그, 그런가……."

벨라노의 말에 발리로사도 눈을 동그랗게 떴다.

"……뭐, 뭐어…… 훌리오 님께서 가르쳐 줬겠지, 응."

그러면서 음음, 고개를 끄덕인 발리로사……. 하지만 마음속으로는,

'서, 설마 선천적으로 비행 마법을 쓸 수 있었다든지……. 아, 아니, 그럴 리는……. 하, 하지만 훌리오 님의 자제니까 불가능하다고 단언할 수는 없다고 할까…….'

땀줄기가 이마를 타고 흘러내리는 가운데, 가릴과 엘리나자를 교대로 바라보는 발리로사.

멀리서 바라보는 두 사람의 시야에, 엘리나자가 지면에 내려서는 것이 보였다.

"그리고 보니 파파, 이 마법도 쓸 수 있게 됐어. 봐!"

그러더니 오른손을 앞으로 내밀고 영창하는 엘리나자.

그러자 평소에 머리카락으로 가리고 있는 이마의 보옥이 빛을 발했다.

동시에 엘리나자의 손앞에 마법진이 전개되고 그 안에서 문이 출현……했지만, 그 문이 절반 정도 출현한 참에,

"……에취."

재채기를 하고 만 엘리나자.

그 순간 마법진이 흩어지고 소환 도중이었던 문도 마찬가지로 사라져 버렸다.

"아앙…… 요전에는 제대로 됐는데…… 전이 마법……."

분하다는 듯 입술을 삐죽이는 엘리나자.

"굉장하네, 엘리나자. 벌써 전이 마법을 쓸 수 있게 된 거니?"

"요전에 파파가 학교 사람들을 칼고시 해안으로 데려다줬잖아? 그때 있지, 보고 익혔어. 아직 완벽하지 않지만……."

"그런가, 그럼 완벽하게 할 수 있도록 파파랑 같이 연습할까."

"응! 부탁해, 파파!"

훌리오의 말에 환한 미소를 띠는 엘리나자.

그 광경을 바라보던 벨라노와 발리로사는 더더욱 눈을 동그랗게 뜨며 그 자리에 굳어 있었다.

"……베, 벨라노…… 저, 전이 마법 같은 상위 마법을…… 호, 호우타우 마법 학교에서는, 벌써부터 가르치나?"

"……그런 예정, 없어……. 교직원 중에도, 쓸 수 있는 사람…… 없어……."

"……그, 그렇겠지……. 클라이로드 마법국의 마법 사용자 부대 안에서도 한 손으로 꼽을 정도니까……."

훌리오와 그의 자식들이 규격을 넘어선 존재임을 새삼스럽게 인식한 벨라노와 발리로사는 그 자리에서 한동안 움직이지 못했다.

그런 두 사람 앞에서 가릴은 고자르를 상대로, 엘리나자는 훌리오를 상대로 각자 특훈을 계속했다.

저녁 해가 산 뒤로 모습을 감추고 훌리오 가의 부엌에서 맛있는 냄새가 감돌았다.

후기

여름의 장마 피해를 당하신 여러분께, 진심으로 위로의 말씀을 올립니다.

이렇게 이 책을 손에 들어주시어 정말로 감사합니다.

Lv2 치트 6권을 이렇게 여러분께 전해드릴 수 있어서 진심으로 기쁘게 생각합니다.

인터넷 버전과는 다른 내용으로 보내드리는 서적판이지만, 그래서 매번 대량으로 완전한 신작을 쓰고 있습니다. 그 예시에서 벗어나지 않고, 이번 편도 인터넷 버전의 에피소드를 일부 사용하면서도 내용은 완전히 새롭게 다시 썼습니다.

여러분께서 즐기실 수 있도록 최선을 다했습니다.

이 책이 여러분께 전해질 무렵에는 무언가 다른 소식이 생길지도 모르겠습니다만, 그쪽도 기대해주셨으면 좋겠다고 생각합니다.

훌리오 주위는 이래저래 바빠지고 있지만, 여전히 리스 외길로 러브러브한 두 사람입니다. 그런 두 사람을 앞으로도 지켜봐 주신다면 좋겠습니다.

마지막으로 이번에도 멋진 일러스트를 그려주신 카타기리 님, 출판에 관여해주신 오버랩과 관계자 여러분, 그리고 이 책을 손에 들어주신 여러분께 진심으로 감사드립니다.

2018년 9월 키노조 미야

Chillin Different World Life of the EX-Brave Candidate was Cheat from Lv2 - 6
© 2018 Miya Kinojo
First published in Japan in 2018 by OVERLAP, Inc.
Korean translation rights reserved by Somy Media, Inc.
Under the license from OVERLAP, Inc., Tokyo JAPAN

Lv2부터 치트였던 전직 용사 후보의 유유자적 이세계 라이프 6

2022년 7월 1일 1판 1쇄 발행

저　　자 키노조 미야
일 러 스 트 카타기리
옮 긴 이 손종근
발 행 인 유재옥
본 부 장 조병권
담 당 편 집 정지원
편 집 1 팀 김준규 박소연 김혜연
편 집 2 팀 정영길 조찬희 박치우 정지원
편 집 3 팀 오준영 곽혜민 이해빈
미　　술 김보라 박민솔
라이츠담당 한주원 이승희
디 지 털 박상섭 최서윤 김지연
발 행 처 ㈜소미미디어
제 작 처 코리아피앤피
등　　록 제2015-000008호
주　　소 서울시 마포구 토정로 222, 403호 (신수동, 한국출판콘텐츠센터)
판　　매 ㈜소미미디어
마 케 팅 한민지 최원석 최정연 한소리
전　　화 편집부 (070)4164-3962, 3963 기획실 (02)567-3388
　　　　판매 및 마케팅 (070)4165-6888, Fax (02)322-7665

ISBN 979-11-384-1205-6 (04830)
　　　979-11-6389-387-5 (세트)